# LA METAMORFOSIS
## Y OTROS RELATOS DE ANIMALES

Austral Singular

# FRANZ KAFKA
# LA METAMORFOSIS
## Y OTROS RELATOS DE ANIMALES

**Traducción y edición**

Miguel Salmerón

ESPASA

Obra editada en colaboración con Espasa Libros, S.L.U. – España

Título original: *Die Verwandlung*

© 2010, Miguel Salmerón Infante, de la traducción y edición

© 2010, Espasa Libros S.L.U. – Barcelona, España

Derechos reservados

© 2017, Editorial Planeta Mexicana, S.A. de C.V.
Bajo el sello editorial AUSTRAL M.R.
Avenida Presidente Masarik núm. 111,Piso 2
Polanco V Sección, Miguel Hidalgo
C.P. 11560, Ciudad de México
www.planetadelibros.com.mx

Diseño de colección: Austral / Área Editorial Grupo Planeta
Ilustración de portada: © Shutterstock

Primera edición impresa en España en Australfebrero de 2010
Primera edición impresa en España en esta presentación en Austral: febrero d
2015
ISBN: 978-84-670-4364-8

Primeraedición impresa en México enAustral: agosto de 2017
Décimareimpresiónen México en Austral: enero de 2020
ISBN: 978-607-07-4225-5

Impreso en los talleres de Litográfica Ingramex, S.A. de C.V.
Centeno núm. 162-1, colonia Granjas Esmeralda, Ciudad de México
Impreso en México– *Printed in Mexico*

## Biografía

Franz Kafka (Praga, 1883 – Kierling, Austria, 1924) es uno de los escritores más relevantes de la literatura del siglo xx. De familia judía y habla alemana, vivía en Josefov, el barrio judío de la ciudad, donde sus padres poseían un negocio de moda para caballero. Tras no pocas dudas, Kafka decidió estudiar Derecho en la Univerzita Karlova de Praga. Allí conoció al que sería su mejor amigo y su primer biógrafo, Max Brod. Durante toda su vida, combinó siempre la escritura con el funcionariado y otros trabajos de tipo administrativo, que tuvieron una gran influencia en sus relatos. Murió de tuberculosis a los cuarenta años, dejando la mayor parte de su producción literaria sin publicar y una carta a Brod donde pedía la destrucción de su obra no publicada. Finalmente, su amigo, que valoró la importancia de su obra, pasó años coordinando la edición de los cientos de páginas que formaban su legado inédito, entre diarios, relatos, novelas, cartas y una única obra de teatro. Entre sus obras más importantes se cuentan *El proceso*, *La condena* y *La metamorfosis*, uno de los relatos más conmovedores e inquietantes de la literatura de todos los tiempos.

# ÍNDICE

## LA METAMORFOSIS
## Y OTROS RELATOS DE ANIMALES

# INTRODUCCIÓN

Se ha escrito mucho y muy bien sobre Kafka. Los artículos, estudios, prólogos y monografías que han tratado de él podrían dividirse en dos grandes grupos.

El primero presenta un Kafka genérico, un individuo equiparable a cualquier otro e identificable, en mayor o menor medida, con los héroes de sus novelas: Karl Rossmann, Josef K. y K. Este modelo de lectura considera que la grandeza del escritor ha consistido en desaparecer: Kafka ha conseguido distanciarse tanto de sí mismo, que ha logrado hacernos percibir en lo expuesto el tejido de lo contemporáneo. La imparable burocracia, el desajuste de lo comunitario y lo oficial, la soledad ante la ley, lo inexorable de la culpa, la reducción del ámbito del yo y el refractario silencio de Dios se convierten asombrosamente en protagonistas de lo narrado. Los que así lo leen, consideran decisivo a este efecto el estilo del autor. Su recurso a la parábola, su sobriedad lingüística y su ambigüedad, unas veces premeditada y otras insalvable para él mismo, consiguen el milagro de que todos seamos Kafka.

Los trabajos críticos del segundo grupo dan cuenta de un Kafka biográfico, alguien conminado a escribir así por su particular idiosincrasia. La relación con sus padres, sus hermanas, sus prometidas, sus amigos y su profesión forman una constelación irrepetible que determina el anverso de su vida: la escritura. Escribir es su respuesta a una autoridad opresiva encarnada por la figura paterna, es una actividad libremente elegida, contrapuesta a un mundo en el que todo está reglado. Narrar es la reparación diaria de un déficit afectivo, es una reorganización de la experiencia vía diarios y cartas, pero también es privación. Privación de una vida integrada y socialmente aceptable, destrucción de otras alternativas, fuerte atadura que impide cualquier otro compromiso. Desde esta perspectiva, los espeleólogos de la psique emprenden una y otra vez la labor de desentrañar por qué sólo Kafka es Kafka.

Pretender que esta introducción fuera más allá de los límites impuestos por esos dos grupos de intérpretes sería vano, pues los grandes de la literatura, y Kafka probablemente sea el más grande, delimitan por sí mismos su terreno. Que todo suene conocido resulta inevitable, e incluso no es totalmente indeseable. Los tópicos son verdades que, paradójicamente, pueden convertirse en cómplices de la falsedad por su evidencia, por la traición que le hacen al matiz. Sin embargo el matiz siempre se encuentra a una distancia variable de dos o más lugares comunes. En Kafka es preciso recurrir al tópico para entrar en detalles.

Aunque quizá haya un aspecto arrumbado a la marginalidad por los hermeneutas de uno y otro signo (los de la identidad y la diferencia): para todos ellos Kafka es un hombre con biografía, pero sin historia. La relación con su padre, los fallidos compromisos matrimoniales, sus costumbres diarias, sus fobias, sus accesos de tuberculosis son bien conocidos, pero ¿qué hay de su condición de judío? ¿qué hay de la cultura alemana en Praga?, ¿qué de la Bohemia de principios del siglo XX en los estertores del Imperio austro-húngaro? Es como si los documentados y distinguidos lectores quisieran trasladar el yermo paisaje que Kafka introduce en sus escritos a la propia vida del autor. Empezaremos hablando de todo esto para tener en cuenta que Kafka, antes de ser un hombre para la posteridad, como pocos, fue un hombre de su tiempo, como todos.

## BOHEMIA 1900

Franz Kafka (1883-1924) fue testigo de la última etapa en el trono del emperador Francisco José (comprendido entre 1848 y 1916), del breve reinado del emperador Carlos (1916-1918), de la Primera Guerra Mundial (1914-1918) y de los primeros años de la República de Checoslovaquia, que se proclamó en 1918, después de la derrota de los imperios centrales.

En 1867 se había promulgado una constitución que aseguraba la preponderancia de dos etnias sobre todas las presentes en la monarquía de los Habsburgo: la de los magiares en el territorio del Reino de Hungría y la de los alemanes en Austria o Cisleitania. Bohemia se incluía en este segundo territorio.

El Reino de Bohemia vivió una etapa especialmente agitada por el conflicto nacionalista entre los checos y los alemanes, que representaban respectivamente el 62,6 % y el 37,2 % de la población[1]. El sufragio censitario había asegurado que la minoría germanófona, de renta más alta que la población eslava, conservara el control del parlamento de Praga. La reducción del censo mínimo en 1883 y la obtención de la primera mayoría checa en la dieta bohemia dio lugar a una situación más indeseable aún, las decisiones de esta cámara eran bloqueadas por el parlamento imperial de Viena, de mayoría germana (la implantación del sufragio universal no llegaría hasta 1907).

Ya la Constitución de 1867 había dejado descontentos a los checos, pues según ellos se había aprobado a costa de los eslavos. Según su punto de vista, la solución ideal para la vertebración del Imperio pasaba por un parlamento conjunto

---

[1]   Si en 1900 los habitantes de Cisleitania eran veintiséis millones y medio y los de Bohemia seis millones trescientos mil, de ellos casi cuatro millones eran checos y alrededor de dos y medio eran alemanes.

de Bohemia, Moravia y la Silesia austriaca, que equiparara la influencia de la etnia eslava a la magiar y la alemana.

Con todo, la situación de los checos mejoró sensiblemente durante el mandato del primer ministro imperial Eduard von Taaffe (de 1879 a 1894). En 1880 se implanta la cooficialidad del checo y el alemán en Bohemia; en 1882 se funda la Universidad checa de Praga a partir de una escisión de la de habla alemana, y desde entonces ambas coexistieron; en 1891 se eliminan los nombres alemanes de las calles de Praga mientras, por otra parte, las instituciones y asociaciones checas proliferan [2] —por ejemplo, en el curso 1895-96 había 24 Institutos de Bachillerato alemanes frente a 32 checos.

Bohemia también experimentó un auge generalizado en la industria [3], especialmente en los productos textiles, el cristal, la alimentación y la construcción de maquinaria. En consonancia con la situación, el gobierno Von Taaffe, siguiendo el modelo de Bismarck en el Imperio alemán, instauró progresivamente un sistema de protección social. A la formación del cuerpo de inspectores de trabajo, le siguieron los horarios máximos, la edad laboral mínima, el seguro para accidentes de trabajo y el seguro por enfermedad laboral. Precisamente, Franz Kafka trabajó desde 1908 para el Instituto de Seguros de Accidentes de los Trabajadores del Reino de Bohemia (Arbeiter-Unfall-Versicherungs-Anstalt für das Königreich Böhmen).

Sin embargo, en el período de Taaffe, relativamente tranquilo, se fueron larvando desórdenes mucho más graves que estallaron bajo el mandato de su sucesor Badeni. La exigencia del conocimiento del checo y el alemán para los funcionarios en 1897 provocó la protesta organizada de los fun-

---

[2]   Merece especial mención el auge que alcanzó el Sokol (el halcón) asociación de gimnasia y deporte de tipo paramilitar y de activismo pro-checo, antialemán y antisemita.
[3]   El 75 % de la industria de Austria-Hungría estaba concentrada en Bohemia.

cionarios alemanes, la destitución del primer ministro y el subsiguiente ensañamiento contra la población alemana y judía de Praga.

Todas estas tensiones se hacen manifiestas con la Guerra del 14. Las deserciones de los reclutas de origen eslavo, la eclosión del nacionalismo alemán y el encarcelamiento de políticos checos forman el mosaico de una población dividida en dos grupos. Uno de ellos deseaba fervientemente la victoria de las armas imperiales, el otro se mostraba indiferente, si no abiertamente hostil[4].

La proclamación de la República de Checoslovaquia (1918) no acabó con los problemas. En 1923, las nuevas disposiciones lingüísticas, la destrucción de monumentos alemanes y el despido de funcionarios de esta etnia dieron lugar a nuevos desórdenes que provocaron la marcha de Franz Kafka a Berlín.

## LOS JUDÍOS Y EL «MILLIEU» CULTURAL DE PRAGA

En estas circunstancias de confrontación nacionalista, los judíos de Bohemia siempre fueron el objeto ideal para desatar el ensañamiento y aliviar la frustración de unos y otros, pues a la diferencia cultural se unía la religiosa.

Los derechos civiles de los judíos estaban en proceso de normalización desde 1782. Todavía subsistieron muchas restricciones: les estaba prohibido hablar yiddish y hebreo en la vida pública, no se les permitía formar gremios ni hacer inversiones inmobiliarias y no podían ser funcionarios ni estaban admitidos los matrimonios mixtos. Además, para man-

---

[4] Fue especialmente significativo que sólo los alemanes y los judíos suscribieran los bonos de guerra emitidos por el Imperio. Igualmente fue relevante que sólo este grupo de la población fuera obligado por la República de Checoslovaquia a pagar las reparaciones de guerra que le correspondían a este nuevo Estado.

tener la población judía bajo ciertos límites, sólo les estaba permitido casarse a los primogénitos y una vez que el cabeza de familia hubiera muerto. Esta legislación, draconiana, era moderada e incluso tolerante comparada con otras vigentes en Europa. Por eso los judíos de Bohemia siempre fueron políticamente proclives a la monarquía como reconocimiento a sus benefactores, los Habsburgo; ello hizo que se decantaran por la cultura alemana. Dada la imposibilidad de trabajar en otros gremios, los judíos dominaban el negocio editorial, el comercio en general y eran los principales proveedores del ejército. La revolución de 1848, de signo nacionalista checo antialemán y antisemita, provocó la migración de muchos judíos a Viena y a América: En 1849, cuando la revolución fue definitivamente aplastada, el agradecimiento a su lealtad para con el Imperio hizo que los hebreos fueran reconocidos como ciudadanos de pleno derecho en Bohemia. Entonces los judíos salieron del gueto, el número de matrimonios aumentó sensiblemente y muchos emigraron de la ciudad al campo entablando relación con el campesinado checo. El padre de Franz, Hermann Kafka fue uno de esos judíos que, por el contrario, con la revolución industrial bohemia, volvieron del campo a la ciudad.

El antisemitismo checo no sólo tenía raíces culturales y políticas, sino también económicas. La buena posición de los judíos por su tradicional dedicación al comercio contrastaba con la de los checos, generalmente pertenecientes a la pequeña burguesía. Por ello, en todos los desórdenes nacionalistas los checos no sólo la emprendieron contra los alemanes, sino también contra los judíos, sin hacer distingos entre judío-alemanes o judío-checos[5].

---

[5]   Desde 1849 la proporción de judío-checos había aumentado, en 1900 en Praga vivían 11.346 judío-alemanes y 14.145 judío-checos. Con todo, el lealismo a los Habsburgo seguía vivo, pues el 90 % de los estudiantes de bachillerato judíos iban a institutos alemanes.

A finales del siglo XIX y principios del XX Praga era socialmente explosiva y culturalmente efervescente. Los checos, con alto crecimiento vegetativo y un nacionalismo emergente, vivían en la Ciudad Nueva y en el extrarradio; los alemanes, que dominaban la administración pública, ocupaban la Ciudad Antigua y la Kleinseite[6].

La contienda nacionalista estaba también presente en la vida cultural. Ya hemos hablado de la escisión de la Universidad en 1882. Los checos tenían su asociación gimnástica y paramilitar, hostil a los alemanes y a los judíos, el Sokol (el Halcón); los alemanes convirtieron su Deutsches Casino en un instrumento de protección y difusión de la cultura alemana en Bohemia, así como en el arma arrojadiza de la minoría germánica para mantener sus prerrogativas[7]. También los judíos habían organizado una oficina jurídica con el objeto de defenderse de acusaciones infundadas basadas en el antisemitismo, la Centralverein für Pflege jüdischer Angelegenheiten[8], que empezó a funcionar en 1885. Además, ante las repetidas agresiones, el asimilacionismo dominante

---

[6]   O Malá Strana, en checo (podríamos traducirlo por ribera estrecha), margen izquierdo del Moldava en el que se encuentra el monte Laurenzi, a cuya ladera se levanta el Hradschin (fortaleza en la que se hallan la Catedral de san Vito y la sede del gobierno bohemio). Las viviendas situadas alrededor y en el interior del Hradschin, en la Kleinseite, eran principalmente de funcionarios de cultura alemana. Hoy el Hradschin recibe el nombre de El Castillo, en honor de la gran novela de Franz Kafka, que sin duda toma como referente lejano el curioso diseño urbanístico de la Kleinseite.

[7]   El Deutsches Casino llegó a tener 232 organizaciones asociadas (clubes de comercio, de deporte, de teatro, de literatura, de estudios históricos, etc.). En el Casino era muy fuerte la presencia judía. De los 1.300 miembros con los que contaba a principios de siglo, 600 eran judíos.

[8]   La Centralverein no sólo preveía la asistencia jurídica, sino también la cobertura económica de los damnificados y la creación de un clima adecuado para la concordia de las etnias de Bohemia. Fueron participantes activos en esta asociación Max Brod, Felix Weltsch y Franz Werfel; el padre de Kafka fue miembro.

de los judíos bohemios empezó a decaer y el sionismo de Herzl comenzó a hacerse fuerte [9].

La prensa, cuyos principales rotativos eran *Bohemia* y *Prager Tagblatt,* estaba dominada por la minoría alemana. El alemán que se hablaba en Praga tenía dos modalidades: el Kucheldeutsch, con una gramática prácticamente idéntica a la del checo y con muchos préstamos léxicos de este idioma, y el alemán académico, propio de la clase dominante y el funcionariado. Para ciertos autores, como Klaus Wagenbach, el uso algo timorato del idioma que hace Kafka tiene que ver con la pobreza creativa del alemán de Praga, excesivamente ceñido a la norma por todas las razones que ya hemos expuesto. La vida literaria tenía en los judíos a sus principales exponentes. El escritor naturalista Fritz Mauthner [10] comienza una tradición que continúa su sobrina Auguste Hauschner [11], muy comprometida con el feminismo, y prosiguen los contemporáneos de Kafka: Franz Werfel [12], Oskar Baum [13] y Max Brod [14]. Otros autores de la Praga de la época

---

[9]    Así surgieron asociaciones de estudiantes como Maccabea, publicaciones como *Selbstwehr* (autodefensa) y grupos políticos como la Jüdische Volksverein.

[10]    La problemática nacional de Bohemia en sus dos novelas: *Der letzte Deutsche zu Blattna* (1887) y *Die böhmische Handschrift* (1897). También merece mención su labor como ensayista en *Der Atheismus und seine Geschichte im Abendlande* (1920-1923).

[11]    Sus principales obras son *Frauen unter sich* (1901) y *Familie Lowositz* (1908-1910)

[12]    Famoso lírico y novelista al que los filólogos encuadran habitualmente en el expresionismo. Se pueden establecer parentescos entre el conflicto paterno-filial que presenta en la novela *Nicht der Mörder, der Ermordete ist schuldig* (1920) y algunas obras de Kafka, por ejemplo con *La metamorfosis.*

[13]    Su obra más importante es *Das Leben im Dunkeln* (1910), que plantea el arquetípico conflicto de las novelas de formación entre destino individual y voluntad personal.

[14]    Brod sólo ha pasado a la historia como albacea literario y biógrafo de Kafka, como el que no tiró al fuego la obra de su admirado amigo. Sin

fueron Paul Leppin, Viktor Hadwiger, Egon Erwin Kisch y Gustav Meyrink[15].

Hasta aquí nuestra referencia al ambiente externo, a lo no estrictamente biográfico del sujeto Kafka. A mi juicio, algunos aspectos de la vida de los judíos bohemios quedan expresados magníficamente en esa sensación que tan bien transmite Kafka de «estar de prestado» o en esa otra de «temer una agresión ilógica pero probable». A modo de confirmación, recurriré a una cita:

> A despecho de su lujosísima vida social, la minoría alemana, unión de acomodados desprovista de un territorio lingüístico propio, era una isla en el mar eslavo. Pero, en este poco firme muestrario de estirpes, aún más aislada resultó la situación del grupo hebreo. En el siglo pasado, mientras Praga se «reeslavizaba» con la afluencia de gente del campo, los israelitas bohemios y moravos, al salir del gueto, optaban en gran parte por la lengua y la cultura alemanas. El judío germanizado de la ciudad del Moldava vivía como en el vacío. Tan ajeno a los alemanes como a los checos, los cuales, en su irrumpiente nacionalismo, no hacían diferencia entre él y el alemán. Se añadía además que el judío solía ser fiel a la casa imperial: además del afán por llevar el cuello blanco, había en él la ambición de ascender a Kommerzienrat, a Kaiserlicher Rat: y los Habsburgo le protegían. Por esta razón, a los checos les parecía un heraldo de la monarquía a la que combatían. No sólo el rico industrial, sino cualquier empleado, cualquier viajante, cualquier Samsa,

---

embargo Brod fue un más que estimable novelista en *Ein tschechisches Dienstmädchen* (1909) y *Arnold Beer* (1912) y un notable lírico *Der Weg des Verliebten* (1907)

[15] Los tres primeros escriben novelas que presentan una Praga como una «mustia Salomé», decadente y burdelesca, la popular novela de Meyrink *Der Golem* (1915) nos cuenta las peripecias de un monstruo construido con barro y unos ensalmos cabalísticos por los judíos del gueto de Praga para defenderse de progromos y otras reyertas.

cualquier tendero o mercader de raza israelí acababa por aparecer como un *pán*, un señor, un molesto intruso [16.]

## ANTES Y DESPUÉS DE 1912

La biografía de Franz Kafka (1883-1924) suele dividirse en dos partes: antes y después de empezar a escribir. Para ser más exactos, hay que situarse en el momento en que empezó a escribir de verdad, cuando la escritura dejó de ser un divertimento y se convirtió en una tarea ineludible, en una promesa de escrupuloso cumplimiento, en una actividad compulsiva. La fecha decisiva es la noche del 22 de septiembre de 1912, en la que el autor, de un tirón, escribió su relato «La condena». En éste nos cuenta cómo un padre conmina, con sus desaprobaciones y reproches, a morir ahogado a su hijo y cómo éste ejecuta la sentencia. Detrás de la narración del infortunio de Georg Bendemann, está indudablemente la relación de Kafka con su padre.

Hermann Kafka era un judío-checo, hijo del carnicero de Wossek, una aldea del sur de Bohemia. Después de una infancia llena de privaciones y trabajo [17], viaja a los catorce años a Praga para prosperar. Su vitalidad y su oportunismo le hacen conseguir la subida que ambicionaba en la escala social. Se casa con Julie Löwy, de una instruida y acomodada familia judío-alemana, y monta con otro socio una tienda de artículos de fantasía. A pesar del objetivo logrado, no pierde la conciencia de lo difícil que ha sido conseguirlo y se consagra con toda su dedicación y con mucho acierto al

---

[16]   Angelo Maria Ripellino, *Praga Mágica*, trad. de Marisol Rodríguez, Madrid, Julio Ollero Editor, 1991, pág. 39.

[17]   Jakob Kafka, el carnicero, tenía que aprovisionar a toda la comarca y para ello se servía de sus hijos, que ayudándose de carretillas iban de pueblo en pueblo.

negocio. Eso sí, era implacable. Odiaba a los checos y, viendo en sus dependientes latente envidia y potencial amenaza, los llamaba «enemigos pagados». Miraba a los alemanes con frialdad, pues era consciente de no ser nada más que un alemán de conveniencia, y, por añadidura, la familia de su mujer no le parecía otra cosa que un grupo de encopetados y petulantes. En otro orden de cosas, entendía las prácticas religiosas judaicas como un formulismo social con el que tenía que cumplir para mantener su respetabilidad burguesa. Iba cuatro días al año a la sinagoga y le encantaban las salchichas, lo cual era toda una ironía, dada la profesión que había ejercido su padre [18].

Y a este hombre corpulento y lleno de vida le tocó en suerte, como único hijo varón, un alfeñique de costumbres delicadas, un infante que, a diferencia de él, había tenido la vida regalada y que de vez en cuando le importunaba con zarandajas y problemas que sólo estaban cn su imaginación, cuando el único problema real, el del sustento, le había sido resuelto de por vida. En fin, un caprichoso al que, siendo algo mayor, le dio por algo tan absurdo como arruinarse la salud leyendo y escribiendo por las noches y al que, además, le repugnaba la carne [19].

Franz Kafka (nacido el 3 de julio de 1883) siempre se sintió culpable por no cumplir las expectativas paternas. Desde el punto de vista psicoanalítico, la escritura fue su vehículo para sublimar unas tendencias parricidas y para sobrellevar la culpa por sentirlas. Los freudianos ortodoxos han tomado

---

[18]   Bien conocido es que a los judíos se les prohíbe comer cerdo y que, además, las carnes permitidas sólo pueden ser *kosher* (sólo se pueden comer) cuando toda su sangre ha sido derramada previamente, ha sido puesta en remojo y ha sido salada. Además, este proceso ha de ser supervisado por el rabino de la comunidad o sinagoga correspondiente.

[19]   Kafka fue un vegetariano tan estricto que acabó convirtiendo a sus costumbres dietéticas a su hermana Ottla.

la «Carta al padre» de Kafka [20] como una excelente muestra del carácter absolutamente universal y propio de la especie humana, tanto ontogenética como filogenéticamente [21], del complejo de Edipo.

Por lo demás, Kafka fue de niño y de joven frío de trato. Como bachiller destacó en el estudio del latín; en la Universidad cursó un año de Química, pero acabó licenciándose en Derecho. Sus primeros modelos literarios fueron Goethe, Flaubert y Dostoyevski y sus intereses filosóficos se decantaron por Darwin, Mach, Fechner y Brentano. Sus grandes amigos fueron Oskar Pollak y Max Brod.

El primero fue objeto de admiración de Kafka por su rebeldía, su desinhibición y las tendencias de su pensamiento: era evolucionista, ateo y partidario del socialismo. Kafka, en su adolescencia, compartió con Pollak una postura política cercana a la del Partido Socialdemócrata respecto a la cuestión judía. El judío debía entender la asimilación como el camino para lograr el entendimiento entre las dos etnias del país: la checa y la alemana. El aislamiento y la beligerancia que proponían los sionistas era considerado letal para Bohemia y suicida para los judíos [22].

---

[20]   Escrita en noviembre de 1919, a raíz de la irónica acogida que dio su padre a la propuesta de casamiento con Julie Wohryzek.

[21]   En *Totem y tabú*, Freud nos cuenta cómo una horda salvaje originaria mata al tiránico padre de la misma para arrebatarle el poder y se lo come. La culpa colectiva por este hecho es expiada y mitigada por la comida ritual del animal totémico. En el cristianismo esta comida se corresponde con la Eucaristía, y el Tótem es el Crucifijo.

[22] Si a Hermann Kafka la religión judía le resultaba indiferente, a su hijo le traía completamente al fresco. Con una cómica irreverencia, Franz equiparaba a los rabinos extrayendo del «arca» los rollos de la Ley a los tiradores que hacían diana en los puestos de feria dando lugar a que se abrieran puertas de un armario, pero lo que de aquí salía «eran siempre las mismas muñecas viejas y decapitadas». Su despego religioso ayudó a incrementar su hostilidad al sionismo, una ideología particularista y lesiva para la fraternidad de los pueblos. Su postura ante el sionismo se fue haciendo más posi-

Max Brod fue un hombre lleno de generosidad que, a pesar de obtener en la vida pública y como escritor un reconocimiento del que Kafka estuvo excluido, consideró que la personalidad y el talento literario de éste eran los verdaderamente merecedores de renombre. Brod gestionó la carrera literaria de su apático amigo, procurándole publicaciones e introduciéndolo en tertulias. Y, además, como todo el mundo conoce, desoyendo la exhortación que, en una carta escrita poco antes de morir, le hizo Kafka de que tirara su obra al fuego, propició que hoy la conozcamos.

En la vida laboral, Kafka fue un funcionario de notable capacidad, que, a pesar de sus reiteradas bajas por enfermedad, obtuvo varios ascensos a lo largo de su carrera[23]. La calidad de sus informes y sus inspecciones de trabajo para el Instituto de Seguros de Accidentes de los Trabajadores del Reino de Bohemia fue siempre reconocida por sus superiores. No se puede negar, por cierto, que la redacción de estos informes le ayudaron a cultivar el tono de neutralidad aparente que infunde a su obra. Ese tono que la desprovee de sensiblería y consigue ocultar el trasfondo biográfico de la misma.

Otro elemento a tener en cuenta para comprender su forma de escribir es su relación con la tradición literaria judeo-oriental: el Talmud, el teatro yiddish y los relatos hassídicos recopilados por Martin Buber, fueron, una vez matizadas sus reticencias contra el sionismo, objeto de la admiración de Kafka. En todas estas manifestaciones la parábola es el instrumento narrativo por excelencia para mostrar la virtud, el vicio, las profundas diferencias entre el ju-

---

tiva posteriormente por la influencia de Brod y por la evolución política que reveló inviable la fraternidad de los pueblos de Bohemia.

[23]  Hay que recordar que sólo desde 1849 se permitía a los judíos trabajar para la administración pública, y ello, después de haber trabajado un año gratuitamente, y con un certificado de buena conducta, expedido por la policía.

dío y el que no lo es y, ante todo, el poder de Dios, en todo momento benefactor del género humano, aunque no siempre completamente comprensible. Este poder se muestra en la cohesión que proporciona a la comunidad judía, en la resolución de entuertos vitales, en el aplacamiento de la sevicia y las aviesas intenciones de los gentiles y en la disipación de los malos espíritus.

Kafka adoptó en su escritura la forma parabólica y su orientación mística, pero excluyó de ésta toda esperanza terrena o ultraterrena. Las parábolas de Kafka remiten a realidades que, por su inmensidad o por su trascendencia, escapan al control del hombre común. Pero esas instancias, el Estado del más acá y el Dios del más allá, o no son todopoderosas o permiten de tal manera la imperfección que nos hacen sospechar de su intrínseca maldad.

La desesperanza de Kafka fue sin duda aventada por la fragilidad de su salud. En su vida fueron numerosas las visitas a balnearios, granjas y casas de cura y reposo. Eso sí, sólo cuando la tuberculosis de la que estaba aquejado llegó a ser irremediable y mortal, accedió a ingresar en hospitales. Esta aversión por la medicina institucionalizada, que le imbuyó la antroposofía de Rudolf Steiner, ha sido interpretada por muchos como una soterrada concesión a sus tendencias suicidas.

En estas circunstancias, sus relaciones con las mujeres fueron tan sólo un síntoma de su incapacidad para vivir. Kafka no contaba ni con fuerza para andar el siempre fatigoso e intrincado laberinto del amor ni con un hilo para guiarse por él. Sintió su lejanía de los afectos cotidianos como un estigma contra el que debía luchar, como signo de una culpa que debía expiar haciéndole a la humanidad el bien de la procreación. Por ello, por un galimatías de sentimiento de culpa y judaísmo mal digerido, se empeñó en casarse. Se comprometió dos veces con Felice Bauer, una joven berlinesa con la que ante todo mantuvo un contacto epistolar[24]. Esta mujer luchó infructuosamente por llevar la conducta de Kafka a los mínimos de aceptación de sí mismo y de integración en el mundo indispensables para afrontar el matrimonio. Al carácter tímido y distante de Franz y Felice se unió el convencionalismo de la época para impedir que su noviazgo saliera adelante. Uno de los recursos de los que se sirvió Felice para comunicarse con Kafka fue la mediación de su amiga Grete Bloch, con la que, al parecer, Franz tuvo un hijo[25]. Todos los propósitos de vida en común con Felice se truncaron cuando se confirmó la afección tuberculosa de Franz (¿tristeza o alivio?). Otra mujer importante en su vida fue Julie Wohryzek, compañera de convalecencia de Franz en una de sus estancias de descanso, que esta vez tuvo lugar en una pensión de la ciudad de Schlesen. Kafka también se comprometió con Julie, sin embargo no se casó, en parte por la desaprobación de su padre, en parte porque no consiguieron el alquiler de una casa que les gustaba (lo cual fue una coartada mucho más pobre que la del acceso tuberculoso). El siguiente episodio amoroso fue el de Milena Jesenská, checa, casada y residente en Viena, que pidió a Franz permiso para traducir a su lengua natal alguna de sus obras. Milena tal vez lo entendió mejor que ninguna otra y, a pesar de hacerle partícipe a Franz de la delicadeza de su alma y la ternura de su cuerpo, supo desde el primer momento que aquel hombre nunca llegaría a inspirarle la seguridad necesaria como para romper su matrimonio:

---

[24] Felice Bauer estaba muy comprometida con el movimiento nacional hebreo. Trabajaba como voluntaria en un campamento para niños judíos en las afueras de Berlín, que luchaba porque la aculturación occidental no impidiera que los muchachos conocieran la tradición. Felice y Franz se conocieron por mediación de Max Brod y su esposa.

[25] El único documento de ello es la propia declaración de Grete Bloch en una carta de 1940 al músico Wolfgang Schocken. Por lo demás el supuesto padre ni conoció a su hijo, ni tuvo noticia de su existencia.

Franz no puede vivir. Franz no tiene aptitud para vivir. Franz no será nunca un hombre sano. Franz morirá pronto... Es absolutamente incapaz de mentir, así como de emborracharse. No hay ningún sitio donde pueda refugiarse. Está expuesto a todas las cosas de las que los demás nos protegemos. Es como un hombre desnudo entre gente que viste ropa. Ni siquiera es verdad todo lo que dice, lo que hace, lo que es. Es un ser predestinado, en y por sí mismo, desprovisto de todos los accesorios que podrían ayudarle a transformar la vida en belleza o sufrimiento (Carta de Milena Jesenska a Max Brod, 29 de julio de 1920).

Finalmente hay que mencionar a Dora Dymant, berlinesa y sionista, a la que Kafka llevaba más de quince años y con la que vivió entre 1923 y 1924, hasta el final de sus días [26]. Relación que transcurrió con tranquilidad, escudada en la inminencia de la muerte.

## KAFKA, LA ESCRITURA Y LOS ANIMALES

Desde que decide tomar la pluma, Franz Kafka comienza a sentir la escritura como problema. ¿Es posible escribir en el mundo administrado? O más exactamente, ¿es la integración en éste una barrera insalvable para llevar a cabo dicha labor? La formulación de esta pregunta lleva a sospechar que su resolución no pasará por modificaciones técnico-formales de la escritura. Lo fundamental en Kafka es la intensidad conceptual que subyace a lo manifiesto. Su literatura no se contenta con referir y describir hechos, sino que acaba constatando, en sus dificultades para concretarse, la ausencia de lugar para el hombre en el mundo contemporáneo.

---

[26] Kafka le pidió permiso al padre de Dora para casarse advirtiéndole que no era un judío ortodoxo, éste se lo consultó a un rabino que no lo autorizó.

Esta antología ha elegido como hilo conductor relatos sobre animales. Desde «Una pequeña fábula», a la cual más que narración se la debe llamar aforismo, hasta «La metamorfosis», que puede ser catalogada como novela corta, pasando por «Informe para una academia», más propiamente un cuento.

Esta idea de la antología no es nueva, pues ya ha servido para realizar monografías como la de Karl-Heinz Fingerhut [27] e incluso, en nuestro ámbito cultural, Jordi Llovet ya preparó una antología de estas características [28] (acerca de sus diferencias y similitudes véase la Bibliografía selecta). Sin embargo, se trata de la adopción de una idea afortunada pues la utilización de animales es un recurso muy habitual y muy significativo en Kafka.

Mediante estos relatos Kafka manifiesta su desesperanza respecto a un destino personal y el pesimismo frente a lo humano entendido genéricamente. Kafka comprende que la condición humana está inmersa en un círculo vicioso: el síntoma de la técnica y la burocratización, que es la pérdida de identidad (el embrutecimiento del hombre), produce, como reacción y en un movimiento pendular, el abandono a lo instintivo, a lo irracional, a lo visceralmente comunitario (la humanización del animal). Sin embargo, al recurrir a animales, el autor consigue distanciarse suficientemente de lo narrado como para mostrar el dolor, el aislamiento y la desorientación sin resultar patético y dando admirablemente a lo narrado un singular tono de objetividad. Si las fábulas del racionalismo y la ilustración tomaban a los animales como figuras alegóricas para transmitirnos una enseñanza útil y moral, en Kafka no se encuentran moralejas. Sin embargo,

---

[27] Fingerhut, Karl-Heinz, *Die Funktion der Tierfiguren im Werke Franz Kafkas,* Bonn, Bouvier & Co., 1969.
[28] Kafka, Franz, *Bestiario: once relatos de animales,* Selección, prólogo notas de Jordi Llovet, Barcelona, Anagrama, 1990.

la ausencia de éstas no es el resultado de una búsqueda premeditada de oscuridad por parte del autor, sino la constatación de que el mundo ha tomado un cariz que ya no nos permite hallarlas.

En general, el animal siempre ha sido una figura propicia para la proyección de las cualidades y defectos humanos, y lo ha sido por dos razones aparentemente contradictorias: su cercanía y su lejanía. El animal es similar al hombre porque, a diferencia de la planta, tiene capacidad de movimiento, sin embargo no es plenamente asimilable al ser humano. La fábula recurre al animal porque su proximidad permite plantear situaciones y dilemas análogos a los de nuestra especie, pero al mismo tiempo la diferencia que subsiste resulta muy efectiva para transmitir la enseñanza contenida en la narración. Siguiendo este principio, en el siglo XVII Lafontaine y en el XVIII Iriarte o Samaniego sustituían la realidad biológica del animal por una fantasía individual o colectiva para poner de relieve la reducción de la libertad del hombre cuando está «fuera de sí», cuando se deja llevar por sus instintos y sus pasiones.

Los presupuestos literarios que llevan a Kafka a servirse de los animales no son diferentes de los clásicos, sin embargo, la mentalidad subyacente sí que ha cambiado. En la Ilustración, la racionalidad seguía siendo la esencia del hombre y la principal manifestación de esta esencia era el ejercicio de una voluntad libre. En el siglo XIX la industrialización, las aglomeraciones urbanas, las tensiones nacionalistas, el auge capitalista y la burocratización cambiaron enormemente el panorama y pusieron en tela de juicio la equivalencia de hombre y ser libre. El hombre, que se pretendía libre, se topa una y otra vez con la experiencia de la alienación. El movimiento obrero, el evolucionismo, el psicoanálisis parecen diagnosticarlo.

Kafka recurre a los animales por su conciencia inherente de que la esencia humana se ha animalizado, pero lo ha hecho en tal medida que no sólo ha acabado con la libertad, que era su máxima expresión, sino también con su condición previa: la autoconciencia. El hombre ya no sabe lo que es y Kafka se apoya en el animal para dar cuenta de la inaprehensibilidad de la esencia humana. En consecuencia, en ningún relato de Kafka queda totalmente clara la relación alegórica entre animal y hombre, ninguna narración permite una interpretación cerrada, siempre queda vivo el «polisentido» como decía Galvano Dellavolpe.

Sin embargo es un disparate afirmar que Kafka deje abiertos sus relatos con la intención de someter al lector a una suerte de gimnasia mental. Con independencia de que ésta siempre haya de practicarse al leerlo, da más bien la impresión de que la mayoría de las veces Kafka es ambiguo no premeditadamente sino muy a pesar suyo. Si en las fábulas de Kafka no hay moraleja no es porque no la haya buscado, es porque encuentra rota la trama ética y ontológica del mundo, con la que la moraleja se dejaba apresar. La apertura de significados de su escritura no es la de un jeroglífico tramado con malévola autocomplacencia, es el resultado de un lúcido escrutamiento que, precisamente por su lucidez, queda desesperadamente ayuno de soluciones.

Los más distinguidos lectores siempre han apuntado que *Kavka* en checo significa «graja»[29] y han querido ver en ello un indicio de la simpatía del autor por los animales y de su

---

[29]  Es curiosa la arbitrariedad con la que se ha traducido el nombre de esta ave. Algunos traducen por «cuervo», lo cual es aproximado pero incierto. La graja pertenece a la familia de los córvidos pero no tiene la prestancia de esta ave legendaria. Los hay que eligen «chova», otro córvido cuya estilizada figura sin duda se parece más a la de Kafka que la de la graja. Hay un tercer grupo que incorrectamente llama «grajo» a la *kavka*. No, la graja es un ave de plumaje y pico negros y del tamaño de una gallinácea, o sea un animal rotundamente mostrenco y muy común en Centroeuropa. Por cierto, aunque la graja no sea el grajo se le puede aplicar perfectamente aquello de «cuando vuela bajo...», ya saben.

sentimiento de ser un bicho raro, una graja entre hombres. Sin embargo, su relación con el mundo animal siempre fue ambigua. Es cierto que el amor sentimental del habitante urbano por lo rústico y la añoranza de vida del intelectual quedan expresados en su fascinación por las bestias, pero también la sensibilidad extrema del autor le hace ver en las otras especies seres demónicos, de movimientos impredecibles y portadores de un instinto salvaje que puede manifestarse en cualquier momento en una agresión inesperada [30].

## NUESTRA SELECCIÓN

Los doce escritos que aparecen en esta antología pueden ser divididos temáticamente en tres grupos: *a)* los que presentan una «animalización» del hombre, *b)* los que muestran una «humanización» del animal y *c)* aquellos en los que siguen subsistiendo diferencias entre hombre y animal. En todos ellos, lo importante no es la descripción naturalista y «carnal» de los animales, sino la selección que Kafka hace de ciertos rasgos de cada especie que están especialmente conectados con su experiencia personal y que a su vez él juzga útiles para la alegoría.

### La animalización del hombre

En el primer grupo sólo podemos incluir, en rigor, un título: «La metamorfosis». De tanto vivir bajo unas condiciones infrahumanas, Gregor Samsa acaba convirtiéndose en

---

[30]   Para referirse a este sentimiento Fingerhut cita una carta de Kafka (fechada en noviembre de 1917) al filósofo bohemio, judío y sionista Felix Weltsch en la que narra su vivencia en una granja de Zürau, propiedad de su cuñado Karl Hermann, casado con Elli, su hermana mayor. Una noche oyó el pulular de los ratones en la habitación contigua a la suya. Allí queda testimonio del «sigiloso trabajo de ese pueblo proletario dueño de la noche» (Kafka, Franz, *Briefe 1902-1924,* Francfort, Fischer, 1966, pág. 198).

un escarabajo. El envilecimiento al que el mundo contemporáneo somete al hombre puede hacer que una buena mañana uno se despierte transformado en un asqueroso bicho, en un híbrido que no es ni animal, ni hombre. Un ser que sigue teniendo pensamientos y afectos de hombre, pero que ha perdido el habla para expresarlos y el cuerpo para realizarlos. ¿Quién nos ha llevado a esta situación?, ¿un poder metafísico?, ¿una configuración psíquica interna?, ¿el ambiente? ¿Alguien podría contestarlo?

Hay quien dice que nadie ha entendido mejor el siglo XX que Franz Kafka en «La metamorfosis». Para ser más exactos habría que decir que nadie ha expresado mejor lo incomprensible que nos resulta el mundo desde hace algún tiempo. La sociedad humana, simbolizada por la empresa y especialmente por la figura del gerente, rechaza a Gregor Samsa. Sólo su familia está obligada afectivamente a no excluirlo, pero tampoco puede integrarlo del todo. Y esa contradicción es la base del desenlace del relato. Lo han de alimentar, pero les repugna; ¿se han de quitar los muebles de su habitación para que pulule como un escarabajo o se han de dejar para que no olvide su pasado humano?; ¿se le ha de tratar con ternura fraternal, como hace su hermana al principio, o como un molesto escollo?

La pregunta por el trato a Gregor es la pregunta por el sentido de la familia: ¿es la familia una unidad afectiva o de subsistencia? La cuestión parece ser taxativamente contestada por Kafka con la creación de la figura de Grete Samsa. Poco después de que su hermano Gregor se haya convertido en un escarabajo, lo sigue tratando fraternalmente en reconocimiento del bien que hizo a la familia. Sin embargo, luego comprende que empezar a despreciarlo es la condición necesaria para que la propia familia salga adelante. La familia desempeña esas dos funciones: ama y mantiene, pero lo afectivo es sólo un aspecto secundario de la subsistencia, es sólo la confirmación simbólica de la función principal, cuando interfiere o dificulta ésta, debe evitarse.

En un ámbito menos antropológico o genérico y más cercano al autor, podríamos preguntarnos: ¿es Gregor Samsa un híbrido por ser un inadaptado o es un inadaptado porque es un híbrido? Es decir, ¿se siente Kafka culpable y un ser a extinguir por querer ser escritor, o, independientemente de cómo se sienta, es culpable por ser un judío alemán hijo de un judío checo? ¿Qué es primero, el pecado o la culpa? El vaivén del pensamiento ante estas dos alternativas no disipa una desagradable sensación análoga a la que sentía Gregor cuando la criada entraba en su cuarto y decía: «Komm mal herüber, alter Mistkäfer» («Ven aquí, viejo escarabajo pelotero», que también podríamos traducir por «escarabajo de mierda»).

Dentro de la obra de Kafka, la temática simétrica a la de «La metamorfosis» está tratada en «Informe para una academia». Un chimpancé se quiere convertir en hombre y afronta la empresa empleando una dureza extrema consigo mismo para aplicarse a la observación y el aprendizaje. Al final, su ascesis tiene éxito y se convierte en una estrella de las variedades. Una primera interpretación diría: el hombre no permite al animal otra integración en su mundo más que en la marginalidad. Otra más reflexionada diría que en el mundo actual el hombre se ha convertido en una ser banal y mostrenco, en consecuencia el aprendizaje de Peter el rojo, cuyos ritos de iniciación son fumar en pipa y beber de una botella de aguardiente, no difiere mucho del de cualquier hombre contemporáneo. El regocijo de los espectadores al ver a Peter el rojo haciendo sus muecas y remedos son síntoma de la gran devaluación que ha experimentado lo humano. Aunque Gregor se «animalice» y Peter se humanice, el pesimismo antropológico del autor subyace a las dos narraciones. Eso sin menoscabo de la maestría para la parodia y el sentido del humor siempre presentes en Kafka.

## La humanización animal

En el grupo de narraciones de humanización animal, «El nuevo abogado» introduce mayor ambigüedad. Bucéfalo, otrora caballo de Alejandro Magno, se ha convertido en un jurista que hoy protagoniza batallas legales. ¿Qué hay detrás de esto? ¿Añoranza romántica de los tiempos heroicos o canto al progreso que ha conseguido poner coto a la agresividad humana? Ya no reina la violencia porque ha sido monopolizada por el Estado. El caballo se ha dado cuenta de que es mucho más efectivo franquear la puerta del Palacio de Justicia que las puertas de la India. De esta manera ha conseguido poner fuera de la ley a los enemigos. Aquellos persas, que antes blandían la espada contra el Conquistador, son hoy macarras, navajeros y carne de presidio.

La galería de animales antropomórficos también incluye algunos cuyas peripecias individuales sirven para representar un destino colectivo. El final del ratón de «Una pequeña fábula», que sólo puede ser la trampa o las fauces del gato, parece remitir a cualquiera de los atolladeros de la condición humana.

«Chacales y árabes» es el relato de Kafka que ha sido interpretado con más frecuencia en relación con la situación de los judíos en Europa. Los costrosos chacales, comedores de carroña, son paradójicamente los baluartes de la pureza. Los árabes, que matan a los animales para comérselos y dejan sus restos en el desierto, son irresponsables y sacrílegos opresores de los chacales. Los chacales le ofrecen al narrador unas tijeras para que, a modo de Mesías vengador, acaben para siempre con los árabes [31]. En esta oferta se halla la encrucijada: o aceptar las tijeras de la beligerancia sionista o

---

[31] Lo interesante de esta imagen es que las oxidadas tijeras que le traen los chacales al narrador, pueden ser tanto un arma de agresión como un instrumento que sirva para cortar las ligaduras con el mundo profano y gentil.

seguir comiendo la carroña que de vez en cuando deja el europeo al judío asimilado.

«Investigaciones de un perro» plantea el problema de la integración del individuo en la comunidad. El protagonista y narrador en primera persona, un perro, es un auténtico filósofo. Alguien que, por su compulsivo hábito de preguntarse y preguntar acerca de la condición perruna, hace discurrir su existencia por la marginalidad. Sin embargo, un buen día, renegando de lo exclusivamente especulativo, decide experimentar por sí mismo el ayuno para descubrir de dónde procede el alimento de los perros. La tradición perruna afirma que el alimento crece de la tierra, siempre que ésta se riegue con la orina [32]. La autoridad quiere reforzar esta creencia mediante «la pequeña regla con la que las madres destetan a sus crías y las dejan libres: "Haz aguas siempre que puedas"». El trasfondo del relato es «el silencio de Dios». El gran Kafka hace que los perros de esta narración no puedan ver a su benefactor, el hombre, al igual que, en su existencia real, el hombre no puede ver a Dios. Y la obtención del alimento cotidiano plantea un dilema teológico: ¿no es una desconfianza en la Providencia fiarlo todo a la labranza de la tierra, al trabajo y a lo profano? Pero, el no poder ver a Dios, ¿no hace de esa confianza una fuente de angustia? Cuestión insoluble, ¿qué es mejor: dar con el mazo o rogar?, ¿la laboriosidad o la Esperanza?, ¿la vida activa o la contemplativa?, ¿Marta o María?

«La madriguera» («Der Bau», también traducida como «La construcción» o «La guarida») es un relato claramente dividido en dos partes. La primera nos da cuenta del obsesivo perfeccionismo de un roedor, que puede ser un topo o un tejón, en la construcción de su vivienda, diseñada para su

---

[32]   Aunque este crecimiento de los alimentos en la tierra previo riego puede ser la metáfora de la delimitación de la territorialidad mediante la orina.

bienestar y su protección. La descripción de las galerías, plazas, laberintos, entradas falsas y por supuesto de su magnífica plaza mayor son realizadas por el narrador-constructor con un sentir en el que se entreveran el orgullo y la preocupación. En la segunda parte, el protagonista oye insistentemente un silbido, tal vez real, tal vez puramente imaginario. El silbido es tomado por el constructor como la presencia de un amenazante intruso. Como siempre, la posibilidad de interpretaciones es variada. La madriguera puede ser la obra literaria de Kafka, algo que le inspiraba seguridad pero que al mismo tiempo sentía como una maldición, como la venganza que la obra (el arte) ejerce sobre su autor (la vida). La construcción puede ser la laboriosa vida de Kafka, llena de compartimentos diferentes para la escritura, el trabajo, la familia, los amigos y las prometidas, frente al silbido que representaría su galopante tuberculosis. En un sentido psicoanalítico se podría suponer que el trabajo en la guarida es el consciente y el silbido lo inconsciente y lo irracional. Incluso hay quien ha tomado el miedo del animal en su vivienda como la «Cristofobia», como el pavor y la repugnancia del Dios judío ante la aparición del intruso usurpador.

«Josefina, la cantante, o el pueblo de los ratones» es el más genial y humorístico relato de Kafka. En éste se trata la situación del artista en el mundo contemporáneo. De hecho, Adorno tomaba este cuento como una parábola que alegorizaba lo que él denominó «industria cultural». Los ratones tienen como heroína a una cantante valorada como singular, cuando en el fondo lo único que consigue es hacer uso de una capacidad que todos poseen: la del silbar, y en la cual Josefina, por cierto, no destaca especialmente. Sin embargo los «cantos» de Josefina logran reunir a las multitudes que escuchan emocionadas. La relación del ratón con la gran cantante es la relación del hombre común con el arte. Gusta en la medida en que se ofrece en un contexto diferente al trabajo cotidiano, pero tampoco deseamos que nos enajene totalmente de nuestra existencia. La clave del éxito de Josefina radica en ser una hija del pueblo y en la mediocridad de su voz [33]. Un arte demasiado sublime hubiera sido insoportable. Al final de su vida, Kafka parece preguntarse si no hubiera resultado mejor no haber sido tan perfeccionista y haber hecho en su obra algunos gestos más a la banalidad. Sin embargo, para no resultar patético y de paso hacernos sonreír, se presenta a sí mismo como una ratona cantante.

## Enfrentamiento entre mundo animal y mundo humano

Aparte de la animalización, presente en «La metamorfosis» y la humanización de los otros siete relatos que hemos tratado, hablamos de un tercer grupo de narraciones: aquellas en las que subsiste la diferencia entre el animal y el humano.

En «El buitre» y en «Preocupaciones de un cabeza de familia» aparece el animal como un ser agresivo; el primero de los relatos, abiertamente, y en el segundo, de forma soterrada y potencial. El buitre acaba con el narrador que experimenta su fin como horror y como desahogo a la vez. Con ello Kafka muestra el principal sentimiento del suicida progresivo, una especie muy común, y a la que él pertenecía, pues en muchas ocasiones experimentó su enfermedad como un alivio.

«Preocupaciones...» muestra la fascinación y el temor de un padre de familia por el enigmático Odradek, un ser en las fronteras de la animalidad, de costumbres cíclicas, pero incomprensibles.

«Un cruzamiento» y «El topo gigante» utilizan seres fantásticos, un híbrido de gato y oveja y la crónica de los que

---

[33] La verdad es que Josefina evoca a Concha Piquer, a la que nadie reconocía grandes facultades vocales pero a la que todos admiraban.

dicen haber visto un roedor de tamaño descomunal, para poner en tela de juicio eso que llamamos realidad. Kafka, en general, supo hacernos ver que la «realidad» no es tan real y que algunos de los seres y situaciones que presentó en su obra literaria son mucho más reales de lo que la «realidad» nos hace pensar. Es decir, que a la «realidad» le interesa que nos habituemos a ella y la consideremos «lo normal» para poder seguir siendo un monstruo.

MIGUEL SALMERÓN

## BIBLIOGRAFÍA SELECTA

Voy a referirme exclusivamente a antologías que recogen alguno o algunos de los relatos de nuestra selección y, dentro de éstas, a las que, o bien en las ediciones que aquí se mencionan o bien en sus reimpresiones, son fáciles de encontrar en España. Para una bibliografía completa remito al excelente prólogo de Luis Acosta a *El castillo,* Cátedra, Madrid, 1998, y al capítulo de Oscar Caoeiro, «Hispania» del segundo tomo de Hartmut Binder (ed.), *Kafka Handbuch,* Stuttgart, Alfred Kröner, 1979.

«La metamorfosis», en *Revista de Occidente* (Madrid, 1925).

Esta traducción, no firmada, ha sido atribuida a Jorge Luis Borges y fue reimpresa en 1938 en Buenos Aires por Losada. La citada versión constituye, junto a la de «Un artista del hambre» y «Un artista del trapecio» (también publicadas por *Revista de Occidente,* en 1927 y 1932 respectivamente) la base de la reedición que hizo Alianza en 1966.

*La condena,* traducciones J. R. Wilcock y María Rosa Oliver, Emecé, Buenos Aires, 1967.

Esta edición contiene la selección realizada por Max Brod, que él tituló *Erzählungen und kleine Prosa.* En lo que a nuestra traducción respecta es importante porque en esta selección se recogen «El nuevo abogado», «Chacales y árabes» y «Josefina, la cantante, o el pueblo de los ratones». Alianza realizó una reedición en 1972.

*La muralla china,* traducciones Alfredo Pippig y Alejandro Ruiz Guiñazú, Buenos Aires, 1953.

Otra vez el título rebautiza una selección, la denominada por Martin *Walser Beschreibung eines Kampfes* que fue editada por Fischer. La antología recoge algunos relatos comunes a la nuestra: «Un cruzamiento», «La madriguera» (aquí traducida como «La construcción»), «El topo gigante» e «Investigaciones de un perro». Alianza reimprimió en 1973.

*La metamorfosis y otros relatos,* edición y traducción de Ángeles Camargo, Madrid, Cátedra, 1985.

Camargo toma como material para la selección la parte de la obra de Kafka que éste consideró digna de ser publicada, es decir: «La metamorfosis», «La condena», «En la colonia penitenciaria», el conjunto de relatos publicados bajo el título *Un médico rural* y «El fogonero» (primer capítulo de la novela *América).* El prólogo contextualiza muy bien la biografía y la obra. La traducción es, igualmente, muy acertada.

*Bestiario: once relatos de animales,* selección, prólogo y notas de Jordi Llovet, Barcelona, Anagrama, 1990.

Es oportuno mencionar esta antología por la similitud con la nuestra. El comentario de los relatos que aparece al final del volumen es, al tiempo que sobrio y mesurado, personal e interesante. Llovet elige, a diferencia de nosotros, «El silencio de las sirenas» y «Un artista del hambre» y excluye «La metamorfosis», por motivos de espacio, «La madriguera», porque su narrador «no aparece en ningún momento descrito como un animal», y «Josefina, la cantante, o el pueblo de los ratones», aduciendo que en el relato los ratones son una «masa anónima y amorfa». Efectivamente, en «Josefina...» no se describe a los ratones por defecto, sino que a Kafka el rasgo que le interesa de los ratones es su gregarismo, cuyo síntoma es aparecer como una «masa anónima y amorfa». El narrador en primera persona califica la especie de los ratones como «un pueblo proletario», lo que coincide con la apreciación que hace el autor al contar en una carta a Felix Weltsch (cf. nota 31) el miedo que sintió a los ratones en Zürau. Los ratones son un «pueblo proletario dueño de la noche». Por lo demás, la idea de hacer un bestiario nos parece, obviamente, muy feliz. Las traducciones de las que se sirve Llovet para hacer su selección son las de Borges, Ruiz Guiñazú, Pippig, Wilcock y María Rosa Oliver.

*La metamorfosis y otros relatos,* edición, introducción y notas Eustaquio Barjau; estudio de la obra, Francisco Antón y Eustaquio Barjau; traducción, Carmen Gauger, Vicens Vives, Barcelona, 1997.

Barjau y Antón llevan a cabo una encomiable labor de divulgación entre el público adolescente y juvenil. El volumen, de marcado carácter pedagógico, incluye una biografía del autor, una guía de lectura, una sección de documentos sobre diversos motivos (el arte, la soledad, las relaciones familiares, etc.) e incluso un apartado de análisis en el que se formulan preguntas al neófito lector. A esto se añade la aseada traducción de Carmen Gauger de «La metamorfosis», «Ante la ley», «Informe para una academia» y «La condena», una selección de textos temáticamente coherente.

*La metamorfosis,* traducción de Carlos Fortea, Debate, Madrid, 1998.

Esta nueva versión es el resultado del concienzudo trabajo de un muy buen traductor. El título de la colección «Siete libros para comprender el siglo XX» y el prólogo, estándar y común con los otros seis, son demasiado genéricos.

# LA METAMORFOSIS [1]

## I

Una mañana, al despertar de sueños intranquilos, Gregor Samsa se encontró en su cama convertido en un monstruoso bicho. Estaba boca arriba, sobre la dura coraza de su caparazón, y, si levantaba un poco la cabeza, podía ver su abovedado vientre, marrón y dividido por surcos arqueados; sobre éste, la colcha apenas podía sostenerse y estaba a punto de deslizarse hasta el suelo. Sus muchas patas, patéticas en comparación a lo que habían sido sus piernas, se agitaban con impotencia ante sus ojos.

«¿Qué me ha sucedido?», pensó. Aquello no era un sueño. Su habitación, una digna habitación humana, tal vez sólo

---

[1] Escrito en el último trimestre de 1912 y editado en 1915 en la revista de Kurt Wolff *Der jüngste Tag* en doble número (22 y 23). Esta publicación tenía como objeto reunir lo más granado de la literatura expresionista del momento. Igualmente, el relato se publicó en 1915 en *Die weissen Blätter*. Kafka se propuso publicar «La metamorfosis» junto a «El fogonero» y «La condena» bajo el título *Söhne* (Hijos) o junto a «La condena» y «La colonia penitenciaria» bajo el título *Strafen* (Penas). Esto indica que para Kafka dichos relatos guardaban entre sí una relación temática y que su publicación conjunta podía constituir una unidad. Y como siempre quedan en cuanto a la interpretación preguntas abiertas: ¿Qué supone la metamorfosis de Gregor Samsa? ¿El castigo que ha de sufrir un parásito soñador por su inadaptación o el sustraerse al mundo del trabajo y su alienación de lo humano?

algo pequeña, seguía dentro de sus cuatro archiconocidas paredes. Por encima de la mesa, sobre la que estaba extendido un muestrario de tejidos —Samsa era representante—, colgaba una estampa que hacía poco había recortado de una revista ilustrada. Representaba a una dama tocada con un gorro de piel y envuelta en una boa de pieles. La dama estaba sentada muy erguida, de frente al espectador, y empuñaba un manguito, también de piel, tan grande que cubría todo su antebrazo.

La mirada de Gregor se dirigió hacia la ventana, y el cielo nublado —las gotas de lluvia retumbaban en la hojalata del alféizar— le hizo sentir melancolía. «¿Qué pasaría si siguiera durmiendo y me olvidara de todas estas locuras?», pensó; pero esto era absolutamente irrealizable, porque estaba acostumbrado a dormir del lado derecho y su estado actual no le permitía adoptar esta postura. Por mucho que intentaba volverse de ese lado, siempre acababa tumbado de espaldas. Lo pudo intentar unas cien veces mientras cerraba los ojos para evitar ver el agitar de sus patas, pero sólo cejó en su propósito cuando empezó a sentir en el costado un ligero y sordo dolor que hasta entonces no había notado.

«¡Dios mío! —pensó—, ¡qué profesión más dura he escogido! Un día sí y otro también de viaje. La tensión es mucho mayor que cuando se tiene en casa un negocio familiar; además he de sufrir esa plaga de los viajes, los quebraderos de cabeza por los transbordos ferroviarios, las comidas irregulares y de baja calidad, y, a todo esto, un trato humano siempre cambiante, nunca duradero, que jamás llega a ser cordial. ¡Que se vaya todo al infierno!» Sintió un ligero picor en la parte superior de su vientre; se deslizó sobre su espalda hacia la cabecera de su cama para poder elevar mejor su cabeza y localizó el lugar de donde procedía el picor: estaba cubierto de puntos blancos cuya presencia no supo explicar; quiso palparlos con una pata, pero la apartó enseguida, pues el roce le produjo escalofríos.

Volvió a deslizarse hasta su posición anterior. «Levantarse temprano le vuelve a uno completamente idiota —pensó—. El hombre debe dormir lo que le hace falta. Otros representantes viven como hembras de harén. Cuando a media mañana vuelvo a la pensión a anotar los pedidos que he conseguido contratar, me los encuentro empezando a desayunar. Si yo le propusiera hacer eso a mi jefe, estaría de inmediato de patitas en la calle. Aunque quién sabe si eso no me convendría. Si no fuera por mis padres, hace tiempo que ya me habría despedido, me hubiera puesto delante del jefe y le habría dicho todo lo que pienso. ¡Se habría caído de su pedestal! También es curioso que le dé por subirse a un pedestal y hablar desde allá arriba a sus empleados, que encima tienen que acercarse a él por lo mal que oye. Bueno, todavía no he perdido del todo las esperanzas; una vez que haya reunido dinero para pagar la deuda de mis padres —para lo cual necesito todavía cinco o seis años— , lo haré, ¡vaya si lo haré! Entonces cortaré con todo. De todos modos, antes lo que debo es levantarme, pues mi tren sale a las cinco.»

Y miró al despertador, que hacía tictac encima del baúl. «Dios del Cielo», pensó. Eran las seis y media y las manecillas seguían avanzando; ya eran más de y media, casi menos cuarto. ¿Es que no había sonado el despertador? Desde la cama se veía que había sido bien puesto a las cuatro; seguro que había sonado. Pero, ¿era posible haber seguido durmiendo con aquel estruendo que hacía agitarse a los mismísimos muebles? No, su sueño no había sido tranquilo, pero tal vez por eso sí más profundo. «¿Qué podría hacer ahora?» El próximo tren salía a las siete; para cogerlo tendría que darse una prisa loca. El muestrario no estaba aún empaquetado y él no se sentía totalmente despejado y presto. Además, aunque alcanzase el tren, no se habría librado de la tormenta de improperios de su jefe, pues el encargado de la empresa, que le habría estado esperando junto al tren de las cinco, ya habría dado cuenta de su falta. El encargado era una réplica del jefe, sin dignidad ni comprensión. ¿Y si decía que estaba enfermo? Esto sería extremadamente comprometido y sospechoso, pues durante sus cinco años de empleo no había enfermado ni una sola vez. Seguro que el jefe vendría con el médico del seguro, les reprocharía a sus padres el tener un hijo tan vago y zanjaría la cuestión remitiéndose a las indicaciones del médico, para el que sólo hay hombres sanos pero con aversión al trabajo. ¿Le faltaría en este caso razón? Gregor, aparte de padecer cierta somnolencia ociosa después de un largo sueño, se sentía muy bien y tenía mucha hambre.

Cuando pensaba en esto aceleradamente, sin decidirse a abandonar la cama —en el despertador daban las siete menos cuarto—, unos leves golpes sonaron en la puerta situada a la cabecera de su lecho.

—Gregor —se oyó; era su madre—, son las siete menos cuarto, ¿no tenías que irte?

¡Qué voz más suave! Gregor se asustó al escuchar la suya que contestaba; indudablemente era su voz de siempre, pero en ella, como viniendo de abajo, se mezclaba un irreprimible y doloroso silbido que sólo dejaba oír con claridad los comienzos de sus frases, pues el resto quedaba destrozado de tal forma, que no sabía si se habían podido escuchar. A Gregor le hubiera gustado contestar con detalle y haberlo explicado todo, pero en esas circunstancias se limitó a decir:

—Sí, sí, gracias, mamá. Ya me levanto.

Tal vez la puerta de madera hizo que no se notara la modificación en la voz de Gregor, pues la madre se contentó con estas palabras y se apartó de allí. Pero la pequeña conversación había hecho que los otros miembros de la familia advirtieran que, sorprendentemente, Gregor aún seguía en casa, y, en una de las puertas laterales, el padre, golpeando levemente, pero con el puño, exclamó:

—Gregor, Gregor, ¿qué esta ocurriendo?

Después de un rato volvió a insistir con voz más grave.

—¡Gregor, Gregor!

En la otra puerta sonaba con un tono dulcemente preocupado la voz de su hermana.

—¡Gregor!, ¿no estás bien? ¿Necesitas algo?

—Ya estoy listo —respondió a ambos lados, aplicándose en la pronunciación y haciendo largas pausas para evitar que en su voz se notara algo raro. El padre volvió a su desayuno, pero su hermana susurró.

—Abre, Gregor, te lo ruego.

Pero Gregor no pensaba abrir, y se congratulaba de la costumbre, que por precaución había adquirido en los viajes, de encerrarse en su habitación, incluso en su propia casa.

Lo primero que tenía que hacer era levantarse, tranquilo y sin prisas, vestirse y, ante todo, desayunar, y sólo entonces, pensar en lo demás; estaba claro que en la cama sus pensamientos no le llevarían a ninguna conclusión. Recordaba haber sentido otras veces ese ligero dolor, tal vez producido por haber dormido en mala postura, y que luego al levantarse se revelaba como un mero constructo de su imaginación, y ahora sentía curiosidad por cómo se disiparían sus ensoñaciones de hoy. No dudaba lo más mínimo de que la modificación de su voz no era nada más que un síntoma temprano de un resfriado en toda la regla, enfermedad profesional de los viajantes de comercio.

Desembarazarse de la colcha fue muy sencillo; tan sólo necesitó hinchar un poco el pecho y ésta cayó por sí misma. Pero por otra parte resultó complicado, pues era singularmente ancha. Para incorporarse hubiera tenido que utilizar sus brazos y sus piernas, pero, en lugar de éstos, sólo contaba con múltiples patitas que seguían realizando ininterrumpidamente los más variados movimientos que, por lo demás, él no sabía controlar. Si quería doblar una, ésta era la primera que se estiraba; cuando al fin conseguía hacer lo que quería con esa pata, todas las demás se accionaban li-

bremente, con vivacidad y produciéndole dolor. «No hay
que ser perezoso en la cama», dijo para sí Gregor.

En primer lugar quiso salir de la cama con ayuda de la
parte inferior de su cuerpo, pero esta parte inferior, que, por
cierto, no había visto todavía y de la cual no había podido
hacerse una imagen muy clara, se reveló muy poco móvil.
¡Era tan lenta! Finalmente, cuando casi se había vuelto loco,
se lanzó con todas sus fuerzas hacia delante. Pero había
escogido mal la dirección y se golpeó fuertemente contra
los pies de la cama; el ardiente dolor que sintió le indicaba
que la parte inferior de su cuerpo era, precisamente, la más
sensible.

Por lo tanto, intentó salir de la cama con la parte superior
y giró con precaución la cabeza hacia el borde del lecho.
Esto lo consiguió con facilidad y, a pesar de su anchura y
su peso, la masa de su cuerpo secundó el giro de su cabeza; pero cuando finalmente ésta sobresalió por fuera de la
cama y estaba suspendida en el aire, tuvo miedo de seguir
avanzando de esa manera, pues si se dejaba caer así, tendría
que ocurrir un milagro para no herirse la cabeza. Y, a toda
costa, no quería ahora perder el sentido; prefirió quedarse
tumbado.

Sin embargo, una vez que tras idénticos esfuerzos y jadeando, se encontró en la misma posición y volvió a ver sus
patitas luchando entre sí aún con mayor ardor —si es que
esto era posible—, se supo incapaz de poner paz y orden en
aquel desbarajuste y decidió que no podía quedarse en la
cama y que lo más razonable era arriesgarlo todo, aunque
sólo tuviera una mínima esperanza de salir de ella. Pero al
mismo tiempo, no olvidó que el razonamiento tranquilo, incluso el extremadamente tranquilo, es mucho mejor que las
decisiones desesperadas. Orientó entonces su mirada hacia
la ventana, pero, por desgracia, poca confianza y vitalidad
se podía obtener de la visión de la niebla matinal, que incluso ocultaba la otra acera de la calle. «Ya son las siete

—se dijo al oír de nuevo el despertador—, ya son las siete y todavía con esta niebla.» Durante un rato permaneció tranquilamente echado y con una respiración relajada, como si de aquella completa calma esperara la vuelta de las circunstancias reales y normales.

Entonces se dijo: «Antes de que den las siete y cuarto, tengo que haberme levantado. Seguro que, entretanto, viene alguien de la empresa para preguntar por mí, pues abren antes de las siete». Y se dispuso a dejar caer de la cama su cuerpo, cuan largo era. Si lo hacía de esta manera, la cabeza, que movería hacia arriba en la caída, no sufriría herida alguna. La espalda parecía dura y probablemente no le ocurriría nada al caer, amortiguada por la alfombra. La mayor reticencia la tenía por el fuerte estrépito que iba a hacer y que, detrás de cada puerta, provocaría, si no miedo, sí preocupación.

Cuando la mitad del cuerpo de Gregor estaba fuera de la cama —el nuevo método era más un juego que un esfuerzo, sólo tenía que balancearse sobre su espalda—, pensó lo fácil que habría sido si alguien le hubiera ayudado. Dos personas robustas —pensaba en su padre y en la criada— hubieran bastado: habrían deslizado sus brazos por debajo de su abombada espalda, lo habrían sacado del lecho, se habrían inclinado con su carga y después le habrían permitido estirarse en el suelo, donde era de suponer que las patas empezarían a desempeñar su función. Pero ahora, aparte del hecho de que las puertas estaban cerradas, ¿le convenía pedir ayuda? A pesar de sus agobios, no pudo reprimir una sonrisa al pensarlo.

Había llegado a un punto en el que con un balanceo algo más fuerte apenas podría mantener el equilibrio —y tenía que decidirse pronto porque dentro de cinco minutos serían las siete y cuarto—, cuando llamaron a la puerta de su casa. «Seguro que es alguien del trabajo», se dijo, y casi se quedó paralizado mientras sus piernas danzaban todavía con mayor rapidez. Durante un momento todo permaneció en calma. «No abren», pensó Gregor aferrado a cierta débil esperanza. Pero luego, la criada se dirigió con paso firme a la puerta y abrió. A Gregor sólo le hizo falta oír el primer saludo del visitante para saber quién era: el gerente en persona. ¿Por qué precisamente Gregor estaba condenado a trabajar en una empresa en la que la más mínima falta provocaba la mayor de las sospechas? ¿Es que todos los empleados eran canalla? ¿No había entre ellos ninguna persona de fiar que, por haberle tomado a la empresa dos horas de una mañana, se volviera loco de remordimiento y, precisamente por eso, no estuviera en condiciones de dejar la cama? ¿No bastaba con mandar un aprendiz para preguntar, si es que, por otra parte, era necesario hacerlo? ¿Tenía que venir el gerente en persona para mostrarle a la pobre familia que la investigación de este sospechoso caso sólo podía confiarse a su buen entendimiento?

Más a consecuencia de la excitación que le produjeron estos pensamientos que de una auténtica decisión, Gregor se cayó de la cama con todo su peso. Hubo un fuerte golpe, pero no estrépito propiamente dicho: la caída fue ligeramente amortiguada por la alfombra, además la espalda era más elástica de lo que había pensado, por lo que su impacto dio lugar a un ruido sordo no especialmente llamativo; sólo que no había tenido suficiente precaución con la cabeza y se había dado un golpe en ella. La giró y la frotó contra la alfombra lleno de disgusto y dolor.

—Ahí dentro se ha caído algo —dijo el gerente en la habitación contigua de la izquierda.

Gregor intentó imaginarse que al gerente le ocurriera algo parecido a lo que le había ocurrido a él hoy. Pero como cruda respuesta a esta pregunta, el gerente dio un par de pasos decididos e hizo crujir sus botas de charol. En la habitación de la derecha, la hermana susurró para advertir a Gregor:

—Gregor, el gerente esta aquí.

—Ya lo sé —dijo Gregor para sí, pero no se atrevió a levantar la voz como para que lo oyera su hermana.

—Gregor —dijo el padre desde el cuarto de la izquierda—, el señor gerente ha venido y quiere saber por qué no has tomado el primer tren. No sabemos qué decirle. Además, él quiere hablar contigo personalmente. Así que abre la puerta, el señor tendrá la bondad de disculpar el desorden.

—Buenos días, señor Samsa— dijo amablemente el gerente.

—Algo le pasa —le dijo la madre al gerente, mientras el padre seguía hablando en la puerta—, algo le pasa. ¿Cómo podría Gregor haber perdido un tren? El muchacho no tiene en su cabeza otra cosa que la empresa. Si casi me enfado porque no salga ninguna noche. Ahora ha estado aquí ocho días, pues bien, no ha salido ni una noche de casa. Se sienta a la mesa tranquilamente con nosotros, lee tranquilamente el periódico o se estudia los horarios de los trenes. Su única diversión es hacer trabajos de marquetería. Por ejemplo, a lo largo de dos o tres tardes ha tallado un pequeño marco; se sorprenderá al ver lo bonito que es; cuelga en el cuarto, lo verá ahora cuando Gregor abra. Además, me alegro que haya venido usted, señor gerente, sin su ayuda no hubiéramos conseguido que Gregor abriera la puerta; es tan testarudo; seguro que le pasa algo, aunque esta mañana decía que no.

—Enseguida voy —dijo Gregor lenta y cautelosamente, sin hacer ni un leve movimiento para no perderse una sola palabra de la conversación.

—Yo tampoco puedo explicármelo de otra manera, buena señora —dijo el gerente—, espero que no sea nada grave. Aunque también debo decir que, desgraciadamente, los comerciantes, mirando por nuestro negocio, hemos de sobreponernos frecuentemente a leves malestares.

—¿Entonces, puede pasar ya el señor gerente? —preguntó el impaciente padre golpeando la puerta.

—No —dijo Gregor.

En la habitación de la izquierda se hizo un penoso silencio; en la habitación de la derecha la hermana empezó a sollozar.

¿Por qué no iba su hermana con los otros? Seguro que se acababa de levantar y aún no había empezado a vestirse. ¿Y por qué lloraba? ¿Porque él no se levantaba y no dejaba entrar al gerente, porque ponía en peligro su puesto de trabajo y porque entonces el jefe volvería a perseguir a sus padres con las exigencias de antes? Sin embargo, por el momento, eso era preocuparse gratuitamente. Gregor todavía estaba allí y no había pensado ni por un instante abandonar a su familia. De momento estaba sobre la alfombra, y nadie que supiera de su estado actual le hubiera podido exigir seriamente que dejara pasar al gerente. Además, Gregor no podía ser despedido por esa pequeña incorreción, para la que ya encontraría más tarde una excusa adecuada, y le pareció que ahora era mucho más sensato dejarle en paz, en vez de importunarlo con llantos y charlas. Mas, aquella incertidumbre que acosaba a los otros disculpaba su comportamiento.

—Señor Samsa —llamó entonces el gerente levantando la voz—, ¿qué ocurre? Se parapeta usted en su habitación, se limita a contestar síes y noes, preocupa usted grave e innecesariamente a sus padres y abandona sus obligaciones, aprovecho para decir, de forma realmente inaudita. Le hablo en nombre de sus padres y de su jefe y le pido muy en serio una explicación clara e inmediata. Me deja atónito; me deja atónito. Lo tomaba a usted por un hombre sereno y razonable. El jefe me sugirió esta mañana una posible explicación para su falta, concerniente al cobro que se le encargó hace poco, y yo casi empeñé mi palabra de honor por usted diciendo que esa explicación no podía ser cierta. Pero ahora, al ver su incomprensible pasividad, pierdo las ganas de exponerme por usted. Digamos que su posición no es precisamente la más sólida. Tenía al principio la intención de decirle esto en privado, pero como me está haciendo perder el tiempo inútilmente, no sé por qué sus padres no van a saberlo. Su rendimiento en los últimos tiempos ha dejado mucho que desear; sabemos que ésta no es la estación indicada para hacer este tipo de negocios, pero no hay estación en la que no se hagan negocios.

—Pero, señor gerente —gritó Gregor fuera de sí cuando, en su excitación, olvidó todo lo demás—. Me levantaré inmediatamente. Un ligero malestar y un mareo me han impedido hacerlo. Todavía estoy acostado, pero ya me he repuesto. En este preciso instante he salido de la cama. Tan sólo le pido que tenga un minuto de paciencia. La cosa no va como yo pensaba. Ya estoy mejor. ¿Cómo puede haberme ocurrido esto? Ayer me sentía muy bien, mis padres lo sabían, o quizá ayer ya tenía un pequeño presentimiento; mis padres tendrían que habérmelo notado. ¿Por qué no lo habré dicho en el trabajo? Pero siempre piensa uno que podrá superar la enfermedad sin necesidad de quedarse en casa. Señor gerente, no le haga usted esos reproches a mis padres, no hay razón para ello, nadie me ha dicho nada. Tal vez no ha leído usted los últimos pedidos que he contratado. Por cierto, viajaré en el tren de las ocho, estas dos horas de sueño me han fortalecido. No se entretenga más, señor gerente, enseguida iré a la empresa, y hágame el favor de presentar mis respetos al señor director.

Y mientras Gregor desembuchaba esto precipitadamente, sin apenas saber lo que estaba diciendo, se había acercado con facilidad al baúl gracias a la práctica que había conseguido en la cama, e intentaba levantarse apoyándose en él. Quería abrir la puerta, dejarse ver y hablar con el gerente. Sentía una enorme curiosidad por saber qué dirían al verle todos los que tanto reclamaban su presencia. Si se asustaban, Gregor ya no tendría ninguna responsabilidad y podría estar tranquilo. Si lo asumían con serenidad, tampoco tendría ningún motivo de intranquilidad y, si se apresuraba, podría estar a las ocho en la estación. Al principio resbaló un

par de veces sobre la lisa superficie del baúl, pero finalmente, de un impulso, consiguió ponerse en pie. Ya no le
preocupaban los dolores en la parte inferior de su cuerpo,
aunque ésta le ardía. Entonces se dejó caer sobre el respaldo
de una silla cercana a cuyos bordes se agarró fuertemente
con sus patitas. De esta manera obtuvo el dominio sobre sí
mismo y dejó de hablar; ahora podía al fin escuchar al gerente.

—¿Han logrado ustedes entender una palabra? —preguntó el gerente a sus padres—, ¿se estará burlando de nosotros?

—Por Dios —exclamó la madre, que ya había roto a llorar—, tal vez esté muy enfermo y nosotros lo estamos ator-
mentando—. ¡Grete!, ¡Grete!— gritó.

—¿Mamá? —dijo su hermana desde el otro lado; se hablaban a través de la habitación de Gregor.

—Tienes que ir a llamar inmediatamente a un médico.
Gregor está enfermo. ¿Has notado como hablaba?

—Era una voz de animal —dijo el gerente en un tono notoriamente bajo en relación con los gritos de la madre.

—Anna, Anna —dijo dando palmadas el padre, cuya voz
procedía del vestíbulo e iba dirigida a la cocina—, traiga inmediatamente aquí a un cerrajero.

Y ya se oía el rumor de las faldas de las dos muchachas
cruzando el recibidor y percibió cómo abrían la puerta
—¿cómo podría haberse vestido su hermana con tanta rapidez?—. Sin embargo no hubo ningún sonido de cierre de
puertas. Tal vez las habían dejado abiertas, como suele pasar
en las casas donde ha ocurrido una gran desgracia.

Por el contrario, Gregor estaba mucho más tranquilo. Ya
no se comprendían sus palabras, pero a él le habían parecido
suficientemente claras, mucho más claras que antes, tal vez
porque se le había acostumbrado el oído. Aun así, se sabía
que algo no iba bien con él y se le quería ayudar. La resolución y la seguridad con la que se tomaron las primeras deci-

siones le agradaron. Se creía incluido de nuevo en el círculo de los humanos y esperaba de ambos, del médico y del cerrajero, sin distinguirlos con precisión, importantes y sorprendentes acciones. Y para poder hablar con la mayor claridad posible en las decisivas conversaciones que iban a tener lugar, carraspeó un poco, aunque se esforzó en hacerlo con suavidad, pues quizá este sonido fuera diferente al de una tos humana, algo que él ya no se sentía capaz de distinguir. En la habitación contigua se había hecho un silencio absoluto. Tal vez los padres se habían sentado a la mesa y cuchicheaban, tal vez estaban todos apoyados a la puerta, escuchando.

Gregor se acercó con la silla a la puerta; la dejó allí; se lanzó contra la puerta y se quedó como pegado a ella —los extremos de sus patas despedían cierta sustancia adhesiva— y descansó allí un rato del esfuerzo. Entonces se dispuso a hacer girar con su boca la llave de la cerradura. Desafortunadamente parecía que no tenía dientes —¿cómo podría aferrarse a la llave?—, sin embargo, sus mandíbulas eran muy fuertes y con ayuda de éstas consiguió mover la llave sin atender a que probablemente se estaba causando cierta lesión, pues un fluido marrón empezó a salirle por la boca, a chorrear por la llave y a gotear hacia el suelo.

—Escuchen —dijo el gerente desde el cuarto contiguo—, está haciendo girar la llave.

Esto supuso un gran estímulo para Gregor, pero todos debían haberle gritado, el padre y la madre también, «Adelante, Gregor, ¡vamos!, ¡duro con la llave!». E, imaginándose que todos sus esfuerzos iban siendo seguidos con expectación, mordió la llave sin reparar en nada y con todas sus fuerzas. Y a medida que sus giros progresaban, él se colgaba de la cerradura, sosteniéndose sólo con la boca, o, si lo necesitaba, se quedaba suspendido de la llave haciendo presión con todo el peso de su cuerpo. El sonido del cerrojo que al fin se descorría, y era más agudo, le hizo volver a Gregor completamente en sí. Respirando hondo, se dijo: «Bueno, no ha hecho falta el cerrajero», y apoyó la cabeza en el picaporte para abrir del todo la puerta.

Pero el hacerlo de esta manera hizo que, aunque la puerta estuviese ya casi completamente abierta, a él no se le pudiera ver todavía. Tuvo que girar hacia la otra hoja de la puerta, y todo ello con mucho cuidado, pues podía caer de espaldas a la entrada de la habitación. Estaba aún realizando este difícil movimiento, sin poder atender a otra cosa, cuando oyó cómo el gerente exhalaba un fuerte «¡Oh!» que pareció un silbido del viento; y entonces lo vio: era el que estaba más cerca de la puerta; apretaba su mano contra su boca abierta y retrocedía lentamente, como si una fuerza invisible lo impulsara. La madre, que a pesar de la presencia del gerente seguía con el pelo revuelto de la noche, encrespado, juntó las manos, miró primero al padre, dio un par de pasos en dirección a Gregor y cayó sobre el centro de su falda con el rostro hundido en el pecho, escondiéndolo, sin que nadie pudiera encontrarlo. El padre cerró su puño con expresión agresiva, como si quisiera hacer retroceder a Gregor hacia su habitación; luego se volvió con inseguridad mirando en dirección al salón, se cubrió los ojos con las manos y empezó a llorar con tal desgarró que su fuerte pecho le temblaba.

Gregor no llegó pues a penetrar en el otro cuarto; desde su habitación permaneció apoyado en la hoja cerrada de la puerta, de manera que sólo se podía ver la mitad de su cuerpo, con la cabeza inclinada a un lado y espiando con ella a los otros. Entretanto había ido amaneciendo, la claridad hacía que al otro lado de la calle se viera parte de la casa que estaba enfrente, cuya fachada de color marrón grisáceo era interminable y estaba bruscamente quebrada por ventanas dispuestas regularmente; la lluvia seguía cayendo, pero con gotas que se veían una a una y una a una caían. Sobre la mesa había gran cantidad de cubiertos de desayuno, pues

para el padre el desayuno era la comida más importante del
día, que él prolongaba durante varias horas con la lectura de
distintos periódicos. Precisamente, de la pared de enfrente
colgaba una foto de la época del servicio militar de Gregor,
que con su grado de teniente, la mano en el sable y una sonrisa despreocupada, exigía respeto para su postura y uniforme. La puerta que daba al recibidor estaba abierta y la
puerta de entrada a la casa, también abierta, dejaba ver el
vestíbulo y el comienzo de la escalera que llevaba abajo.

—Bueno —dijo Gregor, consciente de que era el único
que había conservado la calma— me vestiré ahora mismo,
recogeré el catálogo y me marcharé. ¿Permitirá que me
vaya? Bien, señor gerente, yo no soy testarudo y soy buen
trabajador; viajar es penoso, pero no podría vivir sin viajar.
¿Adónde va usted, señor gerente? ¿A la empresa? ¿Sí?
¿Contará lo ocurrido con todo detalle? Durante un instante
puede uno sentirse incapaz de trabajar, pero luego uno se
acuerda de lo bien que se trabajaba antes y sabe que, después de la superación de los obstáculos, trabajará con mayor
denuedo y concentración. Tengo mucho que agradecerle al
señor director, ya lo sabe usted. Además tengo la responsabilidad de mis padres y de mi hermana. Estoy en un aprieto,
pero saldré de él. No me ponga las cosas más difíciles de lo
que están. Defiéndame en la empresa. Ya sé que no se valora
al viajante. Se piensa que ganan una fortuna y que disfrutan
de una buena vida. Nadie se toma el más mínimo tiempo en
ver si este prejuicio es cierto. Usted, señor gerente, tiene una
visión sobre las circunstancias más amplia que el resto del
personal, incluso mejor que la del propio jefe, que como
empresario tiende a errar juzgando negativamente a sus empleados. Usted sabe bien que el viajante, que se pasa casi
todo el año fuera del negocio, llega a ser con mucha facilidad víctima de la charlatanería, del azar y de quejas infundadas, contra las que le es imposible defenderse, pues no llega
a enterarse de ellas; y sólo cuando, agotado, ha acabado un

trabajo, sufre en casa las peores consecuencias, cuyas causas apenas puede determinar. Señor gerente, no se vaya sin decirme una palabra que me dé al menos una pequeña parte de la razón.

Pero, ya desde la primera palabra de Gregor, el gerente se había dado la vuelta y sólo lo miraba por encima de sus hombros encogidos, con una mueca en los labios. Y mientras Gregor hablaba, no había podido detenerse ni un solo instante y se había ido acercando a la puerta sin perder de vista a Gregor, pero lo había hecho poco a poco, como si existiera una secreta prohibición de abandonar la casa. Ya estaba en el recibidor, y por el súbito movimiento con el que su pie salió del cuarto de estar se hubiera podido pensar que se le había quemado la planta. En el recibidor extendió su mano derecha apuntando en dirección a la escalera, como si allí le esperase una salvación ultraterrena.

Gregor comprendió que de ninguna manera podría dejar marchar al gerente en esas circunstancias sin que su situación en la empresa se viera extremadamente comprometida. Los padres no comprendían esto muy bien; durante largos años se habían convencido de que Gregor tenía asegurado para siempre un puesto en aquella empresa; además, con las preocupaciones del momento, no podían hacer previsiones. Pero Gregor, sí. Había que interceptar al gerente, tranquilizarlo, convencerlo y, por último, ganarlo para la propia causa; el futuro de Gregor y de su familia dependía de ello. ¡Si al menos su hermana hubiera estado allí! Ella era lista; ya había llorado cuando Gregor estaba tranquilamente tumbado sobre su espalda. Y seguro que el gerente, tan amigo de galanterías, se hubiera dejado convencer por ella; ella hubiera cerrado la puerta de la casa y le habría quitado el susto en el recibidor. Pero era precisamente su hermana la que no estaba allí; Gregor tenía que actuar por sí mismo. Y sin pensar en que todavía no conocía en absoluto sus actuales capacidades de movimiento, sin pensar en que, posiblemente, o más bien probablemente, su discurso no sería entendido, se deslizó por la abertura, quiso acercarse al gerente que, en posición ridícula, se agarraba firmemente con ambas manos a la barandilla del vestíbulo. Pero Gregor enseguida cayó, emitiendo un pequeño grito y buscando apoyo en sus muchas patitas. Apenas sucedió esto, sintió un bienestar corporal por primera vez en aquella mañana: había suelo firme bajo sus patitas y éstas obedecían completamente, como pudo comprobar para su alivio; intentaban conducirle hacia donde él quería y eso le hizo creer que ya estaba próximo el remedio de todos sus males. Pero, en ese mismo momento, cuando Gregor intentaba contener el balanceo de sus movimientos a no mucha distancia de su madre, ésta, que parecía hundida, dio un brinco con los brazos en alto y los dedos extendidos y gritó: «¡Socorro, por amor de Dios, socorro!». Tenía la cabeza inclinada, como si quisiera ver mejor a Gregor, pero en contra de esto, se alejó de él despavorida, olvidando que detrás de ella estaba la mesa puesta; al llegar a ésta se sentó precipitadamente y no pareció notar que, a su lado, la gran cafetera empezaba a verter café, que caía a chorros sobre la alfombra.

—Madre, madre —dijo tenuemente Gregor, mirándola desde abajo.

Por un instante se olvidó completamente del gerente. Pero, ante la caída del café sobre el suelo, no pudo reprimir un movimiento de mandíbulas en el vacío. Al ver esto, su madre volvió a gritar, se alejó de la mesa y cayó en los brazos del padre, que ya estaban prestos a recogerla. A pesar de lo ocurrido, Gregor no tenía en este momento tiempo para fijarse en sus padres: el gerente estaba ya en la escalera, tenía la barbilla apoyada en la baranda y miró por última vez hacia atrás. Gregor tomó impulso para asegurarse de que lo alcanzaría. El gerente debió presentirlo, pues dio un salto que le hizo bajar varios escalones y huyó; eso sí, lanzó un gritó que resonó en toda la escalera. Desgraciadamente la fuga del gerente pareció sacar de sus casillas al padre, quien hasta ese momento se había comportado muy sensatamente, y en lugar de seguir al gerente o, al menos, no impedir la persecución de Gregor, tomó con la mano derecha el bastón que había dejado el gerente en el sillón junto a su sombrero y su abrigo, tomó con la mano izquierda un periódico de gran tamaño de la mesa y, golpeando el pie contra el suelo y agitando el bastón y el periódico, hizo retroceder a Gregor hasta su habitación. Ningún ruego de Gregor surtió efecto, ninguno de ellos fue entendido, porque cuanto más bajaba él la cabeza en actitud suplicante, con más fuerza golpeaba el pie del padre en el suelo.

Más atrás, la madre, a pesar del frío, abría la vantana del salón y, asomando gran parte de su cuerpo por ella, se tapaba la cara con sus manos. Entre el callejón y la escalera de la casa se hizo una fuerte corriente: los visillos ondearon, los periódicos que estaban sobre la mesa empezaron a agitarse y algunas hojas sueltas se esparcieron por el suelo. Inexorablemente, el padre, dando silbidos como un salvaje, le hizo retirarse. Como Gregor no tenía práctica en andar hacia atrás, iba realmente muy despacio. Si hubiera podido darse la vuelta, enseguida habría estado en su habitación, pero temía que el tiempo empleado para realizar el giro pudiera impacientar a su padre, y cada instante sentía la amenaza de un golpe mortal del bastón en la espalda o en la cabeza.

Al final, al darse cuenta con horror de que andando de espaldas no podía mantener la dirección, a Gregor no le quedó otro remedio y, con incesantes miradas de reojo al padre, dio el giro lo más rápido que pudo, aunque de hecho muy despacio. Quizá el padre advirtiera sus buenos propósitos, porque no lo molestó en su maniobra, sino que, con la punta del bastón, dirigió desde lejos cada paso de su movimiento giratorio. ¡Si por lo menos el padre dejara de hacer aquel silbido! Éste volvía loco a Gregor.

Casi había terminado de girar cuando, sin dejar de oír el silbido, se confundió y retrocedió un tramo. Cuando por fin, y felizmente, su cabeza estaba ya junto a la entrada de la puerta, quedó de manifiesto que su cuerpo era demasiado grueso para pasar sin más. Naturalmente, al padre, tal y como se encontraba, no se le ocurrió abrir la otra hoja de la puerta para hacerle a Gregor espacio suficiente para entrar. Su única obsesión era que estuviera en el dormitorio lo antes posible. Nunca hubiera permitido que transcurriera el tiempo necesario para que Gregor hiciera sus preparativos y, de esa manera, llegara a pasar. Lo que hizo fue empujarle, haciendo más ruido, como si no hubiera ningún obstáculo delante. Detrás de Gregor ya no sonaba la voz de un padre; aquello no era para tomarlo a broma y, sin reparar en las consecuencias, Gregor se abalanzó contra la puerta. Uno de los lados de su cuerpo se elevó y se quedó atravesado en el umbral. Este costado estaba seriamente herido; en la puerta blanca habían quedado unas horribles manchas. Pronto se detuvo. Ya no parecía poder valerse por sí solo, pues mientras las patitas de un lado se movían temblorosas en el aire, las otras habían sido dolorosamente aplastadas contra el suelo. De repente, el padre le dio un fuerte golpe, que supuso una auténtica liberación y le precipitó en su habitación, sangrando abundantemente. La puerta fue cerrada con ayuda del bastón y, finalmente, reinó el silencio.

## II

Sólo cuando ya atardecía, Gregor despertó de su pesado sueño, que más se había parecido a un desmayo. Seguro que no habría tardado en despertar por sí mismo, pues se sentía suficientemente descansado, pero parece ser que le habían despertado unos andares a hurtadillas y un cauteloso cerrarse de la puerta del recibidor. El brillo del tendido eléctrico de la calle era pálido y se reflejaba por aquí y por allá en el techo de la habitación y en partes del mobiliario, pero a la altura en la que se encontraba Gregor reinaba la oscuridad. Lentamente se deslizó hacia la puerta, tanteando de forma inexperta con sus antenas, que sólo ahora empezaba a valorar, para ver qué es lo que había ocurrido. Su flanco izquierdo parecía una sola herida, desagradablemente extendida, y cojeaba sobre sus dos filas de patas. Una de sus patitas estaba gravemente dañada a causa de los sucesos de la mañana —era casi un milagro que sólo se hubiese herido una— y se veía obligado a arrastrarla privada de vida.

Sólo una vez que hubo llegado a la puerta supo qué era lo que le había atraído hacia allí; era el olor de algo comestible. Le habían dejado un cuenco lleno de leche dulce, en la que flotaban pequeños pedazos de pan blanco. Casi ríe de alegría, pues tenía mucha más hambre que por la mañana, y de inmediato sumergió la cabeza en la leche hasta los ojos. Pero rápidamente se retiró decepcionado, no sólo porque su herido flanco izquierdo le hacía difícil beber, y sólo podía tragar cuando sorbía con ayuda de todo su cuerpo, sino que la leche, que antes era su bebida predilecta —y por eso se la había puesto allí su hermana—, ya no le gustaba ni lo más mínimo y se apartó casi con repugnancia del cuenco arrastrándose otra vez hacia el centro del cuarto.

En el salón, tal y como Gregor vio a través de una rendija de la puerta, estaba encendida la luz de gas, pero mientras que a esa hora del día el padre solía leerle en alta voz el periódico vespertino a la madre, y a veces también a la hermana, ahora no se oía ningún ruido. Tal vez esa lectura, de la que su hermana tanto hablaba y escribía, ya no se hacía en los últimos tiempos. Pero aunque también en torno suyo reinaba el silencio, era evidente que la casa no estaba vacía. «¡Qué tranquila discurre la vida de mi familia!», se decía Gregor, y mientras, inmóvil, miraba hacia la oscuridad, sintió un gran orgullo por haberles procurado a sus padres y a su hermana una vida así en una buena casa. ¿Es que toda la tranquilidad, todo el bienestar, toda la satisfacción tenían

que acabar ahora de una forma tan horrible? Para no perderse en estos pensamientos, Gregor prefirió ponerse en movimiento arrastrándose de un lado a otro del cuarto.

Durante la larga noche se abrió una pequeña rendija en
una de las dos puertas laterales, y en otra ocasión, en la otra;
alguien sentía la necesidad de entrar, pero, a la vez, tenía
muchas reticencias. Gregor se detuvo al lado de la puerta del
salón, decidido a hacer que entrara el indeciso visitante o, al
menos, a saber quién era; pero la puerta ya no se abrió y Gregor esperó en vano. Antes, cuando las puertas estaban cerradas, todo el mundo quería entrar, y ahora que él había abierto
una puerta a las claras y que las otras habían sido abiertas a
lo largo del día, nadie venía y las llaves estaban puestas por
fuera.

Ya avanzada la noche, se apagó la luz del salón y fue fácil
comprobar que los padres y la hermana se habían quedado
velando hasta entonces, porque pudo oír con claridad cómo
los tres se alejaban andando dc puntillas. Ahora era seguro
que nadie entraría en el dormitorio de Gregor hasta el día siguiente; tenía mucho tiempo para meditar cómo quería orde-
nar su vida a partir de ahora. Pero el dormitorio amplio y de
altas paredes en el que estaba obligado a permanecer a ras
de suelo, lo asustaba sin que supiera determinar por qué,
pues era la misma habitación en la que vivía desde hacía
cinco años. De forma un poco inconsciente y no sin cierta
vergüenza, fue a esconderse debajo del sofá, donde, a pesar
de que su espalda estaba un poco oprimida y no podía levantar la cabeza, enseguida se encontró muy cómodo y sólo la-
mentaba que su cuerpo fuera demasiado ancho para poder
meterse totalmente debajo.

Allí estuvo toda la noche. La pasó en parte sumido en un
sueño ligero del que el hambre le sacaba sobresaltado una y
otra vez, y en parte preocupado e inmerso en inciertas esperanzas que, no obstante, le llevaron a la conclusión de que,
de momento, debía mantener la tranquilidad y que, con

paciencia y una gran consideración, debía hacerle soportable a su familia las situaciones desagradables que él, en su estado actual, se veía obligado a hacerles pasar.

Ya en la madrugada, cuando todavía era de noche, Gregor tuvo la oportunidad de comprobar la fuerza de las decisiones que había tomado, porque su hermana, casi completamente vestida, abrió la puerta que daba al recibidor y miró al interior con intranquilidad. No lo encontró inmediatamente, pero cuando notó que estaba debajo del canapé —por Dios, tenía que estar en alguna parte, no podía haberse ido volando— se estremeció de tal modo que, sin poder dominarse, volvió a cerrar la puerta desde fuera. Pero como si lamentara su comportamiento, volvió a abrir inmediatamente y entró de puntillas, como si estuviera visitando a un enfermo grave o a un extraño. Gregor había sacado la cabeza hasta el borde del sofá y la contemplaba. ¿Notaría que había dejado la leche intacta, y no precisamente por falta de hambre?, ¿le traería otro alimento más apropiado? Si no lo hacía por sí misma, prefería morir de hambre que hacérselo notar, a pesar de que tenía unas ganas enormes de deslizarse y salir de debajo del sofá, lanzarse a los pies de su hermana y pedirle que le trajera algo bueno de comer. Pero enseguida, ella reparó asombrada en el cuenco todavía lleno, alrededor del que había un poco de leche derramada; lo cogió, eso sí, no con las manos desnudas sino con ayuda de un trapo, y se lo llevó. Gregor sentía extremada curiosidad por saber qué traería ella en su lugar, y se imaginaba las cosas más variadas. Sin embargo, nadie hubiera adivinado lo que, llena de bondad, hizo su hermana. Para probar cuáles eran sus gustos, le trajo una completa selección de cosas, todas ellas extendidas sobre un periódico. Allí había verdura medio podrida, restos de huesos de una cena bañados en una salsa blanca que se había solidificado, una cuantas pasas y almendras, un queso que Gregor había considerado intragable dos días antes, un pan seco, otro untado con mantequilla y otro con sal. Además, junto a todo esto, puso, lleno de agua, el cuenco que en adelante ya sólo le correspondería a Gregor. Y por delicadeza —porque sabía que Gregor no comería delante de ella— se alejó velozmente y hasta cerró con llave, para que él se diera cuenta de que podía hacerlo tan cómodamente como quisiera. Las patitas de Gregor empezaron a emitir un zumbido cuando se acercaba a la comida. Parecía que sus heridas se habían curado ya totalmente, porque no sintió ningún impedimento; asombrado, recordó que hacía más de un mes se había cortado en un dedo y esa herida le había dolido bastante hasta anteayer mismo «¿He perdido sensibilidad?», pensó mientras sorbía ávidamente el queso, que era la comida que, de forma inmediata y rotunda, más le había atraído de todas. Rápidamente, y con los ojos llorosos de satisfacción, devoró el queso, la verdura y la salsa; por el contrario, los alimentos frescos no le gustaron, ni siquiera podía aguantar su olor, y apartó a cierta distancia de ellos lo que deseaba comer.

Cuando ya hacía tiempo que había terminado con todo y yacía perezosamente en el mismo lugar, la hermana, para indicarle que se debía retirar, hizo girar lentamente el cerrojo. A pesar de que estaba casi amodorrado, esto lo sobresaltó y provocó en él una huida rápida para meterse debajo del sofá. Sin embargo, incluso durante el breve lapso de tiempo en el que estuvo su hermana en el cuarto, le supuso un gran esfuerzo permanecer allí, pues su vientre se había abombado por la opípara comida, y en aquel espacio tan angosto apenas podía respirar. Sofocado y con los ojos algo hinchados, observó cómo su hermana, que no sospechaba nada, iba recogiendo con una escoba no sólo los restos, sino también aquellos alimentos que Gregor había dejado intactos, como si ya no se pudiesen utilizar, y cómo lo tiraba precipitadamente a un cubo, que cubrió con una tapa de madera y en el que se lo llevó todo. Apenas se hubo dado la vuelta, Gregor se estiró y respiró.

De esa manera Gregor fue alimentado diariamente: primero, por la mañana temprano, cuando los padres y la criada todavía dormían, y más tarde, tras el habitual almuerzo del mediodía, pues entonces los padres dormían un rato y la hermana enviaba a la criada a hacer algún rápido recado. Sin duda, ellos no querrían que Gregor muriera de hambre, pero quizá no hubieran aguantado saber de sus comidas más que de oídas o tal vez su hermana deseaba evitarles en lo posible pequeños sufrimientos, pues ya padecían bastantes.

Gregor nunca supo con qué excusas despidieron aquella primera mañana al médico y al cerrajero de la casa. Como a él no lo entendían, nadie pensaba, ni siquiera su hermana, que él los entendiera a todos; por eso, mientras la hermana permanecía en su cuarto, tenía que contentarse con oír de vez en cuando sus sollozos y sus invocaciones a los santos. Sólo algún tiempo después, cuando ella se hubo acostumbrado un poco —naturalmente nunca pudo acostumbrarse del todo—, Gregor captó algún que otro comentario amistoso, o que podría interpretarse en ese sentido. «Hoy todo le ha gustado», decía cuando Gregor se lo había comido todo, pero cuando se daba el caso contrario, que progresivamente se iba repitiendo cada vez más, decía casi con tristeza: «Ha vuelto a dejárselo».

A pesar de que Gregor no volvió a conocer ninguna noticia directa, escuchaba lo que procedía de los cuartos contiguos y, apenas oía una voz, se dirigía inmediatamente a la puerta correspondiente y pegaba su cuerpo totalmente a ella. Especialmente en la primera época, no hubo ninguna conversación que no tratara de él de alguna manera, aunque fuera remotamente. A lo largo de dos días, en el transcurso de las comidas, hubo charlas en las que se discutía qué trato habían de darle; pero también entre una comida y otra se hablaba del mismo tema, pues siempre había al menos dos miembros de la familia en casa, ya que nadie quería quedarse solo en ella y que tampoco querían, de ninguna manera, dejarla abandonada. El primer día, la criada —no estaba claro lo que sabía de lo sucedido— le había suplicado de rodillas a la madre que la despidiera, y cuando un cuarto de hora después se marchó, con los ojos llenos de lágrimas le agradeció a la madre que la hubiera echado y, sin que se lo hubiera pedido, le hizo el solemne juramento de que a nadie le contaría ni lo más mínimo de lo sucedido.

Ahora la hermana, al igual que la madre, tenían que cocinar; en cualquier caso, esto no suponía mucho trabajo, pues apenas comían nada. Una y otra vez Gregor oía cómo, en vano, uno le pedía al otro que comiera y no recibía otra respuesta que: «Gracias, ya tengo bastante», o algo similar. Quizá tampoco bebieran nada. A menudo su hermana preguntaba a su padre si quería cerveza, y se ofrecía amablemente a ir a por ella, y como el padre callara, para que no tuviera reparos, le decía que también podía mandar a la portera. Finalmente el padre decía un «No» rotundo y no se hablaba más del asunto.

Ya durante el primer día el padre expuso a la madre y a la hermana su situación económica y sus expectativas. De vez en cuando se levantaba de la mesa y sacaba algún recibo o algún libro de cuentas de una pequeña caja de caudales que había salvado de la quiebra de su negocio, hacía cinco años. Se le oía abrir la complicada cerradura y volver a cerrarla tras sacar lo buscado. Estas explicaciones del padre fueron lo primero agradable que Gregor pudo oír desde el momento de su cautiverio. Creía que a su padre no le había quedado ni lo más mínimo, al menos él no le había dicho lo contrario y Gregor nunca le había preguntado. Por entonces, la preocupación de Gregor se había centrado en hacer olvidar rápidamente a la familia aquella desgracia financiera, que la había dejado completamente desesperanzada. Y así había empezado con especial encono y, de la noche a la mañana, había pasado de modesto dependiente a representante, cuyas posibilidades económicas eran muy distintas y cuyos éxitos laborales se transformaron pronto en dinero contante y sonante, que fue puesto sobre la mesa a disposición de la asombrada y dichosa familia. Fueron buenos tiempos que nunca se volvieron a repetir con tanto esplendor, a pesar de que luego Gregor ganara tanto dinero que podía llevar, de hecho, el peso de todos los gastos. Y, tanto la familia como Gregor, ya se habían acostumbrado. Tomaban agradecidos el dinero, pero ya no existía un calor especial. Gregor sólo sentía cercano a su hermana, y su plan era enviarla al conservatorio al año siguiente, sin reparar en los grandes gastos —que habría que subsanar de alguna manera—, pues, a diferencia de Gregor, le gustaba la música y tocaba el violín conmovedoramente. Con frecuencia, durante las cortas estancias de Gregor en la ciudad, el conservatorio era mencionado en sus conversaciones con su hermana, pero sólo como un bello sueño en cuya realización no cabía pensar; además, a los padres no les gustaban aquellas inocentes menciones. Pero Gregor pensaba muy resueltamente en ello y tenía la intención de anunciarlo con solemnidad en Nochebuena.

Aquellos pensamientos, completamente inútiles en su actual estado, le pasaban por la cabeza mientras, enderezado, se pegaba a la puerta y escuchaba. A veces, un cansancio total no le permitía seguir escuchando y, entonces, dejaba caer la cabeza descuidadamente contra la puerta, pero enseguida volvía a levantarla, porque incluso el pequeño ruido que hacía, era escuchado y daba lugar a que todos enmudecieran.

Así Gregor se enteró cumplidamente —ya que su padre solía repetir sus explicaciones, en parte porque llevaba mucho tiempo sin ocuparse de aquello y en parte porque la madre no lo entendía todo a la primera— de que, a pesar de todas las desgracias, había todavía acumulado un pequeño patrimonio de los viejos tiempos, el cual había aumentado gracias a los intereses que habían permanecido intactos. Además, el dinero que Gregor llevaba a casa todos los meses —él sólo se guardaba un poco para sus gastos— no había sido completamente consumido y con éste se había reunido un pequeño capital. Gregor, detrás de la puerta de su habitación, asentía vivamente, satisfecho de aquella inesperada previsión y de aquel ahorro. Cierto es que con ese dinero sobrante se podría haber saldado la deuda contraída por su padre con el jefe, y hubiera estado más cerca el día en el que pudiera dejar aquel empleo, pero ahora era indudable que todo había resultado mejor como su padre lo había dispuesto.

Aun así, este dinero no era de ninguna manera suficiente como para permitir a la familia vivir de las rentas. Quizá bastara para mantenerles dos años como máximo. Era una suma que no se debía tocar y que sólo debía ser utilizada en caso de necesidad; pero el dinero para vivir había que ganárselo. Sin embargo, su padre, aunque todavía estaba sano, era ya un hombre mayor que llevaba cinco años sin trabajar y del que no se podía esperar demasiado; en estos cinco años, que eran las primeras vacaciones de su vida laboriosa pero falta de éxito, había acumulado mucha grasa y se había vuelto pesado. Y cómo iba a ganar dinero su anciana madre, que padecía de asma y a la que ya le causaba fatiga darse una sola vuelta por la casa, y que un día de cada dos se veía obligada a tumbarse casi ahogada sobre el sofá. ¿E iba a ganar dinero la hermana, que todavía era una niña de diecisiete años cuya vida anterior, sin duda envidiable, había consistido en ponerse bien arreglada, dormir mucho, ayudar en casa, distraerse con alguna sencilla diversión y, sobre todo, tocar el violín? Cuando la conversación trataba de la necesidad de ganar dinero, Gregor se apartaba de la puerta y se tumbaba en el fresco sofá de cuero situado junto a la entrada, pues ardía de vergüenza y tristeza.

A menudo se quedaba allí noches enteras, sin dormir ni un solo momento, arañando el cuero. En otras ocasiones, no rehuía el gran esfuerzo de desplazar el sillón hacia la ventana, trepar hasta la altura del alféizar y recordar, sobre el si-

llón y apoyado en la ventana, lo liberador que antes era para
él mirar por ella. De hecho, día a día iban haciéndosele menos visibles cosas que no estaban muy alejadas: ya no conseguía distinguir el hospital de enfrente, ese que maldecía
por verlo con demasiada frecuencia, y si no hubiera sabido
con exactitud que vivía en la tranquila pero plenamente ur-
bana Charlottenstrasse, hubiera podido creer que su ventana
daba a un solar desierto en el que el cielo gris y la tierra gris
se unían sin que pudieran ser distinguidos. A su atenta hermana le bastaron sólo dos ocasiones para advertir que el sillón estaba junto a la ventana. Por eso, ya siempre lo colocó
allí después de arreglar la habitación, e incluso dejó abiertas
las contraventanas.

Si Gregor hubiera podido hablar con su hermana y agradecerle todo lo que hacía por él, hubiera aceptado su ayuda con
más satisfacción; sin embargo, recibirla en estas circunstancias le hacía sufrir. Ella intentaba sin duda eludir lo penoso
de la situación y, cuanto más tiempo pasaba, mejor lo hacía,
pero con el correr de los días Gregor también lo comprendía
todo con mayor claridad. Ya su entrada era horrible para él.
Apenas llegaba, y sin pararse a cerrar la puerta —a pesar del
cuidado que ponía en evitarle a todos la visión del cuarto de
Gregor—, corría directa hacia la ventana y la abría con manos presurosas, como si se ahogara; se quedaba un rato junto
a ésta, incluso cuando hacía mucho frío, y respiraba profundamente. Estas carreras y estos ruidos sobresaltaban a Gregor dos veces al día; se pasaba ese tiempo temblando debajo
del sofá y sabía muy bien que ella le hubiera ahorrado todo
esto si le hubiera sido posible aguantar con las ventanas cerradas en el cuarto en el que Gregor se encontrara.

En una ocasión —había pasado ya un mes desde la metamorfosis de Gregor y su hermana no tenía motivos especia-
les para sorprenderse de su aspecto— ella llegó un poco antes de lo habitual y lo encontró inmóvil, mirando por la
ventana y dispuesto para el sobresalto. A Gregor no le hu-

biera resultado raro que no entrara, pues su posición le impedía abrir inmediatamente la ventana, pero ella no sólo no entró, sino que retrocedió y cerró la puerta. Un extraño hubiera pensado que Gregor estaba acechando para morderla. Gregor volvió a esconderse de inmediato bajo el sofá, pero hubo de esperar hasta el mediodía para que llegara su hermana, y parecía más inquieta de lo habitual. Él comprendió entonces que ella seguía sin poder aguantar su visión y que ésta seguiría resultándole insoportable; debía de dominarse mucho para no salir corriendo al ver la pequeña parte de su cuerpo sobresaliendo del sofá. Para evitar que ella lo viera, un día Gregor llevó sobre su espalda una sábana hasta el sofá —en ese trabajo invirtió cuatro horas— y la colocó de tal modo que quedó completamente cubierto; de esta manera su hermana, aunque se hubiera agachado, no lo habría visto. Si a ella la sábana no le hubiera parecido necesaria, ella misma habría podido quitarla, pues estaba claro que a él no le causaba ningún placer aislarse de esa manera. Sin embargo su hermana dejó la sábana como estaba y Gregor incluso creyó advertir un gesto de agradecimiento cuando elevó cuidadosamente la cabeza para dejar entrar un poco de aire y observar cómo recibía ella aquella novedad.

Durante las dos primeras semanas, los padres no tuvieron resolución para entrar a verlo, y él les oía palabras de reconocimiento al trabajo de su hermana, quien hasta ahora les había irritado, pues la consideraban una inútil. Ahora, con frecuencia, se quedaban los dos, el padre y la madre, esperando a la entrada de la habitación de Gregor mientras su hija la arreglaba; y apenas salía de allí, ella debía contarles con detalle qué aspecto tenía el cuarto, qué había comido Gregor, cómo se había portado esta vez o si tal vez había notado que experimentara una ligera mejoría. La madre quiso visitar a Gregor relativamente pronto, pero el padre y la hermana contuvieron sus deseos con sensatas razones que Gregor escuchaba con toda atención y que aceptó plenamente.

Más tarde, hubieron de retenerla por la fuerza, y cuando gritaba. «Dejadme entrar a ver a Gregor, mi desgraciado hijo. ¿Es que no comprendéis que tengo que entrar?», entonces pensaba Gregor que tal vez no estuviera mal que entrara, quizá no todos los días, naturalmente, pero sí a lo mejor una vez por semana. Seguro que ella lo comprendía todo mejor que su hermana, pues, a pesar de su valor, era sólo una niña y en el fondo sólo su ligereza infantil le había hecho asumir una carga tan pesada y llevarla sobre los hombros.

Pronto se cumplió el deseo de Gregor de ver a su madre. Durante el día no quería asomarse a la ventana, por consideración a sus padres, y apenas podía arrastrarse por el par de metros cuadrados del suelo de la habitación; durante la noche tampoco aguantaba permanecer tumbado tranquilamente; la comida dejó de producirle el menor placer. Así, por distraerse, adquirió la costumbre de trepar arriba y abajo por las paredes y el techo. Le gustaba especialmente quedar colgado del techo, era algo muy diferente a permanecer en el suelo: se respiraba con más libertad, un suave balanceo recorría el cuerpo. Y en la casi feliz distracción en la que Gregor se encontraba, ocurrió que, para su sorpresa, se desprendió y fue a estrellarse contra el suelo. Naturalmente su cuerpo era mucho más fuerte que antes y, a pesar de la gran caída, no se hirió. La hermana se dio inmediatamente cuenta del nuevo pasatiempo que Gregor había encontrado —al trepar, dejaba aquí y allá restos de su sustancia adhesiva— y resolvió facilitarle en lo posible la tarea retirándole los muebles que le estorbaban, sobre todo el baúl y el escritorio. Pero no era capaz de hacerlo sola y no se atrevió a pedirle ayuda al padre; la criada seguro que no la habría ayudado, pues aquella muchacha de dieciséis años, aunque se había comportado valientemente desde el despido de la anterior cocinera, había pedido que se mantuviera constantemente cerrada la puerta de la cocina y que sólo se abriera con una llamada especial. Por eso a la hermana no le quedó otro remedio que recurrir a la madre, un día que el padre estaba ausente. La madre acudió con gritos de alegría, pero enmudeció ante la puerta del dormitorio de Gregor. Naturalmente, la hermana comprobó primero que todo estaba en orden y después dejó entrar a la madre. Con rapidez, Gregor había dejado caer más la sábana y la había plegado más; el conjunto parecía una sábana que se hubiera dejado casualmente sobre el sofá. En esta ocasión se abstuvo de espiar por debajo de la sábana; con ello renunció a ver a su madre, pero se contentó con que fuera a venir.

—Ven, no se le ve —dijo su hermana, que llevaba a la madre de la mano.

Gregor oyó a aquellas dos débiles mujeres desplazar el pesado baúl del lugar donde se encontraba y notó cómo su hermana cargaba con la mayor parte del trabajo, sin escuchar los consejos de su madre, que temía su agotamiento. Aquello duró mucho tiempo. Después de un cuarto de hora de trabajo, la madre dijo que lo mejor sería dejar el baúl donde estaba, porque, en primer lugar, era demasiado pesado y no acabarían de desplazarlo antes de la llegada del padre, y si lo dejaban en mitad de la habitación le impedirían el paso a Gregor; además, en segundo lugar, no era seguro que a Gregor le agradara que cambiaran los muebles. A ella más bien le parecía lo contrario, a ella le oprimía el corazón la visión de las paredes desnudas, y ¿por qué no debía tener Gregor esa sensación si él se había acostumbrado ya al mobiliario de su habitación y seguro que se sentiría abandonado en una habitación vacía?

—¿Y no es...— concluyó la madre en voz baja, casi susurrando, como si quisiera evitar que Gregor, del que desconocía su actual estado, escuchara el sonido de su voz, pues estaba segura de que no entendía el sentido de sus palabras— ... y no es como si retirando sus muebles mostráramos nuestra renuncia a toda esperanza de mejoría? Creo que lo mejor sería que mantuviéramos el cuarto de la forma en la que se encontraba antes, para que cuando Gregor vuelva con nosotros lo encuentre todo sin cambios y de esa manera olvide con más facilidad este tiempo intermedio.

Al oír estas palabras, Gregor se dio cuenta de que la falta de contacto humano directo, unida a la monótona vida en el seno de su familia a lo largo de los dos últimos meses, le había confundido el entendimiento, pues de otra forma no podía explicarse que hubiera podido querer que su cuarto fuera vaciado. ¿Tenía deseos de convertir aquella cálida habitación llena de muebles heredados en una cueva en la que sin duda podría moverse sin molestias en todas direcciones, pero a costa de un rápido y drástico olvido de su pasado humano? Ya estaba cercano al olvido y sólo la voz de su madre, que llevaba mucho tiempo sin oír, le había alertado. Nada debía ser movido, todo debía quedar como estaba, no podía renunciar al buen efecto que los mueles ejercían en su estado de ánimo; y si los muebles le dificultaban aquel andurrear carente de sentido, esto no supondría un perjuicio sino una ventaja.

Pero, para su desgracia, la hermana tenía otra opinión; además se había acostumbrado, y no le faltaba razón, a ofrecer ante los padres la imagen de entendida en el asunto de Gregor. Por eso, el consejo de la madre fue para ella motivo suficiente para insistir en retirar no sólo el baúl y el escritorio, en los que había pensado al principio, sino también todos los muebles, con excepción del imprescindible sofá. No fue únicamente su tozudez infantil y la confianza en sí misma que, inesperadamente y con gran dificultad, había adquirido en los últimos tiempos los que le llevaron a esta resolución. Ella había observado cómo Gregor necesitaba mucho espacio para desplazarse y cómo, por el contrario, apenas utilizaba los muebles. Quizá también desempeñó su papel el apasionamiento propio de su edad, que busca manifestarse en todo momento y que llevaba ahora a Grete a ver la situación de Gregor más horrible de lo que era, para poder hacer por él más de lo que hacía. Puesto en un cuarto en el que Gregor fuera el único soberano de las cuatro paredes vacías, ninguna persona se atrevería a pasar, aparte de Grete.

Por eso no se dejó convencer por la madre, que intranquila e insegura en esa habitación, pronto cejó y ayudó con todas las fuerzas a sacar el baúl. Gregor entendió que podía renunciar al baúl en caso de emergencia, pero el escritorio debía permanecer allí. Y apenas habían salido las mujeres de la habitación con el baúl, en el que se apoyaban jadeando, Gregor sacó la cabeza del sofá para ver cómo podía actuar con el mayor cuidado posible. Pero, por desgracia, fue precisamente la madre la primera que volvió, mientras que en el cuarto contiguo Grete continuaba agarrada al baúl y tiraba de él de un lado y de otro sin conseguir moverlo del sitio. La madre no estaba acostumbrada a ver a Gregor, podía enfermar al hacerlo, de forma que éste retrocedió asustado al otro extremo del sofá, pero no pudo evitar que la sábana se moviera un poco. Esto bastó para que la madre lo advirtiera. Ella se detuvo, permaneció quieta un momento y volvió junto a Grete.

A pesar de que Gregor se decía una y otra vez que no ocurría nada raro, aparte de que un par de muebles estuvieran siendo cambiados de sitio, ese trasiego femenino, sus gritos y el roce de los muebles contra el suelo, le crearon una gran confusión que iba en aumento y que crecía por doquier; y hubo de reconocer, a pesar de que encogía la cabeza y las patas y apretaba su cuerpo contra el suelo, que no podría soportarlo por mucho más tiempo. Le estaban vaciando su cuarto, le estaban privando de todo aquello que le era querido: el baúl en el que guardaba su sierra y otras herramientas y, ahora, estaban moviendo el escritorio, tan firmemente anclado al suelo, el escritorio en el que había estudiado cuando era alumno de la Escuela Superior de Comercio, cuando era bachiller y casi cuando era párvulo... Ya no tenía tiempo de probar las buenas intenciones de las dos mujeres, cuya existencia casi había olvidado, porque el agotamiento provocaba que trabajaran en silencio y sólo se oían sus rotundas pisadas.

Y así fue como salió corriendo —en el cuarto contiguo las mujeres estaban apoyadas en el escritorio para tomarse un respiro—, cambió en cuatro ocasiones la dirección de su carrera, sin saber qué que era lo primero que debía salvar. Entonces vio colgada de la primera pared la foto de la dama envuelta en pieles; trepó rápidamente hacia ella y se apretó contra el cristal, que le sostuvo y le alivió el ardor de su vientre. Por lo menos nadie se llevaría esta fotografía que ahora Gregor cubría totalmente. Volvió la cabeza hacia la puerta del salón para ver cómo regresaban las mujeres.

No se habían concedido un gran descanso y ya estaban allí de nuevo. Grete iba con el hombro posado en su madre, casi sosteniéndola.

—¿Qué sacamos ahora? —dijo Grete, mirando a su alrededor. Entonces, su mirada se cruzó con la de Gregor en la pared. Probablemente sólo la presencia de la madre le hizo contenerse; volvió su rostro hacia ella para disuadirla de que mirara y dijo temblando y sin pensarlo:

—Ven, ¿por qué no volvemos un momento al salón?

La intención de Grete estaba clara para Gregor: quería llevar a la madre a un lugar seguro y luego hacerle bajar a él de la pared. Pues bueno, ¡que lo intentara! Él estaba encima de aquella fotografía y no cedería, antes saltaría al rostro de Grete.

Pero las palabras de Grete habían intranquilizado a la madre. Se echó a un lado y vio la enorme mancha marrón en el papel pintado de motivos florales que cubría la pared, y antes incluso de darse cuenta de que era Gregor lo que estaba viendo, se puso a gritar con voz chillona y áspera.

—¡Oh, Dios!, ¡oh, Dios!— y cayó sobre el sofá con los brazos abiertos, como si se hubieran desvanecido todas sus fuerzas; y no se movió.

—Gregor —gritó la hermana alzando el puño y con mirada penetrante.

Desde su metamorfosis, éstas eran las primeras palabras que ella le había dirigido. Fue al cuarto contiguo a recoger unas sales con las que poder reanimar a su madre del desmayo. Gregor también quería colaborar —para la salvación de la fotografía ya habría tiempo—, pero estaba adherido al cristal y tuvo que separarse violentamente; entonces corrió al cuarto contiguo, como si pudiera dar algún consejo a su hermana, como antaño. Pero hubo de permanecer inactivo a sus espaldas, mientras ella hurgaba entre los frasquitos. Al darse la vuelta, Grete se asustó, un frasco cayó al suelo y se rompió. Uno de los cristales hirió a Gregor en el rostro; algún medicamento de tipo corrosivo fluyó sobre él. Sin detenerse más, Grete se llevó consigo tantos frascos como pudo, fue con ellos adonde estaba su madre y cerró la puerta con el pie. Ahora Gregor no podía acceder a su madre, que por su culpa estaba cercana a la muerte. No podía abrir la puerta y no quería ahuyentar a su hermana, que tenía que permanecer allí. No tenía otra cosa que hacer que esperar y, oprimido por el remordimiento y la preocupación, empezó a trepar. Trepó por todas partes, por las paredes, por los muebles, el techo, hasta que finalmente cayó, en su desesperación, sobre la gran mesa, cuando todo el cuarto empezó a girar en torno a él.

Pasó un buen rato. Gregor yacía agotado; a su alrededor reinaba el silencio, tal vez ésta fuera una buena señal. Entonces llamaron. La criada estaba totalmente encerrada en la cocina y por eso era Grete la que tenía que ir a abrir la puerta. El padre había llegado.

—¿Qué ha ocurrido?— fueron sus primeras palabras. Sin duda el aspecto de Grete le había revelado que algo había pasado. Grete respondió con voz sorda, seguramente estaba apretando su rostro contra el pecho del padre:

—Mamá se ha desmayado, pero ya está mejor. Gregor se ha escapado.

—Me lo temía —dijo el padre—, ya os lo he dicho miles de veces, pero las mujeres nunca queréis escuchar.

Para Gregor estaba claro que su padre había interpretado mal la breve información de Grete y suponía que él era el culpable de algún acto violento. Por eso ahora Gregor tenía que intentar apaciguar al padre, pues no tenía ni tiempo ni posibilidades de explicarle nada. Así huyó hacia la puerta de su habitación y se apretó contra ella, para que cuando su padre llegase, procedente del recibidor, viese enseguida que Gregor tenía la mejor voluntad de volver inmediatamente a su cuarto y que no era necesario empujarlo: sólo hacía falta que le abrieran la puerta y él desaparecería.

Pero el padre no estaba en condiciones de apreciar estos matices.

—¡Ah! —gritó al entrar, en un tono que parecía al mismo tiempo feliz e iracundo.

Gregor apartó la cabeza de la puerta y miró a su padre. No se había imaginado que su padre estuviera así; en los últimos tiempos, su trepar por aquí y por allá le había hecho pasar por alto los acontecimientos que habían ocurrido en el resto de la casa, y debería haber estado preparado para encontrar las cosas algo cambiadas. Pero... ¿era ése su padre? ¿El mismo hombre que permanecía sepultado en la cama cuando Gregor partía hacia un viaje comercial?, ¿el mismo que lo recibía en bata desde su sillón, la tarde que le correspondía volver?, ¿el mismo que, no pudiéndose levantar, alzaba los brazos en señal de alegría?, ¿el mismo que en los raros paseos que daba un par de domingos al año y en las festividades más señaladas, avanzaba trabajosamente agarrado de Gregor y de la madre y, apoyado en su bastón, iba más lento aún que ellos, que ya de por sí iban lentos?, ¿el mismo que, yendo a decir algo, casi siempre se quedaba callado y hacía que se pusieran en torno a él sus acompañantes?

Sin embargo, ahora iba bien arreglado, vestido con un terso uniforme azul con botonadura dorada. Era un uniforme como los que solían llevar los botones de los bancos; sobre el cuello alto y rígido de su librea le caía su rotunda papada. Bajo sus pobladas cejas, la mirada de sus ojos era viva y estaba alerta. Su pelo blanco, antes revuelto, había sido ahora domado por un exacto y reluciente peinado a raya. Tiró al sofá su gorra —de la que estaba prendido un anagrama dorado, probablemente de un banco— y el lanzamiento describió un arco a lo largo de toda la habitación. Fue acercándose a Gregor con un rostro furioso, las manos metidas en el pantalón y las puntas de su librea hacia detrás. Ni él mismo sabía lo que iba a hacer; levantaba los pies de manera desacostumbrada y Gregor se asombró de lo enormes que eran las suelas de sus botas. Pero esto no lo detuvo; Gregor sabía desde el primer momento de su nueva vida que su padre sólo consideraba adecuado actuar con él con la mayor severidad. Por eso se puso a correr por delante de él: se paraba cuando su padre se detenía y se apresuraba a correr cuando éste se ponía otra vez en movimiento.

Así dieron varias vueltas a la habitación sin que ocurriera nada decisivo y sin que, a causa de la lentitud, pareciera una persecución. Por eso Gregor permaneció de momento en el suelo, temiendo que el padre se tomara a mal una huida por las paredes o por el techo. Por otra parte, Gregor advirtió que no aguantaría por mucho tiempo esa huida, pues a cada paso del padre, él tenía que hacer un sinfín de movimientos. Empezaba a sentir ahogo, ya que, al igual que en su vida anterior, no disponía de unos buenos pulmones. Se tambaleó un poco e hizo acopio de todas sus fuerzas para seguir la carrera, con los ojos apenas abiertos. En su confusión no pensó en otra salvación que en correr, olvidándose casi de que estaban a su disposición las paredes —aunque éstas quedaban ocultas aquí y allá por muebles esmeradamente tallados con picos y aristas—. Entonces, algo lanzado con suavidad fue volando, se estrelló junto a él y empezó a rodar: era una manzana; pronto voló una segunda.

Gregor se quedó inmovilizado por el horror, correr era
inútil, el padre había decidido un bombardeo contra él. Se
había llenado los bolsillos con lo que había en el frutero del
aparador y lanzaba, de momento sin acertar, una manzana
tras otra. Aquellas pequeñas manzanas rojas rodaban por el
suelo como si estuvieran electrizadas y chocaban unas contra otras. Una manzana débilmente lanzada rozó la espalda
de Gregor y resbaló sin causarle daños, pero la que fue inmediatamente después se clavó literalmente en su espalda.
Gregor quiso seguir moviéndose, como si el increíble y sorprendente dolor pudiera extinguirse con el desplazamiento,
sin embargo se sintió totalmente anclado y se estiró experi-
mentando una pérdida plena de los sentidos.

Su última mirada le permitió ver cómo la puerta de su habitación se abría de golpe y su madre salía corriendo delante
de su hermana, que chillaba. La madre iba en combinación,
pues la hermana la había desvestido para que pudiera tomar
aire después de su desmayo. Vio cómo su madre corría hacia
el padre; los faldones que llevaba anudados a la cintura fueron deslizándose al suelo y eso hizo que, tropezando con
ellos —la vista de Gregor empezaba a fallar—, llegara hasta
el padre, se abrazara a él, le rodeara la nuca con los brazos y
le suplicara que le perdonara la vida a Gregor.

## III

Al parecer, la grave herida de Gregor, que tardó más de
un mes en curar —la manzana permaneció empotrada en su
carne como visible recordatorio, pues nadie se había atrevido a quitársela—, le hizo recordar al padre que Gregor, a
pesar de su triste y repulsivo aspecto, era un miembro de la
familia al que no se podía tratar como a un enemigo. Por el
contrario, ante él, la familia debía tragarse su repugnancia y
tener paciencia, sólo tener paciencia.

Y aunque a consecuencia de la herida Gregor había perdido, probablemente de forma definitiva, gran parte de su movilidad y en la actualidad, para desplazarse de un lado a otro del dormitorio, necesitaba muchos minutos —tampoco podía ni plantearse trepar por las paredes—, de este empeoramiento de su estado obtuvo, según su opinión, una compensación suficientemente satisfactoria, como fue que siempre, al atardecer, la puerta del salón fuera abierta para que él, en la oscuridad de su cuarto y sobre el suelo, pudiera ver a la familia en torno a la mesa iluminada y pudiera escuchar las conversaciones con el consentimiento general, es decir, de forma totalmente distinta a como lo había hecho hasta ahora.

Desde luego ya no eran las vivas conversaciones de antes, en las que Gregor siempre había pensado con nostalgia desde las pequeñas habitaciones de los hoteles, cuando tenía que echarse cansado en un húmedo lecho. Ahora, la mayoría de las veces todo transcurría muy tranquilamente. Después de la cena, el padre se dormía rápidamente en el sofá y la madre y la hermana se imponían mutuo silencio. La madre cosía, muy inclinada bajo la luz, ropa fina para una tienda de modas. La hermana, que había conseguido un puesto como dependienta, estudiaba por la noche francés y taquigrafía con la esperanza de ascender algún día. A veces el padre se despertaba y, como si no se hubiera dormido, le decía a la madre «Cuánto tienes que coser hoy» y se volvía a dormir, mientras que la madre y la hermana sonreían cansadas.

Con cierta tozudez, el padre se negaba a quitarse el uniforme de servicio incluso en casa, y mientras su camisón colgaba inútilmente de la percha, él dormitaba en su sitio completamente vestido, como si siempre estuviera presto a trabajar y a la espera de una orden de su superior. Como consecuencia, el uniforme perdió su lustre, a pesar de los esfuerzos que hacían su madre y su hermana por mantener su limpieza, y a menudo Gregor se pasaba la tarde entera mirando aquel traje cada vez más sucio, con sus botones dorados siempre relucientes, aquel traje en el que el anciano dormía con toda la incomodidad posible y, sin embargo, tranquilo.

En cuanto el reloj daba las diez, la madre intentaba despertar al padre mediante susurros, para convencerle de que se fuera a la cama, porque eso no era un sueño en condiciones y el padre, que debía levantarse a las seis para ir a trabajar, tenía extremada necesidad de descanso. Pero él, con la testarudez que había adquirido desde que era subordinado, insistía en seguir a la mesa a pesar de que se dormía con regularidad y sólo con el mayor esfuerzo conseguían trasladarlo del sillón a la cama. Ya podían insistir la madre y la hermana con suaves reprimendas, que él, cada cuarto de hora, movía lentamente la cabeza con los ojos cerrados y no se levantaba. La madre le tiraba de la manga, le susurraba palabras cariñosas al oído; la hermana dejaba su tarea para ayudar a la madre, pero no servía de nada. Él se limitaba a hundirse en su sillón. Sólo cuando las mujeres lo tomaban de las axilas, miraba alternativamente a la madre y a la hermana y decía «¡Esto sí que es vida!, ¡éste es el descanso de mi ancianidad!». Y apoyándose en las dos mujeres, penosamente, como si le supusiera el mayor esfuerzo, se dejaba llevar por ellas hasta la puerta, se despedía y seguía el camino por sí mismo, mientras la madre soltaba sus útiles de coser y la hermana sus plumas para seguir ayudándole.

En aquella familia agotada por el trabajo, ¿quién iba a poder ocuparse de Gregor más de lo imprescindible? La economía familiar era cada vez más modesta: habían tenido que despedir a la criada y una enorme sirvienta, de fuerte complexión, venía por las mañanas y por las tardes para hacer el trabajo más pesado; de todo lo demás se ocupaba la madre, además de su mucho coser. Incluso algunas de las joyas familiares que la madre y la hermana llevaban alegres y confiadas a las fiestas de sociedad, hubieron de ser vendidas, como Gregor supo el día que se habló del precio que habían obtenido por ellas. Pero la mayor de sus quejas era que no podían mudarse de su vivienda, demasiado grande para sus posibilidades actuales, pues no encontraban manera de trasladar a Gregor. Aunque él sabía que no era sólo la atención hacia él lo que les impedía la mudanza, pues lo podían haber transportado fácilmente en una caja dotada de dos agujeros por los que le entrara aire.

Lo que principalmente disuadía a la familia del cambio de vivienda era la total desesperanza y la idea de que habían sido golpeados con una desgracia que no se había sufrido nunca en su círculo de parientes y conocidos. Ellos cumplían a rajatabla lo que se les exige a la gente pobre: el padre llevaba su desayuno a los modestos empleados de banca; la madre se sacrificaba por la ropa de extraños: la hermana, detrás del mostrador, corría a un lado y a otro al mandato de los clientes; pero las fuerzas de la familia ya no podían llegar más allá. Y la herida de Gregor le volvía a doler como si fuera reciente cuando la madre y la hermana, después de llevar al padre en la cama, volvían y se sentaban muy juntas; entonces la madre, señalando el cuarto de Gregor, decía: «Cierra la puerta, Grete», y Gregor volvía a estar otra vez a oscuras mientras en el cuarto de al lado las mujeres mezclaban sus lágrimas o, incluso, habiendo dejado de llorar, se quedaban paralizadas mirando la mesa.

Gregor pasaba las noches y los días casi sin dormir. A veces pensaba que la próxima vez que se abriera la puerta volvería a asumir su responsabilidad en los asuntos familiares. En sus pensamientos aparecían, después de mucho tiempo, el jefe, el gerente, los dependientes y los aprendices, aquel ordenanza tan cerrado de mollera, dos o tres amigos de otras empresas, una camarera de un hotel de provincias y un querido y fugaz recuerdo de una cajera de una sombrerería a la que había pretendido formalmente, pero con demasiados titubeos... Todos ellos aparecían entremezclados con extraños o personas ya olvidadas, pero en vez de ayudarles a él y a su familia, eran inaccesibles y él se alegraba cuando desaparecían. Después ya no estaba de humor para preocuparse por su familia, le inundaba de ira por la poca atención que le dispensaban, y, a pesar de que no podía imaginarse nada que le despertara el apetito, hacía planes para ir a la despensa y coger lo que le viniera en gana, aunque no tuviera hambre.

Sin pararse ya a pensar lo que podría gustarle a Gregor, su hermana metía con el pie cualquier alimento en su cuarto cada mañana y cada mediodía, cuando iba al trabajo, y luego, sin fijarse en si le había gustado o —como era lo habitual— si lo había dejado intacto, lo recogía por la noche con un golpe de escoba. La limpieza del cuarto, que sólo hacía por las noches, no podía ser realizada con más rapidez. Por las paredes se extendían franjas de suciedad y aquí y allá había montones de polvo y basura. En los primeros tiempos, cuando llegaba la hermana, Gregor se situaba en un rincón especialmente sucio, para hacerle así cierto reproche. Pero se podría haber quedado allí durante semanas sin que la hermana mejorara su actitud; veía la suciedad igual que él, pero había decidido dejarla allí. Junto a eso, empezó a anidar en ella el sentimiento, que se extendió a toda la familia, de que la limpieza del cuarto de Gregor le correspondía exclusivamente a ella.

En una ocasión la madre emprendió una limpieza a fondo del cuarto, que sólo pudo realizar empleando varios cubos de agua —por otra parte, la humedad dañaba a Gregor, que permanecía tumbado en el sofá, amargado e inmóvil—; pero no se libró del castigo. Apenas notó la hermana los cambios en el cuarto de Gregor, corrió extremadamente ofendida hasta el salón y, a pesar de que su madre alzó las manos en señal de perdón, ella sufrió un ataque de llanto que fue observado por los padres —naturalmente el padre se había levantado sobresaltado de su sillón—, al principio con asombro e impotencia, pero luego empezaron a verse afectados: desde la derecha, el padre le reprochaba a la madre que no le dejara a la hermana limpiar el cuarto de Gregor, y, desde la izquierda, la hermana decía que no volvería a limpiarlo. Mientras la madre trataba de llevar al dormitorio al padre —al que la excitación le hacía perder el sentido—, la hermana, turbada por sus sollozos, daba golpes con sus pequeños puños en la mesa y Gregor silbaba furioso pues a nadie se le ocurría cerrar la puerta para evitarle la escena y el ruido.

Pero, aunque la hermana, agotada por el trabajo, estuviera harta de cuidar de Gregor como antes, eso no quería decir que la madre tuviera que reemplazarla, ni tampoco que hubiera que abandonar a Gregor. Además, ahí estaba la sirvienta. Aquella vieja viuda, que en su larga vida había superado las situaciones más duras con ayuda de su fuerte complexión, no le tenía miedo a Gregor. Sin sentir ninguna curiosidad, una vez, por casualidad, abrió la puerta de la habitación y al ver a Gregor —que, totalmente sorprendido, y aunque nadie lo persiguiera, empezó a correr en todas direcciones—, se quedó mirándolo con las manos cruzadas sobre su regazo. Desde entonces no dejaba de abrir todas las mañanas la puerta para verlo. Al principio incluso le decía palabras que probablemente considerara amistosas como «¡Ven aquí, viejo escarabajo!», o «¡Mira el viejo escarabajo!» A tales llamadas Gregor no contestaba nada, sino que permanecía inmóvil en su sitio, como si la puerta no hubiera sido abierta. ¡Si a esa sirvienta se le hubiera ordenado limpiar todos los días el cuarto y no la dejaran que le molestase cada vez que le venía en gana! Un día, por la mañana temprano —en la que una fuerte lluvia, tal vez como señal de la llegada de la primavera, golpeaba los cristales—, Gregor se enfadó tanto cuando la sirvienta comenzó con sus discursos, que se dirigió hacia ella como para atacarla, aunque con lentitud y renqueando. La sirvienta, en lugar de asustarse, agarró una silla cercana a la puerta y la mantuvo en vilo con la boca abierta, con la visible intención de cerrarla sólo después de haberle dado en la espalda a Gregor. «Ya no quieres

seguir jugando, ¿eh?» —preguntó cuando Gregor dio la
vuelta, y entonces volvió a dejar la silla tranquilamente en
la esquina.

Gregor ya casi no comía nada. Sólo a veces, cuando pasaba por delante de la comida que le habían puesto, tomaba
un bocado como divertimento, lo mantenía ahí durante unas
horas y lo escupía la mayoría de las veces. Al principio
pensó que era por la tristeza que le provocaba el estado de
su habitación, pero se habituaba pronto a los cambios que
en ella se producían. En su casa se había adquirido la costumbre de meter en su cuarto las cosas a las que no se encontraba otra ubicación, y había muchas de éstas, porque se
había alquilado un cuarto de la casa a tres caballeros. Estos
tres serios caballeros —los tres tenían barba, como Gregor
pudo comprobar por una rendija de la puerta— eran muy
estrictos con el orden, no sólo con el de la habitación en la
que vivían, sino con el de toda la casa, y especialmente en
la cocina. No soportaban los trastos inútiles y sucios. Además, habían traído consigo la mayor parte de sus enseres.
Por esta razón muchas cosas se convirtieron en superfluas
y, aunque no eran vendibles, no querían tirarlas. Todas ellas
fueron a parar al cuarto de Gregor. Incluso el recogedor y el
cubo de basura de la cocina. La sirvienta se apresuraba a
dejar sin más en el cuarto de Gregor todo aquello que de
momento era inservible. Afortunadamente, la mayoría de
las veces sólo veía el objeto en cuestión y la mano que lo
sostenía. La sirvienta tenía la intención de volver a sacar las
cosas de allí y tirarlas todas de una vez cuando tuviera
tiempo y ocasión, pero, de hecho, iban quedándose ahí
donde caían, si es que Gregor no iba hacia alguno de aquellos trastos y se ponía a desplazarlo, al principio obligado,
pues ya no le quedaba sitio para moverse, pero más tarde
con un placer cada vez mayor, a pesar de que, tras aquellos
esfuerzos, muerto de cansancio y triste, no pudiera moverse
durante horas.

Como a veces los caballeros cenaban en el salón de la casa, la puerta permanecía cerrada, pero Gregor había renunciado sin reparos a tenerla abierta, pues los días en que lo había estado, no lo había utilizado y, sin que la familia lo notara, se quedaba tumbado en el rincón más oscuro de su habitación. Una vez la sirvienta dejó abierta la puerta del salón y permaneció así incluso cuando los caballeros entraron por la noche y encendieron la luz. Se sentaron a la mesa, donde en otro tiempo se sentaban el padre, la madre y Gregor, desplegaron las servilletas y empuñaron cuchillo y tenedor. Inmediatamente apareció la madre con una fuente de carne y poco después la hermana con una fuente llena de patatas. La comida despedía vapor. Los caballeros se inclinaron sobre las fuentes que habían sido puestas ante ellos, como si quisieran probar la comida antes de empezar a comer; y, de hecho, el que se sentaba en el centro y parecía ejercer cierta autoridad sobre los otros dos, cortó un trozo de carne que todavía estaba en la fuente para comprobar si estaba ya lo bastante tierna o debía ser devuelta a la cocina. Dio su anuencia; la madre y la hermana, que lo habían contemplado expectantes, empezaron a respirar aliviadas y a sonreír.

La familia comía en la cocina. A pesar de ello, antes de ir a la cocina, el padre entraba en el comedor y daba una vuelta a la mesa haciendo una sola reverencia con la gorra en la mano. Los caballeros se levantaban a la vez y mascullaban algunas palabras que sólo sus barbas oían. Cuando se quedaban solos, comían en absoluto silencio. A Gregor le parecía algo singular que, de los variados sonidos de la comida, se oyera una y otra vez el de los dientes masticando, como si hubieran de demostrar a Gregor que se necesitaban dientes para comer y que la mejor mandíbula desprovista de dientes no tenía utilidad. «Tengo hambre», se decía Gregor preocupado, pero no de estas cosas. «¡Cómo comen los caballeros, mientras yo me estoy muriendo!»

Precisamente esa noche se oyó el violín en la cocina, Gregor no se acordaba de haberlo oído en todo aquel tiempo. Los huéspedes habían acabado ya su cena; el de en medio había sacado un periódico y les había dado una hoja a cada uno de los otros y ahora estaban todos recostados y fumando. Cuando el violín empezó a sonar, se alertaron, se levantaron y fueron de puntillas hasta la puerta del recibidor, junto a la que permanecieron apretándose unos contra otros. Debió de oírseles desde la cocina, porque el padre gritó:

—¿Les molesta a los señores la música? Inmediatamente se puede interrumpir.

—Al contrario —dijo el señor que se situaba en el centro— ¿le importaría a la señorita acompañarnos y tocar para nosotros en el salón, donde se está más cómodo y todo es más acogedor?

—¡Oh!, por supuesto— exclamó el padre, como si fuera él el violinista.

Los caballeros volvieron al salón. Pronto estuvieron allí el padre con el atril, la madre con las partituras y la hermana con el violín. La hermana lo dispuso todo para tocar; los padres, que nunca antes habían alquilado una habitación y por ello exageraban su amabilidad para con los caballeros, no se atrevieron a sentarse en sus propios sillones; el padre se apoyó en la puerta con la mano metida entre dos botones de su librea; uno de los caballeros le ofreció a su madre un sillón y ella se sentó apartada, por dejar el sillón en el lugar donde el caballero lo había colocado al azar.

La hermana empezó a jugar; padre y madre seguían atentamente, cada uno desde su lado, los movimientos de sus manos. Gregor, atraído por la música, se había arriesgado a salir un poco y tenía la cabeza asomada al salón. Apenas se extrañó de tener en los últimos tiempos tan poco respeto a los demás. Antes este respeto era su orgullo. Además ahora tenía más motivos para ocultarse, pues a consecuencia del polvo que por todas partes había en su cuarto, y que se levantaba a poco que se produjeran movimientos, él estaba totalmente empolvado. Sobre su espalda y en sus flancos había hilos, pelos, restos de comida. Su indiferencia frente a todo era tan grande que, como había hecho antes muchas veces al día, se había tumbado sobre la espalda y se había restregado contra la alfombra. Y a pesar de encontrarse en aquel estado no se avergonzaba de avanzar un trecho por el pulcro suelo del salón.

Además, nadie se fijó en él. La familia estaba totalmente consagrada al toque de violín. Los caballeros, con las manos en los bolsillos, se habían situado inicialmente detrás del atril. Estaban tan cerca de la hermana que podían ver todas y cada una de las notas, lo cual sin duda tenía que molestarla. Pero pronto se habían retirado hacia la ventana, conversando a media voz y con la cabeza baja. Permanecían allí mientras el padre los observaba preocupado. Daba claramente la impresión de que había sido decepcionada su expectativa de oír una pieza hermosa o entretenida de violín, de que estaban hartos de la audición y de que sólo por cortesía permitían que se les turbase su tranquilidad. La forma en la que sus bocas y su narices exhalaban el humo de sus cigarros hacia lo alto, era un indicio especialmente claro de su estado de excitación. Y sin embargo, su hermana tocaba muy bien. Su rostro estaba echado a un lado, su mirada, triste y atenta, seguía el pentagrama. Gregor se arrastró para avanzar otro tramo y pegó la cabeza al suelo para que su mirada y la de su hermana pudieran encontrarse. ¿Era una fiera, ya que la música le atraía tanto? Se sentía como si se le estuviese indicando el camino a una comida desconocida y ansiada. Estaba decidido a llegar hasta su hermana, tirarle de las faldas e indicarle con ello que podía ir con su violín a su cuarto, pues nadie apreciaba su música como él sabía apreciarla. No quería volver a dejarla salir de su cuarto, al menos mientras él viviera. Así, por primera vez le sería de utilidad su aspecto horrible; quería estar al mismo tiempo en todos los rincones de su habitación y encarar a los atacantes. Sin embargo, la hermana no debía quedarse con él a la fuerza, sino que debería elegir voluntariamente permanecer a su lado. Tendría que sentarse junto a él en el sofá, inclinar el oído hacia él, entonces le confiaría la firme decisión que había tomado de enviarla al conservatorio y que, si no hubiera sido por la desgracia de la pasada Navidad —¿entonces, ya había pasado la Navidad?—, se lo hubiera dicho a todos sin reparar en las objeciones que pudieran hacerle. Tras esta explicación, su hermana rompería a llorar conmovida y Gregor se alzaría hacia su hombro y besaría su cuello, que desde que iba a la tienda llevaba descubierto, sin cinta ni cuello.

—¡Señor Samsa!— exclamó el caballero que siempre estaba situado en el centro, y señaló con el índice, sin decir una palabra más, a Gregor que avanzaba lentamente por el pasillo.

El violín enmudeció, el huésped de en medio sonrió moviendo la cabeza y volvió a mirar a Gregor. El padre consideró más perentorio que ahuyentar a Gregor tranquilizar a los huéspedes, a pesar de que éstos no se encontraban en absoluto excitados y les parecía divertir Gregor más que la música de violín. Encaminándose hacia ellos con los brazos abiertos, trató de empujarlos hacia su cuarto y quiso también evitar que miraran a Gregor.

La verdad es que se enfadaron un poco, no se sabía muy bien si por el comportamiento del padre o por darse cuenta de que habían tenido un vecino de habitación como Gregor. Le exigieron explicaciones al padre, levantaron sus brazos, se tiraron nerviosos de las barbas y sólo lentamente retrocedieron hacia su habitación.

Entretanto, su hermana, que había estado ausente tras la brusca interrupción de su música, se repuso y, después de haber permanecido sosteniendo el arco y el violín con los brazos caídos y mirando la partitura como si siguiera tocando, se había levantado de golpe, había dejado el instrumento en el regazo de la madre —que seguía sentada en el sillón, casi ahogada y respirando con dificultad— y había corrido al cuarto de al lado, al que los huéspedes se iban aproximando cada vez más gracias a los empellones del padre. Se vio cómo la mantas y las almohadas volaban por los aires y eran ordenadas por las manos expertas de la hermana. Antes de que los caballeros hubieran llegado, había terminado el arreglo y se había esfumado. El padre parecía sufrir un ataque de testarudez, porque olvidó todo el respeto que les debía a sus inquilinos. Tan sólo empujaba y empujaba hasta que, ya en la puerta de la habitación, el caballero de en medio dio una patada en el suelo, que hizo un gran estruendo, y con ello detuvo al padre.

—Les notifico —dijo, levantando la mano y buscando con la mirada también a la madre y a la hermana—, les notifico que, dadas las repulsivas circunstancias que concurren en esta vivienda y en esta familia —al llegar a este punto escupió decididamente al suelo—, abandono inmediatamente esta habitación. Naturalmente no pagaré nada por los días que he vivido aquí; más aún, tendré que pensarme si no presentaré alguna reclamación contra ustedes, lo que —créanme— sería fácil de justificar.

Calló y miró al frente como si estuviera a la espera de algo. En efecto, inmediatamente se oyeron las voces de sus dos amigos.

—También nosotros abandonamos ahora mismo esta casa.

Entnces empuñó el picaporte y cerró de un portazo. El padre anduvo tambaleándose hasta el sillón, tanteando con las manos, y se dejó caer. Parecía que se estuviera estirando para su habitual cabezada del atardecer, pero la profunda inclinación de su cabeza mostraba que no dormía en absoluto. Gregor se había quedado todo el tiempo quieto en el sitio en que había sido sorprendido por los huéspedes. La decepción por el fracaso de su plan, aunque también la debilidad que le había producido el hambre pasada, le impedían moverse. Temía la tormenta general que con bastante certeza iba a precipitarse sobre él de un momento a otro, y se quedó esperándola. No se asustó cuando el violín se escurrió entre los dedos temblorosos de la madre y cayó ruidosamente de su regazo.

—Queridos padres —dijo su hermana, que para empezar a hablar había dado un golpe en la mesa—, no podemos seguir así. Si vosotros no caéis en la cuenta, yo sí caigo. No quiero pronunciar ante este monstruo el nombre de mi hermano, solamente os digo: tenemos que intentar librarnos de él. Hemos hecho lo humanamente posible para cuidarlo y soportarlo, creo que nadie nos puede hacer el más mínimo reproche.

—Tiene toda la razón —dijo el padre para sí. La madre, que seguía sin poder recuperar el resuello, empezó a toser con la mirada perdida.

La hermana corrió hacia la madre y le puso la mano en la frente. Las palabras de la hermana habían despertado en el padre pensamientos más concretos, se había puesto en pie, jugaba con su gorra de botones entre los platos de la cena de los huéspedes, que aún estaban sobre la mesa, y miraba de vez en cuando al inmóvil Gregor.

—Tenemos que intentar librarnos de él— dijo la hermana, ahora exclusivamente al padre, porque la madre al toser no oía nada—, os va a matar, lo veo venir. Cuando hay que trabajar tanto como nosotros no se puede aguantar esta eterna tortura en casa. Yo tampoco puedo más.

Y rompió a llorar con tal viveza que sus lágrimas empezaron a deslizarse hasta el rostro de la madre, que se las limpiaba con mecánicos movimientos de manos.

—Pero, niña —dijo el padre compasivamente y con llamativa comprensión—, ¿qué es lo que podemos hacer?

La hermana se encogió de hombros manifestando el desconcierto que la embargaba desde que había roto a llorar y que contrastaba con su anterior seguridad.

—Si él nos comprendiera —dijo el padre, como preguntando; sin dejar de llorar, la hermana sacudió la mano para indicar que ni siquiera había que pensar en ello.

—Si él nos comprendiera —repitió el padre, y cerrando los ojos asumió que era imposible, aceptando la convicción de la hermana—, tal vez fuera posible llegar a un acuerdo con él, pero así...

—Tiene que irse —dijo la hermana—. Es el único medio, padre. Tienes que dejar de pensar que es Gregor. Nuestra auténtica desgracia ha sido pensar que lo era durante tanto tiempo. Pero, ¿cómo puede ser Gregor? Si fuera Gregor, hubiera comprendido hace tiempo que no es posible la convivencia de seres humanos con un animal así, y se hubiera ido voluntariamente. No tendríamos un hermano, pero podríamos seguir viviendo y honrar su memoria. Pero ahora, este animal nos persigue, espanta a los huéspedes, está claro que quiere quedarse con toda la casa y hacernos pasar la noche en el callejón. ¡Fíjate, padre —gritó repentinamente— está empezando otra vez! —Y, con un pavor totalmente incomprensible para Gregor, la hermana abandonó a la madre, se apartó de su sillón, como si prefiriera sacrificar a la madre a permanecer cerca de Gregor, y corrió tras el padre, que, alertado por su actitud, se puso en pie y levantó a medias los brazos como para defender a la hermana.

Pero a Gregor ni se le había pasado por la cabeza meterle miedo a nadie, ni mucho menos a su hermana. Simplemente había empezado a darse la vuelta para regresar a su habitación, y esto era sin duda lo que le había llamado la atención, pues debido a su lamentable estado, tenía que ayudarse moviendo muchas veces la cabeza hacia arriba para hacer sus difíciles giros. Se detuvo y miró en torno suyo. Sus buenas intenciones parecían haber sido reconocidas. Entonces todos lo miraron callados y tristes. La madre seguía tumbada en su sillón con las piernas estiradas y juntas, los párpados le caían de agotamiento; el padre y la hermana estaban sentados uno al lado del otro, la hermana había posado su mano sobre la nuca de su padre.

«Quizá ahora pueda darme la vuelta», pensó Gregor, y comenzó de nuevo su labor. No pudo contener los jadeos provocados por sus esfuerzos, y tenía que descansar una y otra vez. Por lo demás nadie le daba un empujón, estaba abandonado a sí mismo. Cuando hubo acabado de dar el giro, comenzó inmediatamente a regresar en línea recta. Estaba sorprendido de la gran distancia que lo separaba de su cuarto y, en su debilidad, no comprendía que hacía poco tiempo hubiera recorrido el mismo tramo casi sin darse cuenta. Concentrado en arrastrarse con rapidez, apenas advirtió que no era molestado por palabras y llamadas de su familia. Sólo cuando ya estaba junto a la puerta volvió la cabeza, no totalmente, pues notó que el cuello se le ponía rígido; de todas formas vio que nada había cambiado detrás de él, sólo su hermana se había puesto en pie. Su última mirada rozó a su madre, que estaba completamente dormida.

Apenas estuvo dentro de su cuarto, la puerta fue rápidamente cerrada, con pestillo y con llave. Aquel ruido asustó tanto a Gregor que sus patitas se doblaron. Había sido la hermana la que se había apresurado tanto. Ya se había puesto en pie y había estado esperando, entonces había saltado hacia allí con pies ligeros. Gregor no había oído cómo se acercaba, y ella gritó un «¡Al fin!» a los padres mientras hacía girar la llave en la cerradura.

«¿Y ahora?», se preguntó Gregor, y miró en torno suyo en la oscuridad. No tardó en descubrir que ya no se podía mover. No le sorprendió, le parecía más bien antinatural haberse podido mover con aquellas delgadas patitas. Por lo demás, se encontraba relativamente bien. Sentía dolores en todo su cuerpo, pero le parecía como si fueran paulatinamente más débiles y fuesen extinguiéndose del todo. La manzana podrida incrustada en su espalda apenas se dejaba notar, al igual que ocurría con sus contornos infectados, totalmente cubiertos de polvo suave. Volvió a pensar en su familia con emoción y cariño. La opinión de que tenía que haber desaparecido estaba, si era posible, más arraigada en él que en su propia hermana. Permaneció en este estado de pensamiento vacío y apacible hasta que en el reloj de la torre dieron las tres de la mañana. Todavía vio el comienzo del alba por los cristales. Entonces su cabeza, ajena a su voluntad, se hundió y su hocico exhaló levemente el último aliento.

Cuando la sirvienta llegó por la mañana temprano —cerraba las puertas con tal estrépito, por mucho que se le había pedido que no lo hiciera, que, desde su llegada, ya para nadie de la casa era posible un sueño tranquilo— al principio no encontró nada raro en su habitual visita al cuarto de Gregor. Pensó que permanecía inmóvil intencionadamente y se hacía el ofendido, pues lo consideraba dotado de entendimiento. Como ocasionalmente tenía la escoba en la mano, intentó hacerle cosquillas desde la puerta. Como tampoco obtuvo ningún éxito, se disgustó y le dio un pequeño golpe a Gregor; al moverlo sin que éste ejerciera resistencia alguna, se alertó. Cuando se dio cuenta de lo que ocurría, abrió mucho los ojos, resopló para sí, pero no pudo contenerse: abrió la puerta del dormitorio y exclamó en alta voz en la oscuridad.

—¡Mírenlo, ha reventado! ¡ Ha reventado para siempre!

El matrimonio Samsa se había sentado en la cama y ya tuvo bastante con recuperarse del susto que les había dado la sirvienta antes de comprender lo que estaba diciendo. Después el señor y la señora Samsa, cada uno por el lado donde se acostaba, salió de la cama. El señor Samsa se puso la colcha sobre los hombros, la señora Samsa salió en camisón; de esta forma entraron en el cuarto de Gregor. Entretanto se había abierto la puerta del salón en el que Grete dormía desde la llegada de los señores; estaba completamente vestida, como si no hubiera dormido, lo que parecía cierto a tenor de su pálido rostro.

—¿Muerto? —dijo la señora Samsa inquiriendo con la mirada a la sirvienta, a pesar de que podía comprobarlo e incluso verlo sin comprobarlo.

—Eso quiero decir —y como prueba empujó con la escoba un buen trecho el cadáver de Gregor. La señora Samsa hizo un movimiento, como si quisiera detener la escoba, pero no lo hizo.

—Bien —dijo el señor Samsa—, podemos darle gracias a Dios —se santiguó y las tres mujeres siguieron su ejemplo. Grete, que no quitaba ojo del cadáver dijo:

—Mirad que flaco estaba. ¡Llevaba tanto tiempo sin comer! Tal como le llegaban las comidas así las dejaba.

El cadáver de Gregor estaba efectivamente plano y seco, esto se percibía pues ya no se podía sostener más sobre sus patitas y además nadie apartaba la vista.

—Ven un rato con nosotros, Grete —dijo la señora Samsa con una dolorosa sonrisa, y Grete fue tras sus padres al dormitorio. La sirvienta cerró la puerta y abrió la ventana de par en par. A pesar de lo temprano de la hora, en el aire fresco se empezaba a notar cierta tibieza. Ya estaban a fines de marzo.

Los tres huéspedes salieron de su cuarto y, sorprendidos, reclamaban su desayuno; se habían olvidado de ellos.

—¿Dónde está el desayuno? —preguntó el de en medio a la sirvienta, malhumorado. Ésta colocó el dedo índice sobre sus labios e hizo a los huéspedes un gesto mudo y enérgico para que fueran al dormitorio de Gregor. Entraron en el cuarto ya completamente iluminado y se quedaron junto al cadáver con las manos en los bolsillos de sus levitas algo raídas.

Entonces se abrió la puerta del dormitorio y el señor Samsa apareció vestido con su librea y llevando de un brazo a su mujer y de otro a su hija. Todos habían llorado un poco; de vez en cuando Grete apretaba su cara contra el brazo de su padre.

—Salgan inmediatamente de mi casa —dijo el señor Samsa indicándoles la puerta de la calle sin soltarse de las mujeres.

—¿Qué quiere usted decir con esto? —dijo el señor de en medio algo confuso con una sonrisa algo empalagosa. Los otros dos tenían las manos a la espalda y se las frotaban sin parar, como esperando con alegría una pelea en las que llevarían la mejor parte.

—Ni más ni menos lo que he dicho —respondió el señor Samsa, y con sus dos acompañantes en línea avanzó hacia el huésped. Éste se quedó en un primer momento quieto, luego miró al suelo como si en su cabeza se reorganizara todo.

—Entonces nos vamos —dijo al fin, y miró al señor Samsa; parecía que una humildad que de repente lo hubiera invadido le obligara incluso a pedirle permiso para tomar esta decisión.

El señor Samsa se limitó a asentir varias veces con los ojos muy abiertos. Después, el caballero marchó a grandes zancadas al recibidor; sus dos amigos habían estado escuchando un rato, ya sin frotarse las manos, y ahora salían pisándole los talones, como sintiendo miedo de que el señor Samsa pudiera llegar al recibidor e interceptarlos antes de que se reunieran con su líder. En el recibidor, los tres tomaron sus sombreros del perchero, sacaron sus bastones del paragüero, sin hablar hicieron una reverencia y abandonaron la casa. Con una desconfianza que luego se demostró injustificada, el señor Samsa salió con las dos mujeres al vestíbulo; apoyados en la barandilla, vieron a los tres señores descender la escalera, despacio pero sin pausa; en cada piso los veían detenerse en un determinado punto de la escalera y luego volvían a aparecer; a medida que iban bajando disminuía el interés de la familia Samsa por ellos. Cuando el repartidor de carnicería se cruzó con ellos, llevando su carga en la cabeza con arrogancia, el señor Samsa no tardó en abandonar el rellano junto a su mujer y todos volvieron a la casa, como aliviados.

Decidieron dedicar aquel día a descansar y a pasear; no sólo se habían ganado aquella interrupción de su trabajo, sino que la necesitaban ineludiblemente. Y así se sentaron a la mesa y escribieron tres justificantes. El señor Samsa a su director, la señora Samsa al que le hacía los encargos y Grete a su jefe. Mientras escribían, entró la sirvienta a decirles que se iba porque había terminado con el trabajo de la mañana. Al principio, los tres se limitaron a asentir sin levantar la vista, sólo cuando notaron que la asistenta permanecía allí la miraron con cierto fastidio.

—¿Y bien? —preguntó el señor Samsa

La sirvienta estaba sonriente junto a la puerta, como si tuviera que anunciar a la familia una gran alegría pero sólo fuera a comunicarla si se le interrogaba. La pequeña pluma de avestruz de su sombrero, casi vertical, que tanto había fastidiado al señor Samsa desde su primer día de servicio, se movía en todas las direcciones.

—Pero, ¿qué es lo que quiere usted? —preguntó la señora Samsa, que era a quien la sirvienta tenía más respeto.

—Verán —respondió la sirvienta, y hubo de detenerse, pues una risa amistosa la interrumpió—. Ya no tienen que preocuparse de cómo deshacerse del cachivache de al lado. Ya está todo en orden.

La señora Samsa y Grete se inclinaron como si quisieran seguir escribiendo; el señor Samsa notó que quería empezar a describirlo todo con detalle y la detuvo extendiendo la mano con decisión. Como no le dejaban contarlo, se acordó de la prisa que tenía y claramente ofendida dijo «Adiós a todos»; irritada dio media vuelta y se fue de la casa con un terrible portazo.

—Esta tarde la despido —dijo el señor Samsa, y no recibió respuesta ni de su mujer ni de su hija, pues la sirvienta parecía haberles turbado a ambas la calma recién lograda. Se levantaron, fueron hacia la ventana y se quedaron allí abrazadas. El señor Samsa se movió en su sillón para dirigirles la mirada y las miró en silencio unos instantes. Entonces las llamó:

—Venid aquí. Olvidaos de lo pasado. Y tenedme un poco de consideración.

Las mujeres obedecieron al instante, corrieron hacia él, le empezaron a hacer arrumacos y terminaron rápidamente sus cartas.

Entonces los tres salieron de la casa —algo que no habían hecho en seis meses— y fueron con el tranvía a las afueras. En el vagón en el que viajaban solos se filtraba el cálido sol. Apoyados en sus respaldos, hablaban cómodamente de sus planes de futuro y encontraron que, al fin y al cabo, no eran nada malos, pues los tres tenían un puesto de trabajo bastante aceptable, algo de lo que no habían hablado entre ellos, y con buenas perspectivas. Naturalmente, la mejora más inmediata de su situación se produciría cuando se mudaran de casa; les hacía falta una más barata y más pequeña, pero mejor situada y, sin duda, más práctica que la que tenían y había buscado Gregor. Mientras hablaban, el señor y la señora Samsa se daban cuenta al ver a su hija, cada día más llena de vida, de que, a pesar de los sufrimientos, que habían hecho que sus mejillas empalidecieran, ella era ya una bella y hermosa muchacha. Callando y entendiéndose mediante miradas de forma casi inconsciente, pensaron que ya iba siendo hora de buscar un hombre cabal para ella. Y fue como una confirmación de sus nuevos sueños y sus buenas intenciones que, al llegar al destino de su viaje, su hija se levantara la primera y estirara su cuerpo juvenil.

# EL TOPO GIGANTE [1]

Aquellos —yo me encuentro entre ellos— a los que les da asco un topo común, probablemente morirían de repugnancia si hubieran visto al topo gigante que fue observado hace algunos años en las cercanías de un pueblecito que obtuvo, por ello, pasajero renombre. Hace ya tiempo que cayó en el olvido y comparte sólo la falta de fama de aquella aparición que, aparte de no haber sido explicada, nadie se esforzó demasiado en ello. Y como resultado de la incomprensible negligencia de aquellos círculos que tendrían que haberse ocupado del asunto y que con verdadero empeño se dedicaron a cuestiones mucho más nimias, la aparición fue olvidada sin una investigación más detenida. El hecho de que el pueblo se hallara apartado del ferrocarril no puede servir de excusa. Mucha gente vino por curiosidad desde muy lejos, incluso desde el extranjero; sólo aquellos que tendrían que haber mostrado algo más que interés, no vinieron. Si gente muy sencilla, personas a las que el trabajo cotidiano apenas les permitía un respiro, no se hubieran ocupado desinteresada-

---

[1]  Aunque no está fechado, procede probablemente de los años de entreguerras. Según Brod está inacabado. Hay pocas expresiones más lúcidas del fracaso, de las consecuencias fatales de las diferencias de estatus y de la inevitable mezquindad organizada de las instituciones (ejemplificadas en el mundo académico) que la de este relato.

mente del caso, probablemente el rumor de la aparición no se habría difundido mucho más allá de los entornos más cercanos. Hay que reconocer que el rumor, que en otros casos resultaba imparable, se mostró en éste realmente lento; de no habérsele dado cierto impulso, no se habría propagado. En realidad no había razón para no ocuparse del asunto y este mismo fenómeno merecería haber sido estudiado. Sin embargo, el único tratamiento escrito sobre el caso fue confiado al viejo maestro de escuela, que, aunque excelente en su oficio, carecía de capacidades y de formación para hacer una descripción detallada y posteriormente utilizable, y mucho menos aún para aportar una explicación. El pequeño escrito llegó a imprimirse, fue muy comprado por los visitantes que por aquel tiempo venían al pueblo y obtuvo cierto reconocimiento, pero el maestro era suficientemente inteligente para saber que sus esfuerzos aislados, no apoyados por nadie, carecían en el fondo de valor.

El que no cejara e hiciera de aquello la tarea de su vida, aunque año tras año se desesperase más, demuestra la influencia que pudo tener la aparición y, también, la fortaleza y la fidelidad a sus convicciones que puede tener un viejo e insignificante maestro de escuela. Sin embargo, el hecho de que éste sufriera mucho por la actitud huidiza de las personalidades relevantes lo demuestra un pequeño suplemento que añadió a su escrito, aunque algunos años después, en una época en la que apenas nadie podía acordarse de lo que había ocurrido. En ese suplemento se quejaba convincentemente, no tanto por su habilidad como por su honradez, de la incomprensión de cierta gente de la que cabía esperar otra cosa. Sobre esa gente, decía con acierto: «No soy yo, sino ellos los que hablan como viejos maestros de escuela». Y citaba entre otros el dicho de un erudito al que había ido a visitar expresamente. No decía el nombre del erudito, pero diversas circunstancias secundarias permitían adivinar a quién se refería. Después de que el maestro esquivara grandes dificultades para ser recibido, notó, desde los primeros saludos, que el erudito tenía insalvables prejuicios sobre el asunto. La distracción con la que éste siguió el largo informe que el maestro había redactado con ayuda de su escrito, quedó de manifiesto por el comentario que hizo después de unos instantes de fingida meditación: «La tierra es muy negra y pesada en su zona, brinda a los topos un alimento especialmente sustancioso y se hacen extraordinariamente grandes». «¡Pero no de este tamaño!», exclamó el maestro y, con una ira un poco exagerada, marcó dos metros en la pared. «Oh, sí», contestó el erudito, que encontraba todo muy divertido. Con esta respuesta, el maestro volvió a casa. Contaba cómo su mujer y sus seis hijos lo esperaban al atardecer, bajo la nevada y en la carretera, y cómo les había comunicado su definitivo fracaso.

Cuando leí cómo fue el comportamiento del erudito frente al maestro, no conocía todavía el escrito principal de éste. Sin embargo, me decidí inmediatamente a compilar y a reunir yo mismo todo lo que pudiera averiguar sobre el caso. Como me era imposible contradecir al erudito, mi escrito, al menos, debía defender al maestro, o mejor dicho, no tanto al maestro como a las buenas intenciones de un hombre honrado pero carente de influencia. Reconozco que más tarde me arrepentí de esa decisión, pues pronto sentí que su realización me dejaba en una situación singular. Por una parte, mi influencia no era ni mucho menos suficiente para que el erudito o la opinión pública se decantara a favor del maestro. Además, el maestro debió de notar que su intención inicial —demostrar la aparición del gran topo— era para mí menos importante que la defensa de su honradez, que a él le parecía innegable y no necesitada de defensa alguna. Sucedió que yo, que quería aliarme con el maestro, no encontré ninguna comprensión por su parte, y, en lugar de haberle prestado ayuda, necesitaba ahora de alguien que me ayudara a mí, alguien cuya aparición era realmente improbable. Además, con mi decisión, me echaba encima un gran trabajo. Si quería persuadir, no podía apoyarme en el maestro, que no podría nunca convencer a nadie. El conocimiento de su escrito me hubiera confundido, por eso evité su lectura antes de terminar mi propio escrito. Es más, ni siquiera entré en contacto con el maestro. Es cierto que tuvo noticia de mis investigaciones por terceras personas, pero no supo si yo trabajaba a favor o en contra de él. Probablemente supusiera esto último, aunque después lo negara, pues tengo pruebas de que puso algunos obstáculos en mi camino. Lo podía hacer con mucha facilidad, ya que yo estaba obligado a realizar todas las investigaciones que él ya había llevado a cabo, por lo que siempre se me anticipaba. Era el único reproche que se podía hacer razonablemente a mi método, un reproche, por cierto, inevitable, pero muy atenuado por la cautela e incluso abnegación de mis conclusiones finales. Por lo demás, mi escrito estaba libre de toda influencia del maestro; incluso es probable que mostrara en este asunto un exceso de escrúpulos, pues me comporté como si nadie hubiera investigado el caso, como si fuera el primero que interrogaba a los testigos directos e indirectos, el primero que ordenaba los datos y sacaba conclusiones. Cuando más tarde leí el trabajo del maestro —tenía un título muy complejo: «Un topo mayor de lo que nunca se ha visto»— vi que, de hecho, no coincidíamos en los aspectos esenciales, aun cuando ambos habíamos creído demostrar lo principal, la existencia del topo. De todos modos, estas diferencias de apreciación impidieron que entablara con el maestro una relación amistosa que, a pesar de todo, yo deseaba. Incluso desarrolló cierta enemistad. En realidad, siempre se mostró modesto y sumiso, pero pude percibir claramente sus auténticos sentimientos. Opinaba que yo lo había perjudicado en la causa y que la creencia de haberle sido útil o de poder serlo procedía en el mejor de los casos de mi ingenuidad, pero más probablemente de mi arrogancia o mis aviesas intenciones. Ante todo, me hizo notar repetidas veces que todos los adversarios que había tenido hasta ahora no habían mostrado sus diferencias, o lo habían hecho en su presencia y tan sólo de forma verbal, mientras que yo enseguida me sentí obligado a imprimir las mías. Por otra parte, los pocos que se habían ocupado realmente del asunto, aunque hubiera sido de forma superficial, habían escuchado su opinión, la del maestro, la decisiva en el asunto, antes de haberse manifestado. Sin embargo, yo me había apresurado a recoger datos de forma asistemática, y en parte errónea, datos que, aun cuando eran correctos en lo fundamental, daban la impresión de inverosimilitud, tanto para un público amplio como para los entendidos. La más leve sombra de inverosimilitud era lo peor que podía ocurrir.

A estos reproches velados podría haber contestado con facilidad —su escrito, por ejemplo, era precisamente el apogeo de la inverosimilitud—, pero era más difícil luchar contra sus otras sospechas y ésta fue la razón por la que me contuve. Él creía en secreto que yo pretendía quitarle su fama de primer difusor público del topo. Pero en realidad su persona no se había granjeado fama alguna, sino que más bien había hecho el ridículo y dicha fama se había quedado limitada a círculos cada vez más reducidos en los que yo no pretendía entrar. Además, yo había declarado expresamente en la introducción a mi escrito que el maestro debía ser considerado en todo tiempo el descubridor del topo —y eso que ni siquiera era el descubridor— y que tan sólo la solidaridad con el destino del maestro me había forzado a redactarlo. «La finalidad de este escrito —remataba demasiado patéticamente, pero en consonancia con mi excitación de entonces— es contribuir a la merecida difusión del trabajo del maestro. Si se consiguiera esto, querría que mi nombre, que provisionalmente y de forma externa se ha mezclado en este asunto, desapareciera del mismo.» Rechacé toda implicación mayor; era casi como si de alguna manera hubiera presentido los increíbles reproches del maestro. Precisamente en este pasaje encontró él cómo atacarme, y no niego que había una leve justificación en lo que decía o en lo que más bien insinuaba. En realidad, lo que me llamaba la atención era que en algunos aspectos mostrara frente a mí más perspicacia que en su escrito. Afirmaba, por ejemplo, que mi introducción tenía doble sentido. Si realmente sólo estaba interesado en difundir su escrito, ¿por qué no me ocupaba exclusivamente de él y de su trabajo?, ¿por qué no señalaba su relevancia y su irrefutabilidad?, ¿por qué no me limitaba a hacer hincapié en la importancia del descubrimiento y a hacerlo comprensible?, ¿por qué abordaba el descubrimiento dejando totalmente de lado su escrito? ¿Acaso no estaba hecho ya? ¿Quedaba algo por hacer en este sentido? Pero si realmente me creía obligado a indagar en el descubrimiento, ¿por qué me desentendía con tanta solemnidad del mismo en la introducción? Podría ser una hipócrita modestia, pero era algo más irritante. Yo minusvaloraba el descubrimiento, llamaba la atención sobre él con el fin de despreciarlo, cuando el maestro lo había investigado y lo había dejado después de lado. Se había hecho un relativo silencio en torno a la cuestión y ahora yo quería airearla, poniendo al maestro en una situación más difícil que nunca. Porque, ¿qué significaba para el maestro la defensa de su honradez? Él sólo estaba interesado en el caso..., en el caso. Y ahí yo lo había traicionado, porque no lo comprendía, porque no lo valoraba debidamente, porque no tenía intuición para ello. Sentado frente a mí, me miró tranquilamente con su vieja cara llena de arrugas; ésa era su opinión. Además no era exacto que sólo le importara el asunto, era también ambicioso y también quería ganar dinero, lo cual era comprensible si se consideraba lo numerosa que era su familia. A pesar de ello, mi implicación en el tema le resultaba tan escasa, que se creía autorizado a presentarme como ejemplo de desinterés sin incurrir en demasiada inexactitud. En realidad, no bastaba para mi satisfacción interior el decirme a mí mismo que los reproches de este hombre se basaban en que, de alguna manera, él tenía sujeto al topo con las dos manos y consideraba un traidor a cualquiera que le pusiera un dedo encima. No era así, su conducta no podía sólo explicarse por ambición, más bien tenía que ver con la irritación provocada por los grandes esfuerzos que había hecho y el completo fracaso de los mismos. Sin embargo, esta irritación no lo explicaba todo. Quizá mi interés por el asunto fuera realmente escaso. La falta de interés de los extraños era algo habitual para el maestro; esto le hacía sufrir en general, pero no en los casos particulares. Y cuando al fin había aparecido una persona que se ocupaba del asunto de manera extraordinaria, tampoco lo comprendía. Una vez que me vi impulsado a ello, no quise negar nada. No soy un zoólogo. Tal vez, si yo mismo hubiera hecho el descubrimiento, estaría totalmente apasionado por el asunto; pero yo no lo había descubierto. Un topo gigante es, por cierto, una curiosidad, pero no se podía exigir la atención permanente de todo el mundo, sobre todo cuando la existencia del topo no estaba irrefutablemente comprobada y, de todas formas, no se le podía exponer. Y reconozco que si yo mismo hubiera sido el descubridor del topo, no me hubiera arriesgado tanto como con gusto y voluntariamente lo hizo el maestro.

Es probable que las desavenencias con el maestro hubieran desaparecido rápidamente si mi escrito hubiera tenido éxito. Pero precisamente este éxito no se produjo. Tal vez no era bueno, tal vez no estaba escrito con suficiente convicción. Yo soy comerciante y, quizá, la redacción de un escrito de este tipo se sustraía a mi profesión más claramente que a la del maestro, aunque en general yo lo superaba ampliamente en todos los conocimientos necesarios. Es posible que el fracaso pudiera explicarse de otro modo; puede que el momento de la aparición fuera inoportuno. El descubrimiento del topo, que no era tan lejano como para haber sido olvidado por completo, no había calado en general, por lo que mi escrito no podía provocar respuesta; y, por otra parte, sí había pasado suficiente tiempo como para que se desvaneciera el mínimo interés que había suscitado. Con la misma desesperanza que había predominado en la discusión durante años, los que leyeron mi escrito consideraban que se habían retomado los estériles esfuerzos por una causa estéril, e incluso algunos confundieron mi escrito con el del maestro. En una importante revista de agricultura se encontró la siguiente observación, afortunadamente al final y en tipo muy pequeño: «Se nos ha vuelto a enviar el escrito sobre el topo gigante. Recordamos habernos reído abiertamente de éste hace unos años. Entretanto, ni el escrito se ha hecho más penetrante ni nosotros más obtusos. Pero esta vez no podemos reírnos. Por el contrario, preguntamos a nuestras asociaciones de maestros si un maestro de escuela rural no puede tener mejor ocupación que ir en persecución de topos gigantes». Ésta era una confusión imperdonable. No habían leído ni el primer escrito ni el segundo, y las dos míseras palabras cogidas al vuelo habían bastado a esos señores para presentarse como defensores de reconocidos intereses. Tal vez hubiera podido emprender algo con éxito contra esta forma de actuar, pero mi escaso entendimiento con el maestro hizo que me abstuviera. Procuré más bien ocultarle la existencia de la revista, mientras fue posible. Pero la descubrió muy pronto. Lo noté al leer un fragmento de una carta en la que me anunciaba una visita para las fiestas de Navidad; decía: «El mundo es pérfido y además se le facilita su obra». Con ello quería expresar que yo pertenecía a aquel mundo malo y que no me contentaba con la maldad que en él había, sino que le facilitaba mi obra, es decir, contribuía activamente a esa maldad general e intentaba propiciar su victoria. Bien, yo había tomado las decisiones necesarias; lo podía esperar con calma y contemplar cómo llegaba. Saludó menos amablemente que otras veces, se sentó en silencio frente a mí, sacó la revista de su bolsillo interior peculiarmente enguatado y, después de desplegarla, la puso ante mí. «La conozco» dije, y se la devolví sin leerla. «Usted la conoce», dijo suspirando. Tenía la vieja costumbre de los maestros de repetir las contestaciones ajenas. «Naturalmente no aceptaré esto sin defenderme», prosiguió mientras señalaba con el dedo la revista y me miraba con dureza como si mi opinión fuera la contraria. Él ya presentía lo que yo iba a decir; deduje, no tanto por sus palabras como por otros indicios, una clara intuición de mis intenciones, aunque después no se dejara llevar por ella y se desviara. Puedo repetir casi textualmente las palabras que pronuncié en aquella ocasión, ya que las anoté poco después de la entrevista. «Haga usted lo que quiera —le dije—. Nuestros caminos se separan desde hoy. Esta reseña de la revista no es la causa de mi decisión, sino que la reafirma; la razón principal radica en que yo creía poder ayudarle con mi intervención, sin embargo, ahora veo que le he perjudicado totalmente. ¿Por qué todo ha tomado estas tornas? No lo sé, las razones del éxito y del fracaso son muy ambiguas. No busque usted sólo las opiniones que se vierten contra mí, piense también en sí mismo, también usted tenía las mejores intenciones y ha fracasado si se considera todo en términos globales. No lo digo en broma, pues me perjudica decir que su alianza conmigo ha de contarse entre sus fracasos. Que me retire ahora no es ni cobardía ni traición. No lo hago sin reticencias: la consideración que le tengo a usted surge con mi escrito; en cierta medida le había convertido en mi maestro e incluso me había encariñado con el topo. Sin embargo, me retiro. Usted es el descubridor y cualquiera que sea mi actitud siempre impedirá que la posible fama le alcance. Al menos ésa es su opinión. La única posibilidad de penitencia para mí es pedirle perdón, y si usted lo desea, puede repetir también públicamente la confesión que aquí he hecho, por ejemplo en esta revista.»

Éstas fueron mis palabras entonces; no eran absolutamente francas, pero la franqueza en ellas era fácil de detec-
tar. Mi explicación tuvo en él el efecto que yo aproximadamente esperaba. La mayoría de las personas de edad tienen
un comportamiento equívoco y engañoso frente a los jóvenes; uno sigue viviendo junto a ellos, cree consolidada la situación, obtiene paulatinamente confirmaciones de una actitud pacífica y, de pronto, cuando ocurre algo decisivo y
debiera reinar la paz durante tanto tiempo preparada, las personas de edad saltan y se comportan como si fueran extraños, muestran convicciones más profundas y poderosas y,
sólo entonces, despliegan una bandera en la que se lee con
espanto el nuevo lema. Este espanto proviene, sobre todo,
de que lo que los viejos dicen ahora es algo más acertado,
más congruente y —si hubiera un superlativo de la evidencia— más evidente. Lo insuperablemente engañoso en todo
esto es que lo que ahora dicen es lo que siempre han dicho.
Tenía que haberme identificado muy profundamente con
aquel maestro de escuela rural para que ahora no me sorprendiera. «Hijo —dijo posando su mano sobre la mía y fro-
tándola amigablemente—, ¿cómo se le ocurrió meterse en el
asunto? Nada más tener noticia de ello, hablé con mi mujer.» Se apartó de la mesa, extendió los brazos, y miró al
suelo, como si allí, diminuta, estuviera su mujer y él hablara
con ella. «Hemos estado muchos años luchando solos —le
dije—, pero ahora, en la ciudad, parece que ha salido a la
palestra un distinguido protector, un comerciante de nombre
tal y cual. Ya podemos alegrarnos, ¿no? Un comerciante en
la ciudad no significa poco. Que un campesino harapiento
nos crea y lo manifieste no nos puede ayudar, porque lo que
hace un campesino es siempre inconveniente; el efecto que produce es el mismo cuando dice que el viejo maestro de escuela rural tiene razón que cuando escupe indecorosamente
en el suelo. Y si en lugar de uno se manifiestan diez mil cam-
pesinos, el efecto es aún peor. Un comerciante de la ciudad

es otra cosa; un hombre así tiene contactos. Incluso lo que comenta de pasada se rumorea en círculos cada vez más amplios y surgen nuevos partidarios. Si uno de ellos dice, por ejemplo: "también se aprende de los maestros de escuela", al día siguiente ese comentario lo hace mucha gente, gente que nadie se imaginaría, a juzgar por su apariencia. Surge dinero para la causa; uno recauda y los otros contribuyen. Se opina que el maestro de escuela debe salir de su retiro en la aldea; vienen y, sin preocuparse por su aspecto, se lo llevan con ellos, y como la mujer y sus hijos dependen de él, se los llevan también. ¿Has contemplado alguna vez a la gente de la ciudad? Es un gorjeo permanente. Si se reúne un grupo, el gorjeo se escucha de derecha a izquierda y viceversa y hacia arriba y abajo. Y así, entre gorjeos, nos llevan al coche sin que tengamos tiempo de saludar a todos haciendo una inclinación de cabeza. El caballero del pescante se ajusta sus lentes, agita en el aire el látigo y emprendemos el viaje. Todos se despiden del pueblo haciendo gestos con sus manos, como si estuviéramos allí y no sentados entre ellos. De la ciudad nos salen al encuentro los más impacientes. Según nos acercamos, se levantan de sus asientos y se estiran para vernos. El que ha recaudado el dinero lo dirige todo y pide calma. Cuando entramos en la ciudad ya es muy larga la hilera de carruajes. Creemos que la bienvenida ya ha acabado allí, pero es en realidad junto a la posada donde comienza. En la ciudad, cualquier reclamo congrega a mucha gente; lo que preocupa a uno enseguida preocupa a todos. Con el aliento se quitan unos a otros las opiniones y se las apropian. No toda la gente puede viajar en los carruajes, así que esperan delante de la posada; otros podrían viajar, pero se abstienen de hacerlo por presunción. También éstos esperan. Es increíble cómo el que ha recaudado el dinero conserva la visión de conjunto.»

Lo había escuchado tranquilamente; en realidad, a medida que él iba hablando me tranquilizaba más y más. Sobre la mesa yo había amontonado todos los ejemplares de mi escrito, que aún tenía en mis manos. Me faltaban muy pocos, pues últimamente había solicitado por medio de una circular que me devolvieran todos los ejemplares que había mandado y los había recuperado casi en su totalidad. Recibí también muchas cartas amables en las que se me comunicaba que no se recordaba haber recibido un escrito de esa naturaleza y que, en el caso de que se hubiera recibido, se habría perdido lamentablemente. Eso también me bastaba, en el fondo no deseaba otra cosa. Sólo uno me pidió quedarse con el escrito, como una curiosidad, y se comprometió, conforme al espíritu de mi circular, a no mostrárselo a nadie durante los próximos veinte años. Esta circular todavía no era conocida por el maestro. Me alegro de que sus palabras me facilitaran que se la mostrase. De todas formas lo podía hacer sin preocupación, ya que había sido muy cauto en su redacción y nunca había dejado de considerar los intereses del maestro de escuela y de su causa. El fragmento principal de mi comunicado decía lo siguiente: «No pido la devolución del escrito porque me retracte de las opiniones en él vertidas o porque quizá encuentre algunas de ellas parcialmente erróneas o indemostrables. Mi solicitud se basa sólo en personales pero apremiantes razones; mi posición respecto al asunto no ofrece la menor duda. Ruego que ésta se respete, y si se desea, que se difunda».

Momentáneamente mantuve oculta la circular con mis manos y dije:

—¿Quiere usted reprocharme que no haya sucedido así? ¿Por qué lo desea? No nos amarguemos en esta separación. Trate usted de reconocer que, aunque es cierto que ha hecho un descubrimiento, éste no supera a todos lo demás y que, en consecuencia, la injusticia que se le ha hecho a usted no es las más grande que se ha cometido. No conozco los estatutos de las sociedades científicas, pero no creo que ni en el mejor de los casos se hubiera dispensado a su pobre mujer un recibimiento ni siquiera aproximado al que usted ha referido. Si bien yo pensaba que el escrito surtiría cierto efecto, confiaba tan sólo en que tal vez algún catedrático atendiera nuestro asunto y encargara su estudio a un joven estudiante, que ese estudiante iría a visitarlo a usted y que reexaminaría a su manera sus investigaciones y las mías y que, definitivamente, si el resultado le parecía digno de mención —y aquí hay que señalar que todos los estudiantes están llenos de dudas—, editaría un artículo que fundamentase científicamente lo que usted había escrito. Sin embargo, aunque se cumplieran estas esperanzas, no se habría conseguido mucho. El artículo del estudiante, que habría descrito un caso tan peculiar, tal vez hubiera sido escrito en tono jocoso. Usted mismo ha visto en el caso de la revista de agricultura con qué facilidad puede ocurrir esto —y las publicaciones científicas son en estos asuntos mucho más despiadadas—. Y es comprensible, pues los catedráticos asumen muchas responsabilidades ante sí mismos y de cara a la ciencia y a la posteridad y no pueden abrazar inmediatamente los nuevos descubrimientos. Nosotros tenemos ventaja respecto a ellos. Pero, dejemos eso de lado y supongamos que el escrito del estudiante ha alcanzado aceptación. ¿Qué es lo que ocurriría? Tal vez usted fuera honoríficamente mencionado, también es posible que su posición mejorara. Se comentaría: «Nuestros maestros de escuela tienen los ojos bien abiertos»; y si las revistas tuvieran memoria y conciencia, esta revista tendría que pedir públicamente disculpas. También es probable que apareciera un catedrático que le procurara a usted una beca, o, muy probablemente, que intentara llevarle a la ciudad y conseguirle una plaza en una de sus escuelas. Así hubiera usted tenido la oportunidad de aprovechar las posibilidades científicas que le brinda la ciudad para su perfeccionamiento. Pero si he de serle sincero, creo que esto sólo habría quedado en un intento. Habría sido usted llamado y habría venido, pero como un solicitante común, de

los que hay a centenas, sin recibimiento solemne; se habría
mantenido una entrevista con usted y se habría reconocido
su honesto esfuerzo, pero, al mismo tiempo, se habrían dado
cuenta de que usted es un hombre viejo y que no tendría ninguna expectativa emprender un estudio científico a su edad
y, sobre todo, advertirían que había llegado usted a sus descubrimientos de forma más causal que planificada y que más
allá de este caso aislado no tenía usted intención de seguir
trabajando. Por estas razones, es casi seguro que se le dejará
en el pueblo. Se seguiría investigando en su descubrimiento,
pues no es tan insignificante como para que sea olvidado,
pero no habría tenido noticia de ello y aquello de lo que hubiera podido tener noticia no lo habría usted comprendido.
Todo descubrimiento es llevado a la generalidad de la ciencia y deja, de alguna manera, de ser un descubrimiento para
disolverse en la totalidad y desaparecer. Hay que tener una
visión científica y académica para reconocerlo. Es subsu-
mido rápidamente bajo principios cuya existencia descono-
cíamos por completo, y en la ulterior discusión científica es
remontado hasta las nubes. ¿Cómo podríamos entenderlo?
Cuando escuchamos una discusión científica creemos que se
refiere al descubrimiento, pero se trata ya de cosas completamente distintas, y luego, cuando creemos que se habla de
algo distinto, se trata precisamente del descubrimiento. ¿Lo
entiende usted? Se hubiera quedado en el pueblo; con el dinero que hubiera conseguido habría alimentado y vestido un
poco mejor a su familia, pero su descubrimiento le hubiera
sido sustraído sin haberse podido defender justificadamente,
pues sólo habría llegado a obtener una importancia real en la
ciudad. Y no hubiera sido ninguna ofensa hacia usted que,
en el lugar del descubrimiento, se hubiera construido un pequeño museo que llegara a ser la atracción turística del pueblo. Usted sería el celador y, para que no faltaran honores
externos, se le concedería una pequeña medalla para que la
llevara prendida del pecho, como las que usan todos los or-

denanzas de los departamentos científicos. Todo esto sería posible; pero, ¿sería también lo que usted esperaba?

Sin detenerse a contestar mi pregunta, señaló con mucho acierto:

—¿Y era eso lo que usted quería conseguirme?

—Quizá —dije—; entonces no reflexioné tanto como para poder contestarle debidamente como hoy. Quise ayudarle y mi empeño fracasó, y es tal vez el fracaso más grande que he tenido. Por eso quiero desandar lo andado y deshacer lo que hecho en la medida de mis fuerzas.

—Muy bien —dijo el maestro de escuela mientras sacaba su pipa y la empezaba a rellenar con un tabaco que llevaba suelto en todos sus bolsillos—. Usted abordó voluntariamente este ingrato asunto y ahora quiere retirarse voluntariamente de él. Me parece muy correcto.

—No soy obstinado —dije—. ¿Cree que hay algo objetable en mi propuesta?

—No, nada en absoluto —dijo el maestro de escuela, y su pipa empezó a humear.

Yo no podía soportar el olor de su tabaco, por eso me levanté y empecé a dar vueltas por la habitación. Estaba acostumbrado, por charlas anteriores, a que el maestro se mantuviera silencioso ante mí y a que, una vez sentado, no quisiera moverse de mi cuarto. Me había resultado muy chocante. «Quiere algo más de mí», pensaba yo inmediatamente. Le ofrecía dinero, que él aceptaba indefectiblemente, pero sólo se marchaba cuando a él le parecía. Generalmente era cuando había apurado su pipa hasta los últimos rescoldos, entonces hacía girar el sillón sobre el que estaba sentado, luego lo arrimaba ordenada y correctamente a la mesa, empuñaba su bastón nudoso, que había dejado en el suelo, me daba un fuerte apretón de manos para despedirse y se iba. Sin embargo, hoy, su silenciosa permanencia me resultaba verdaderamente pesada. Cuando uno se ha despedido definitivamente, como yo había hecho, y este hecho ha sido aceptado por el otro, entonces lo apropiado es resolver rápidamente lo pendiente y no hacerle padecer inútilmente al otro la silenciosa presencia. Viendo desde atrás al viejo, pequeño y tenaz, sentado a mi mesa, se podía pensar que ya nunca sería posible sacarlo del cuarto.

# CHACALES Y ÁRABES [1]

Estábamos acampados en el oasis. Mis compañeros dormían. Un árabe alto y de tez pálida pasó a mi lado; había estado cuidando de los camellos y se dirigía a su lecho. Me tumbé boca arriba sobre la hierba; quería dormir, no podía. Se escuchaba el lastimero aullido de un chacal en la lejanía, así es que me incorporé y me quedé otra vez sentado. De pronto, lo que había estado muy lejos estuvo cerca. Un corro de chacales me rodeaba. En sus ojos, unos destellos oro mate resplandecían y se extinguían alternativamente; sus cuerpos eran tan esbeltos que parecían haber sido regular y diestramente ejercitados a golpe de látigo. Uno vino por detrás, se frotó enérgicamente contra mi cuerpo, como si necesitara mi calor; luego se colocó frente a mí y me habló casi clavando su mirada en la mía:

—Soy, con mucha diferencia, el chacal más viejo. Me alegra mucho poder saludarte. Ya casi había perdido la espe-

---

[1] Compuesto en la primera quincena del mes de enero de 1917, su publicación data del mismo año en la revista *Der Jude,* dirigida por Martin Buber. Algunos autores indican que el asunto de fondo, del que es parábola este relato, es el dilema que los judíos de la Diáspora tenían entre mantener una pureza llena de soledad y exigencias (el sionismo) o una postura más cómoda pero no tan pura (la asimilación); cf. J. Tismar, «*Schakale und Araber* im zionistischen Kontext betrachtet», en *Jahrbuch der deutschen Schillergesellschaft,* 19 (1975), págs. 306-323.

ranza, pues te hemos esperado desde tiempos inmemoriales; mi madre te esperó, y su madre, y una tras otra todas sus madres, hasta llegar a la madre de todos los chacales. ¡Créelo!

—Me sorprende —dije olvidándome de encender la leña que había sido acumulada para que el humo ahuyentara a los chacales—, pues sólo me encuentro aquí por casualidad; provengo del Norte y estoy de viaje. ¿Qué queréis entonces de mí, chacales?

Y, como alentados por estas palabras, tal vez demasiado amistosas, estrecharon su cerco en torno a mí. Todos respiraban aceleradamente, jadeaban.

—Sabemos —comenzó el más viejo de todos— que tú eres del Norte, en eso tenemos fundadas las esperanzas. Allí obtenemos la comprensión que no encontramos entre los árabes. De su fría arrogancia no se puede sacar ni una chispa de comprensión. Matan animales para comérselos y desprecian la carroña.

—No hables tan alto —dije—, hay árabes que duermen aquí cerca.

—Se nota que eres extranjero —dijo el chacal—, en caso contrario sabrías que ni una sola vez en la historia un chacal ha temido a un árabe. ¿Acaso deberíamos temerlos? ¿No es ya suficiente infortunio vivir exiliados entre semejante pueblo?

—Puede ser, puede ser —dije—, no quiero juzgar asuntos que me resultan tan ajenos; es una vieja disputa que parece bullir en vuestra sangre y tal vez sólo acabará con sangre.

—Eres muy agudo —dijo el viejo chacal, y todos jadearon a ritmo más vivo, con sus pechos agitados a pesar de que habían permanecido inmóviles. Sus fauces abiertas despedían un olor acre que a veces sólo conseguía soportar apretando los dientes—. Eres muy agudo; lo que has dicho concuerda con nuestra vieja doctrina: «Cuando hayamos acabado de sorber su sangre, la lucha habrá llegado a su fin».

—¡Oh! —dije con más crudeza de la que quería emplear—. Ellos se defenderán y os abatirán a millares con sus fusiles.

—No nos comprendes —dijo—. Por lo visto, esta limitación humana también está presente en el Norte. No los mataremos. No habría suficiente agua en el Nilo para purificarnos. La sola visión de sus cuerpos vivos nos hace correr hacia el aire libre, hacia el desierto, que por eso es nuestro hogar.

Y todos los chacales que formaban a mi alrededor un círculo, al que se habían unido otros que venían de más lejos, hundieron su cabeza metiéndola entre sus patas delanteras y se la frotaron con sus garras, como si quisieran ocultar una repugnancia tan horrible ante mí, que deseé dar un gran salto para escapar de aquel cerco.

—¿Qué pretendéis entonces? —pregunté tratando de ponerme de pie. Pero no pude, porque detrás de mí, dos jóvenes animales se aferraban con sus dientes a mi chaqueta y a mi camisa y tuve que quedarme sentado.

—Te sostienen la cola —aclaró con seriedad el viejo chacal—; es una prueba de respeto.

—¡Que me suelten!— exclamé volviéndome tanto hacia el viejo como hacia los jóvenes.

—Naturalmente que lo harán, si lo deseas —dijo el viejo—. Pero tardarán un poco, porque, como es costumbre, han mordido con fuerza y ahora deben ir separando lentamente las mandíbulas. Entretanto, escucha nuestro ruego.

—Vuestra conducta no me ha hecho muy receptivo —dije.

—No nos reproches nuestra torpeza —continuó, y por primera vez recurrió al tono de queja de su voz natural—. Somos unos pobres animales, sólo tenemos nuestros dientes. Para todo lo que deseemos hacer, sea bueno o malo, únicamente disponemos de nuestra dentadura.

—¿Qué es lo que quieres? —le pregunté no muy comprensivo.

—Señor —exclamó, y todos los chacales aullaron algo que lejanamente me pareció una melodía—, señor, tu deber es poner fin a la lucha que divide el mundo en dos. Tu aspecto externo es, según la descripción de nuestros antepasados, igual al del que llevará a cabo la empresa. Queremos estar en paz, sin los árabes; queremos aire respirable y que nuestra mirada, perdida en el horizonte, se vea purificada por su ausencia; queremos dejar de oír el quejido de la oveja que el árabe degüella; queremos que todos los animales mueran tranquilamente; queremos desollarlos sin molestias para que sus huesos sean purificados. Pureza, lo que queremos es sólo pureza —y entonces lloraron, sollozaron todos, y los dos de detrás hundieron en mí sus hocicos—. ¿Cómo soportas este mundo, noble corazón y dulces entrañas? La suciedad es su blancura, la suciedad es su negrura; su barba es un espanto, al verles el rabillo de su ojo hay que escupir; si levantan el brazo, por los huecos de sus axilas se ve el infierno. Por eso, señor, amado señor, degüéllalos con estas tijeras ayudado de tus manos todopoderosas.

Y, obedeciendo un movimiento de su cabeza, se acercó un chacal de uno de cuyos colmillos colgaban unas tijeras de coser cubiertas de herrumbre.

—Bueno, ya están aquí las tijeras, ¡se acabó! —gritó el guía árabe de nuestra caravana, que se había acercado a nosotros con el viento en contra y ahora agitaba su enorme látigo.

Todo ocurrió de la forma más rápida, aunque se mantuvieron a cierta distancia, muy juntos; aquellos animales estaban tan apretados entre sí y tan rígidos que parecían un aprisco rodeado de fuegos fatuos.

—Así que tú también, señor, has visto y oído ya esta comedia —dijo el árabe, y rió con tanta alegría como se lo permitía el carácter reservado de su raza.

—¿Tú también sabes lo que quieren esos animales? —pregunté.

—Claro, señor; mientras haya árabes, esas tijeras vagarán por el desierto y vagarán hasta el final de los tiempos. Serán ofrecidas a todos los europeos para que hagan la gran obra; para ellos, cada europeo es el escogido. Estos animales tienen una estúpida esperanza; están locos, auténticamente locos. Por eso los amamos, son nuestros perros, son más bonitos que los vuestros. Mira, un camello ha muerto y he hecho que lo trajeran aquí.

Vinieron cuatro muchachos que depositaron el pesado cadáver ante nosotros. Apenas lo dejaron allí, los chacales empezaron a elevar sus voces. Como si fueran atraídos por cuerdas a cuyo dominio no pudieran sustraerse, se acercaron lentamente frotando el suelo con el cuerpo. Se habían olvidado de los árabes, se habían olvidado de su odio; la olorosa presencia de aquel cadáver los hechizaba y hacía que todo lo demás se desvaneciera. Uno se tiró al cuello y su primer mordisco encontró la aorta. Como una bomba pequeña y vehemente que a toda costa y sin esperanzas de éxito intentara apagar un enorme fuego, cada músculo de su cuerpo se tensaba o se distendía. Pronto todos se entregaron a esta tarea formando un enorme monte sobre el cadáver.

Entonces el guía chasqueó con fuerza su cortante látigo sobre ellos. Levantaron su cabezas, mitad embriagados, mitad impotentes. Vieron ante sí a los árabes, sintieron el látigo en sus hocicos; dieron un salto hacia atrás y retrocedieron corriendo hasta una distancia prudente. Pero la sangre del camello ya había formado charcos y humeaba; el cuerpo estaba abierto en varios sitios. Los chacales no pudieron resistirlo; ya estaban allí otra vez. El guía volvió a chasquear su látigo, pero yo le sujeté el brazo para detenerlo.

—Tienes razón, señor —me dijo—, les dejaremos seguir con su tarea; además, ya es hora de partir. Lo has visto. ¿A que son unos animales maravillosos? ¡Y cuánto nos odian!

# EL NUEVO ABOGADO[1]

Tenemos un nuevo abogado, el doctor Bucéfalo. Su aspecto externo apenas nos hace recordar la época en que era caballo de batalla de Alejandro de Macedonia. De todos modos, quien conoce aquella circunstancia, percibe algo. Hace poco noté cómo, en la escalinata del Palacio de Justicia, un simple amanuense, con los ojos expertos de un modesto apostante de carreras de caballos, observaba con fascinación al abogado mientras éste subía uno a uno los escalones elevando sus muslos y haciendo resonar el mármol con sus pasos. En general, la abogacía acepta la admisión de Bucéfalo. Con sorprendente agudeza, dicen que el orden social presente pone a Bucéfalo en una situación muy difícil y que,

[1]    Su gestación se produce en 1917, fecha de su primera publicación en la revista bimestral *Marsyas*. El protagonista es Bucéfalo, el caballo de batalla de Alejandro Magno, transformado en un abogado contemporáneo. El combativo carácter de Bucéfalo le es de gran utilidad para las batallas legales de hoy día. El tema central remite a la consideración del Estado constitucional o de derecho como culminación de la aspiración humana de organizar una convivencia armónica. El tema que aparece en segundo término es el de la muerte como límite a partir del cual se define la autorrealización del hombre por sus actos. ¿Por qué el ejemplo de individuo autorrealizado es un caballo que, sin dejar de tener alma de caballo, se reencarna en hombre? Tal vez porque para dicho logro está incapacitado el que sólo es hombre y mortal.

por ello, y teniendo en cuenta también su importancia en la historia universal, merece una buena acogida. Hoy —nadie puede negarlo— ya no hay ningún Alejandro Magno. Hay bastantes que saben asesinar; tampoco hace falta habilidad para, de una lanzada, alcanzar a un amigo en la mesa de un banquete, y para muchos Macedonia es demasiado pequeña y por eso maldicen a Filipo, el padre. Sin embargo, nadie, nadie puede llevarnos a la India. Por aquel entonces, las puertas de la India eran infranqueables, pero el camino hacia ellas nos lo indicaba la punta de la espada del rey. Hoy, las puertas están en otro lugar muy distinto, más lejano y más alto. Nadie muestra el camino; muchos empuñan espadas, pero sólo para blandirlas, y la mirada que los sigue acaba extraviada. Tal vez por eso lo mejor es hacer lo que hizo Bucéfalo sumiéndose en los libros de Derecho. Libre, sin que sus flancos sean oprimidos por el peso de las caderas del jinete, a la serena luz de la lámpara, lejos del estruendo de las batallas de Alejandro, lee y pasa las páginas de nuestros viejos libros.

# UN CRUZAMIENTO[1]

Tengo un animal peculiar; es mitad gatito y mitad cordero. Es parte de mi herencia paterna. Se ha desarrollado, pero tuvo que llegar a estar en mis manos para hacerlo. Antaño tenía más de cordero que de gatito; ahora tiene de los dos a partes iguales. La cabeza y las garras son de gato; el tamaño y la figura, de cordero. De ambos son unos ojos centelleantes y salvajes, un pelaje suave y tupido, unos movimientos que tienen tanto de brincos como de lento deslizarse. Al lucir el sol, cuando está sobre el alféizar, se ovilla y ronronea. En la pradera corre como un loco y apenas se le puede alcanzar. Huye de los gatos y quiere atacar a los corderos. En las noches de luna, el canalón del tejado es su camino predilecto. No puede maullar y las ratas le dan asco. Se puede pasar horas al acecho junto al gallinero, pero no ha aprovechado nunca una oportunidad de matar.

---

[1]   El texto fue encontrado manuscrito y sin título, fue elaborado a finales de abril de 1917 y su primera publicación, póstuma, data de 1931 en el séptimo cuaderno del número 13 de la revista *Literarischer Welt*. La interpretación más general es el conflicto entre la tradición familiar y la autorrealización. El animal grotesco es la parte del ser del propio autor a la que éste tiene que renunciar (matar) para llegar a ser él mismo, «parte de mi herencia paterna». La duda del narrador es: ¿debe tenerse piedad del animalito o debe ser entregado éste al cuchillo del carnicero para así obtener la liberación? (esa liberación en Kafka consiste en su afirmación como escritor).

Lo alimento con leche endulzada; es lo que mejor le sienta. La bebe a grandes sorbos haciéndola pasar por entre sus dientes de animal de presa. Naturalmente, es un auténtico espectáculo para los niños. El domingo por la mañana es la hora de visita. Pongo el animalito sobre mi regazo y los niños de la vecindad se agolpan a mi alrededor.

Entonces son formuladas las preguntas más sorprendentes, esas que ningún ser humano puede contestar: por qué hay un animal de este tipo, por qué es de mi posesión, si ha habido un animal así antes que éste y qué ocurrirá después de su muerte, si se siente solo, por qué no tiene crías, cómo se llama, etc.

No me esfuerzo en contestar, sino que me contento con mostrar lo que poseo sin necesidad de mayores explicaciones. A veces los niños traen gatos y una vez incluso trajeron dos corderos. Pero, a pesar de sus esperanzas, no se produjo ninguna escena de reconocimiento. Los animales se miraron tranquilamente con sus ojos animales y tomaron mutuamente sus respectivas existencias como un hecho divino.

En mi regazo, el animal no siente miedo ni deseos de perseguir a otros seres. Junto a mí es como mejor se siente. Está apegado a la familia que lo ha criado. Esto no es reflejo de una fidelidad extraordinaria, sino el adecuado instinto de un animal que cuenta en la tierra con innumerables parientes políticos, pero que quizá no tiene ninguno consanguíneo y por ello le resulta sagrada la protección que ha encontrado entre nosotros.

A veces no me queda más remedio que reír cuando me olisquea: se desliza por entre mis piernas y es totalmente imposible apartarlo de mí. No contento con ser gato y cordero, se empeña también en ser perro. En una ocasión, como puede sucederle a cualquiera, no encontraba salida alguna en mis negocios y en todo lo relacionado con ellos y quería abandonarlo todo. En esa situación estaba sentado en casa, en la mecedora, con el animal en mi regazo. Entonces, cuando casualmente miré abajo, vi que goteaban lágrimas que caían de sus enormes bigotes. ¿Eran mis lágrimas o las suyas? ¿tenía aquel gato con alma de cordero también ambición humana? No había heredado mucho de mi padre, pero esta parte de la herencia era digna de mostrarse.

Siente las dos inquietudes dentro de sí, la del gato y la del cordero, a pesar de lo diferentes que son. Por eso todo le resulta pequeño. A veces salta sobre el asiento, se apoya con las patas delanteras en mi hombro y pone su hocico en mi oído. Es como si quisiera decirme algo; y efectivamente se inclina y me mira a la cara para observar la impresión que me ha producido la comunicación. Para agradarlo, hago como si hubiera entendido algo con un gesto de asentimiento. Entonces baja de un salto al suelo y empieza a bailotear a mi alrededor.

Quizá el cuchillo del carnicero fuera la salvación para este animal, pero he de negárselo, pues lo he recibido en herencia. Deberá esperar a que su aliento se extinga por sí mismo, a pesar de que a veces me mire con unos comprensivos ojos humanos que exigen un trato benevolente.

# INFORME PARA UNA ACADEMIA[1]

Distinguidos señores de la Academia:

Me dispensan ustedes el honor de solicitarme la presentación a la Academia de un informe acerca de mi simiesca vida pasada.

En ese sentido, no puedo, lamentablemente, atender a su demanda. Son ya casi cinco años los que me separan de lo simiesco. Un tiempo tal vez breve si se mide conforme al calendario, pero que resulta muy largo si, como yo he hecho, se ha galopado a través de él y se han recorrido algunos tramos en compañía de gente importante, consejos, aplausos y música orquestal, aunque en realidad siempre he estado solo, pues todo acompañamiento se mantuvo —siguiendo con la imagen— del otro lado de la barrera. Nunca hubiera conseguido este objetivo si me hubiera aferrado testarudamente a mis orígenes y a los recuerdos de mi juventud. Precisamente el supremo imperativo que me impuse consistió en la renun-

[1]  El relato, escrito en la segunda semana de abril de 1917, apareció publicado por primera vez en el número 2 de la revista *Der Jude,* publicada por Martin Buber. A modo de conferencia, Pedro el rojo, un mono convertido en hombre, nos habla de sus problemas de identidad y sus expectativas. Su discurso intenta propiciar su aceptación como hombre y se basa en dos modelos de reconocimiento humano, el evolucionismo y la confianza en la Gracia de Dios.

cia a toda testarudez. Yo, mono libre, acepté este yugo; por
eso los recuerdos se me fueron borrando cada vez más. Por más
que al principio, y de haberlo permitido los hombres, era
libre de volver cruzando la puerta que el cielo forma sobre la
tierra, esta puerta se fue haciendo más baja y más estrecha a
medida que, a golpe de látigo, avanzaba en mi evolución.
Sentía más bienestar y mayor cobijo en el mundo de los
hombres; la tormenta que, viniendo de mi pasado, soplaba a
mis espaldas se apaciguó; hoy, ya es sólo una corriente de
aire que me refresca los talones. Y el lejano orificio por el
que ésta me llega, y a través del que yo pasé un día, ha reducido tanto su tamaño que, en el supuesto de que tuviera aún
fuerzas y voluntad suficientes para volver corriendo hasta él,
tendría que quedarme en carne viva para poder atravesarlo.
Si bien me gusta servirme de imágenes para expresar estas
ideas, hablaré con franqueza: vuestra condición simiesca,
señores míos, en caso de que tuvieran algo similar a sus espaldas, no podría estar más lejos de ustedes que lo que de mí
está la mía. Sin embargo, a todo aquel que camina sobre la
tierra le cosquillean los talones, ya se trate del pequeño
chimpancé o del gran Aquiles.

Tal vez en un sentido extremadamente limitado sí pueda
contestar sus preguntas, lo cual hago con sumo placer. Lo
primero que aprendí fue a dar la mano; dar la mano es muestra de franqueza. Hoy, que ya he logrado alcanzar mi meta,
al primer apretón de manos le he sumado las palabras since-
ras. Éstas no aportarán a la Academia nada esencialmente
nuevo y quedarán muy por debajo de lo que se me pide, algo
que ni con la mejor de las voluntades podría llegar a expresar. De todas maneras, estas palabras mostrarán la trayectoria que recorrió alguien que, habiendo sido mono, ingresó en
el mundo de los humanos y se estableció firmemente en él.
Por otra parte, no podría contar el insignificante relato que
sigue si no estuviera totalmente seguro de mí mismo y si mi
posición no se hubiera consolidado de forma definitiva en

todos los grandes escenarios de variedades del mundo civilizado.

Procedo de la Costa de Oro [2]. Para saber cómo fui capturado me he de remitir a informes ajenos. Una expedición de caza de la firma Hagenbeck —con cuyo jefe, por cierto, he vaciado muchas botellas de vino tinto— estaba al acecho, escondida entre las malezas de la orilla del río, cuando una tarde, formando parte de una manada, me acerqué al abrevadero. Se oyeron dos detonaciones: fui el único que cayó alcanzado por dos disparos.

Uno me dio en la mejilla. Fue leve, pero me dejó una gran cicatriz pelada y roja que me proporcionó un sobrenombre repugnante, absolutamente inadecuado y que parecía haber sido inventado por un mono: Peter el rojo; como si sólo por esa mancha roja me diferenciara del no muy conocido Peter, un mono amaestrado que había fallecido recientemente. Esto al margen.

El segundo disparo me alcanzó debajo de la cadera. Era grave y por su causa todavía hoy cojeo un poco. Últimamente he leído en un artículo de uno de esos diez mil sabuesos que se abalanzan sobre mí desde los periódicos que «mi naturaleza simiesca no ha sido todavía reprimida del todo», y como prueba evidente de ello señala que, cuando recibo visita, gusto de bajarme los pantalones para mostrar el lugar del impacto del disparo. A ese mozalbete tendría que hacerle estallar a tiros, y uno a uno, los deditos de la mano con que escribe. Yo..., yo puedo bajarme los pantalones ante el que me dé la gana: allí no se encontrará nada más que una piel bien cuidada y la cicatriz producida por un... —elegiré bien la palabra para que no haya malentendidos—, por un vergonzante tiro. Todo a la luz del día; no hay nada que esconder. Cuando se trata de la verdad, todo

---

[2]    Costa de Oro: antiguo nombre de la actual Ghana.

biennacido renuncia a las más refinadas maneras. Muy diferente sería que ese articulista se bajara los pantalones cada vez que recibiera una visita, y admito como prueba de su cordura que no lo hace. Entonces, que me deje en paz con sus cursilerías.

Después de esos tiros desperté —y aquí comienzan a surgir paulatinamente mis recuerdos— en una jaula situada en el entrepuente de un vapor de la firma Hagenbeck. No era una jaula con rejas por los cuatro lados, sino que más bien eran tres filas de rejas empotradas en un cajón, formando el cajón la cuarta pared. Aquel artefacto era demasiado bajo para poder ponerse de pie dentro de él y demasiado angosto para estar sentado. Por eso yo permanecía acurrucado y con las rodillas dobladas, que no dejaban de temblarme. Como ante todo no quería ver a nadie y deseaba permanecer en la oscuridad, estaba vuelto hacia el interior del cajón mientras que los barrotes me oprimían el lomo. Se considera conveniente este aprisionamiento de los animales salvajes en las primeras épocas de su cautiverio y, según mi experiencia, no puedo negar que desde el punto de vista humano esto era razonable.

Pero entonces no pensaba en ello. Por primera vez en mi vida no tenía escapatoria, o al menos ésta no era directa. Delante de mí estaba el cajón con sus tablas firmemente ensambladas; sin embargo, había una rendija entre las tablas. Saludé mi descubrimiento con el aullido dichoso de la sinrazón; aquella rendija era tan estrecha que ni siquiera podía sacar por ella la cola y toda la fuerza simiesca no bastaba para ensancharla.

Como después se me dijo, fui excepcionalmente poco ruidoso, y de ello se dedujo que pronto moriría o que, si conseguía sobrevivir a la crítica primera fase, sería muy apto para el amaestramiento. Sobreviví a esa época. Mis primeras ocupaciones en la nueva vida fueron: sollozar sordamente, espulgarme con dolor, sorber hasta el aburrimiento un coco, golpear la pared del cajón con el cráneo y sacar la lengua cuando alguien se acercaba. Y entretanto, sólo tenía un sentimiento: no había salida. Naturalmente hoy sólo puedo reproducir con palabras de hombre lo que entonces sentía como mono, y por ello lo desvirtúo. Pero, aunque ya no pueda alcanzar la vieja verdad simiesca, no cabe duda de que mi descripción se aproxima a ella.

Hasta entonces había tenido múltiples salidas, mas ahora no me quedaba ninguna. Estaba inmovilizado. Si me hubieran clavado a la pared, mis posibilidades de movimiento no se hubieran visto perjudicadas. ¿Por qué? Aunque acabes desollándote el pellejo entre los dedos de los pies, no encontrarás la razón; aunque aprietes tu espalda contra los barrotes hasta casi partirte en dos, no encontrarás la razón. No tenía salida, pero tenía que procurarme una, pues sin ella no podría vivir. Si hubiera permanecido siempre de cara a la pared habría sucumbido inevitablemente. Como en Hagenbeck a los monos les corresponde estar en la jaula, dejé de ser un mono. Ésta fue una deducción clara y afortunada que logré con la barriga, ya que los monos piensan con la barriga.

Temo que no se comprenda bien lo que entiendo por «salida». Empleo la palabra en su sentido más común y lato. Intencionadamente no digo «libertad». No me refiero a ese gran sentimiento de libertad en toda su extensión. Como simio, posiblemente lo tuve y he conocido a muchos hombres que lo añoran. En lo que a mí respecta, ni entonces exigí ni ahora exijo libertad. Además, dicho sea de paso, con la libertad uno se engaña demasiado siendo hombre. Y aunque la libertad se encuentra entre los sentimientos más sublimes, el engaño que produce también se cuenta entre los más grandes. En el mundo del espectáculo, antes de mis apariciones, he visto muchas parejas trabajando en los trapecios, junto al techo. Se balanceaban, se columpiaban, saltaban, iban colgados de los brazos del otro, uno llevaba al otro suspendido del pelo con sus dientes. «También esto —pensé— es libertad humana: acción autodeterminada.» ¡Qué ofensa contra la santa naturaleza! Ni un solo edificio quedaría en pie ante las risotadas de la especie simiesca al ver algo así.

No, no quería libertad. Sólo una salida; qué más daba que condujera a la izquierda o a la derecha, el caso es que llevara a algún sitio. No tenía otra pretensión, aunque la salida fuera un engaño. Como la pretensión era pequeña, el engaño no podía ser mayor. Avanzar, avanzar. Con tal de no quedarse con los brazos en alto y apretados contra las tablas de un cajón.

Hoy lo veo claro: si no hubiera tenido la máxima tranquilidad interior, nunca habría podido escapar. Y tal vez debo agradecer todo lo que tengo a esa tranquilidad que me sobrevino en los primeros días en el barco. Al mismo tiempo, debo esta tranquilidad a la tripulación.

A pesar de todo, aquélla era buena gente. Todavía recuerdo con placer el sonido que por aquel entonces producían sus pesados pasos resonando en la cubierta: me desperezaban. Acostumbraban a hacerlo todo con extremada lentitud. Si alguno necesitaba frotarse los ojos, elevaba el brazo como si de éste pendiera una pesa. Sus bromas eran groseras, pero cordiales. Sus risas estaban siempre entremezcladas con una tos que, aunque sonaba peligrosa, no era síntoma de nada. Siempre tenían en la boca algo que escupir y les era indiferente adónde lo escupían. Siempre se quejaban de que mis pulgas les saltaban, pero nunca se disgustaron seriamente conmigo; sabían que las pulgas prosperaban en mi pelaje y que son saltarinas. Con esto se daban por satisfechos. Cuando hacían un receso, algunos formaban un pequeño corro frente a mí; apenas hablaban, se gruñían unos a otros; fumaban en pipa tendidos sobre los cajones; se palmeaban la rodilla a mi menor movimiento y alguno, de vez en cuando, cogía una varita y me cosquilleaba donde me daba placer. Si me invitaran hoy a realizar un viaje en ese barco, sin duda declinaría la invitación, pero igual de cierto es que los recuerdos que de allí, de aquel entrepuente me persiguieron, no fueron todos desagradables.

La tranquilidad que obtuve en el círculo de aquella gente me disuadió de todo intento de fuga. Viéndolo retrospectivamente, me parece que ya por entonces presentía que si quería vivir encontraría una salida y que esa salida no la conseguiría con una fuga. Con mis dientes actuales he de cuidarme incluso en la habitual tarea de cascar una nuez, pero entonces podría haber roído el cerrojo de lado a lado, y no lo hice. ¿Qué hubiera ganado con ello? Apenas hubiera asomado la cabeza, me hubieran encerrado en una jaula peor; o tal vez, si hubiera conseguido huir, hubiera caído sin darme cuenta en poder de otros animales, por ejemplo de las serpientes gigantes, y su abrazo habría provocado mi último suspiro; o, de haber logrado alcanzar el puente superior y saltar por la borda, habría sido mecido durante un ratito por el océano y luego me hubiera ahogado. En fin, acciones desesperadas. No razonaba como un humano, pero la influencia de mi entorno me hizo actuar como si hubiese razonado.

No razonaba, pero sí contemplaba con toda calma. Veía a aquellos hombres ir y venir, siempre con las mismas caras, los mismos gestos; a veces me parecía que se trataba del mismo hombre. Este hombre o aquellos hombres se movían sin trabas. Empecé a entrever una noble meta. Nadie me prometió que si yo llegaba a ser como ellos, las rejas desaparecerían. No se hacen promesas para esperanzas aparentemente imposibles de cumplir, pero si llegan a cumplirse, es como si las promesas hubieran estado justo allí donde se las había buscado en vano. Ahora bien, no había nada que me atrajera especialmente en aquellos hombres; si hubiera buscado esa libertad anteriormente mencionada, sin duda hubiera preferido el océano a esa salida que veía reflejada en sus turbias miradas. De todas maneras, llevaba mucho tiempo observándolos antes de haber empezado a pensar estas cosas, y sólo estas observaciones acumuladas me hicieron tomar aquella dirección.

Era tan fácil imitar a la gente. Ya podía escupir al primer día. Nos escupíamos unos a otros a la cara, la única diferen-

cia era que yo me lamía para dejármela limpia y ellos no.
Pronto fumé en pipa como si fuera un viejo, y cuando además metía el pulgar en la cazuela de la pipa, todo el entrepuente era un jolgorio. Sin embargo, durante mucho tiempo,
no noté mucha diferencia entre la pipa vacía y la cargada.

Nada me dio tanto trabajo como la botella de aguardiente.
El olor me resultaba insoportable; me impuse con todas mis
fuerzas beber, pero pasaron semanas hasta que logré ven-
cerme. Curiosamente, la gente se tomó esa lucha interior
más en serio que cualquier otra cosa de las que había hecho.
No distingo a esa gente en mis recuerdos, pero había uno
que siempre venía, solo o acompañado de camaradas, ya
fuera de día, de noche o a cualquier hora, y, deteniéndose
ante mí con la botella, me daba lecciones. No me comprendía, quería descifrar el misterio de mi existencia. Descorchaba lentamente la botella y me miraba para comprobar si
había aprendido. Lo miraba con una atención extrema y vo-
raz. Ningún maestro de hombre encontrará mejor aprendiz
de hombre en todo el mundo. Después de haber descorchado
la botella, se la llevaba a la boca. Yo le seguía con la mirada
hasta que el líquido llegaba al gaznate. Entusiasmado por el
paulatino aprendizaje, yo chillaba y me rascaba a lo largo y
a lo ancho, donde fuera. Él, satisfecho, se posaba la botella
en los labios y echaba otro trago. Yo, impaciente y desesperado por imitarlo, me ensuciaba en la jaula, lo que le com-
placía mucho. Después apartaba enérgicamente de sí la
botella e, inclinándose de un modo exageradamente pedagógico, volvía a beber hasta dejarla vacía. Yo no podía seguirlo,
extenuado por la desmedida exigencia, y me mantenía débilmente apoyado a la reja mientras él daba por terminada la
lección teórica y se frotaba la barriga sonriendo.

Sólo entonces comenzaba el ejercicio práctico. ¿No me
había dejado ya suficientemente extenuado el teórico? Sí,
demasiado extenuado, pero éste era mi destino. A pesar de
ello tomaba lo mejor que podía la botella que me tendía; la

descorchaba temblando —este logro me daba nuevas fuerzas—; sin casi diferenciarme del modelo, levantaba la botella; la posaba en los labios y la arrojaba con asco, con asco, a pesar de que estaba vacía y sólo la llenaba el olor, la arrojaba con asco al suelo. Para tristeza de mi maestro, para mayor tristeza mía, ni a mí ni a él nos consolaba que, después de arrojar la botella, no se me olvidara rascarme la barriga sonriendo.

Así transcurría con demasiada frecuencia la lección. En honor de mi maestro diré que nunca se enojaba conmigo. Eso sí, a veces ponía su pipa encendida en mi pelaje, en cualquier lugar al que yo no podía llegar, hasta que éste comenzaba a arder, pero él mismo lo apagaba con su mano grande y benefactora. No se enojaba conmigo, pues reconocía que luchábamos en el mismo lado contra la naturaleza simiesca y era yo quien tenía que afrontar más dificultades.

Qué gran triunfo tuve, sin embargo, cuando una tarde, ante un gran auditorio —quizá estaban de fiesta, porque sonaba un gramófono y un oficial paseaba entre los tripulantes—, sin que nadie lo advirtiese, tomé una botella de aguardiente que alguien había dejado delante de mi jaula. Ante la creciente expectación de la concurrencia, la descorché académicamente, la puse sobre mis labios y, sin dudarlo y sin hacer muecas con la boca, como un bebedor experto, con los ojos como platos y el gaznate tembloroso, la vacié real y efectivamente. Después arrojé la botella, ya no como un desesperado, sino como un artista, pero eso sí, me olvidé de frotarme la barriga. En cambio, porque no podía hacer otra cosa, porque sentí el impulso, porque tenía los sentidos embriagados, exclamé «¡Hola!» con voz humana. Con ese grito di un salto que me permitió entrar en la comunidad de los hombres, y sentí el eco que produjo «¡Escuchad, habla!» como un beso a mi cuerpo lleno de sudor.

Repito: no me atraía imitar a los hombres; los imitaba porque buscaba una salida, no por ninguna otra razón. Sin embargo, con ese triunfo conseguí muy poco, pues la voz me falló poco después. Sólo se repuso pasados unos meses. La repugnancia a la botella de aguardiente reapareció con más fuerza, pero sin duda ya había encontrado de una vez por todas mi camino.

Cuando en Hamburgo fui entregado al primer amaestrador, me di cuenta de que tenía dos posibilidades: el jardín zoológico y las variedades. No lo dudé. Me dije que debía poner todas mis fuerzas para conseguir trabajar en las variedades, allí estaba la salida; el jardín zoológico no es más que una nueva jaula, quien entra allí está perdido.

Y aprendí, señores. Se aprende cuando uno se ve obligado a ello, cuando se trata de encontrar una salida, se aprende sin piedad. Uno se vigila con el látigo y se flagela sin la menor resistencia. La naturaleza simiesca salió de mí tan bruscamente que mi primer maestro casi se convirtió en un primate y tuvo que dejar las clases y ser ingresado en un sanatorio. Afortunadamente pronto salió de allí.

Sin embargo, consumí a muchos maestros, incluso hasta varios a la vez. Cuando estuve más seguro de mi capacidad, cuando el público siguió mis progresos y mi futuro empezó a brillar, empecé a elegir yo mismo a mis profesores. Los introducía en cinco habitaciones contiguas y aprendía con todos a la vez saltando de un cuarto a otro.

¡Qué progresos! ¡Qué irrupción de rayos de saber desde todos los flancos en un cerebro que estaba despertando! ¿Por qué negarlo? Esto me llenaba de alegría. Además, declaro que ni lo sobreestimaba entonces ni lo sobreestimo ahora. Con un esfuerzo que no se ha vuelto a repetir en la tierra, obtuve la formación media de un europeo. Esto en sí tal vez no tenga mucha importancia, pero sí es relevante en la medida en que me ayudó a salir de la jaula y me ayudó a procurarme esta salida especial, esta salida humana. Hay un excelente giro alemán, «serpentear entre la maleza»; yo serpenteé «entre la maleza». No había otro camino, siempre dando por sentado que no había que elegir la libertad.

Si echo un vistazo general a mi evolución y lo que fue su objetivo hasta ahora, ni me quejo ni me doy por satisfecho. Con las manos en los bolsillos del pantalón, con la botella sobre la mesa, a medias recostado y a medias sentado sobre la mecedora, miro por la ventana. Si llegan visitas, las recibo como es debido. Mi agente está sentado en el recibidor; si toco el timbre, viene y escucha lo que tengo que decirle. De noche casi siempre hay función y obtengo éxitos ya apenas superables. Y después de banquetes, de reuniones en sociedades científicas o de agradables veladas de amigos, en casa me espera una chimpancé semiamaestrada con quien lo paso muy bien, al estilo de los monos. De día no quiero verla, pues tiene en la mirada esa locura de animal perturbado por el amaestramiento, esto sólo lo reconozco yo y no puedo aguantarlo.

De todas formas, en general he conseguido lo que quería obtener. Que no se diga que el esfuerzo no mereció la pena. Por otra parte, no me interesan las opiniones de los hombres, tan sólo quiero difundir conocimientos, estoy dando un informe. También a ustedes, distinguidos señores de la Academia, sólo les he proporcionado un informe.

# LA PREOCUPACIÓN DEL CABEZA DE FAMILIA [1]

Unos dicen que la voz «Odradek» es de origen eslavo y, conforme a ello, tratan de demostrar cómo se formó la palabra. Otros, por el contrario, creen que procede del alemán y que tan sólo acusa cierta influencia eslava. La poca firmeza de ambas interpretaciones lleva a concluir que ni una ni otra son correctas, sobre todo porque de ninguna de las dos se deduce que la palabra tenga algún sentido.

Naturalmente nadie se hubiera ocupado de esas investigaciones si realmente no hubiera un ser que se llama Odradek. Su aspecto a primera vista es el de un carrete de hilo, chato y con forma estrellada, y en efecto parece recubierto de hilos enrollados; por supuesto, éstos son sólo trozos de hilos raídos, viejos, anudados unos a otros, pero también enredados entre sí. Mas no sólo es un carrete, pues de la mitad de la estrella surge un pequeño travesaño al que se añade otro dispuesto en ángulo recto. Con ayuda de esta última barrita por una parte y de uno de los rayos de la estrella, el conjunto puede sostenerse como sobre dos patas.

---

[1] Este texto de finales de abril de 1917 es el último que escribió Kafka en su casa de Zlata Ulyzcka 22. Aquí nos encontramos con un paradigma de sus relaciones con el mundo animal, dominadas por el soterrado temor a un ataque inesperado y violento. Por otra parte, la figura del padre, como ser que da nombre, que enjuicia y valora la entidad de las cosas y asume la responsabilidad, es otro de los temas recurrentes de Kafka.

Uno tiende a creer que esta criatura tuvo en otro tiempo una forma adecuada a un fin y que hoy dicha forma se encuentra escindida. Pero no parece que éste sea el caso; al menos no se encuentra ningún indicio de ello. En ningún lugar se ven parches o puntos de fractura que lo demuestren; el conjunto parece carente de sentido, pero, a su manera, está acabado. De todas formas, no se puede decir nada más pormenorizado, pues Odradek es extremadamente ágil y no se le puede capturar.

Habita alternativamente la buhardilla, el hueco de la escalera, los pasillos y el vestíbulo. A veces no se le ve durante meses; seguramente porque se ha ido a vivir a otra casa, aunque indefectiblemente siempre vuelve a la nuestra. A veces, cuando uno sale por la puerta y lo encuentra apoyado en la barandilla, sientes deseos de hablar con él. Naturalmente, uno no le hace preguntas difíciles, más bien se le trata —su insignificancia induce a ello— como a un niño.

—¿Cuál decías que es tu nombre?

—Odradek —dice él.

—¿Y dónde vives?

—Domicilio indeterminado —dice, y ríe; claro que se trata del tipo de risa que puede producirse sin ayuda de pulmones: suena como el crujido de las hojas caídas.

Así termina la conversación la mayoría de las veces. Por otra parte, no siempre se obtienen estas respuestas; a menudo permanece callado como la madera de que parece estar hecho.

En vano me pregunto qué será de él. ¿Puede morir? Todo lo que muere ha tenido previamente cierto fin, cierto tipo de actividad que lo ha desgastado; pero esto no puede aplicarse a Odradek. ¿Será posible entonces que siga rodando por las escaleras y siga dejando hilos ante los pies de mis hijos y de los hijos de mis hijos? Es evidente que no hace mal a nadie, pero la idea de que me sobreviva me resulta casi dolorosa.

# EL BUITRE [1]

Un buitre me estaba desgarrando los pies a picotazos. Ya había destrozado las botas y los calcetines y ahora me desgarraba los pies. Después de cada picotazo que me daba, se ponía a volar inquieto, describiendo círculos en torno a mí. Luego proseguía su tarea. Un señor que pasaba por allí nos estuvo mirando durante un rato y me preguntó que cómo podía tolerar lo que el buitre me hacía.

—Estoy indefenso —le dije—. Un buen día llegó y empezó a darme picotazos. Por supuesto que intenté ahuyentarlo, e incluso intenté retorcerle el pescuezo, pero un animal de este tipo tiene mucha fuerza y quiso saltarme a la cara. Entonces decidí sacrificar los pies. Ahora están casi tronchados.

—No debe permitir que le haga sufrir tanto —dijo el señor—. Un tiro y ya no hay buitre que valga.

---

[1] La escritura de este relato, no publicado en vida de Kafka, data de principios de noviembre de 1920. Nos encontramos aquí con la habitual ambigüedad del autor: ¿que el buitre mate y muera es la consumación de una tragedia o una liberación? Probablemente lo segundo, como atestigua la última frase. Al fin y al cabo, lo trágico es sólo uno de los modos posibles de asumir lo inevitable. Hay intérpretes que identifican el ataque de este animal aniquilador con la enfermedad de Kafka (K.-H.Fingerhut, *Die Funktion der Tierfiguren im Werke Franz Kafkas,* Bonn, 1969). Apoya esta tesis el que el autor sintiera su primera hemoptisis como un alivio.

—¿Está seguro de ello? —le pregunté—. ¿Se encargaría usted del asunto?

—Faltaría más —dijo el señor—. Tan sólo tengo que ir a casa a por la escopeta. ¿Podrá esperar media hora más?

—No lo sé —repuse. Por un instante me quedé paralizado por el dolor, pero luego le dije—: hágame el favor e inténtelo.

—Muy bien —dijo el señor—, me daré prisa.

Mientras tanto, el buitre había permanecido tranquilo atendiendo a lo que decíamos y posando alternativamente sus miradas en mí y en el señor. Entonces comprobé que lo había comprendido todo. Emprendió el vuelo, se arqueó con ímpetu para lograr el impulso adecuado y, como un lanzador de jabalina, hundió profundamente su pico en el interior de mi boca. Mientras caía de espaldas me sentí liberado al ver cómo mi sangre, que llenaba todas las profundidades y hacía que todos los cauces desbordaran, ahogaba al buitre.

# UNA PEQUEÑA FÁBULA[1]

—¡Ay! —dijo el ratón —. El mundo se va haciendo cada día más pequeño. Primero era tan amplio que tenía miedo; seguía adelante y me sentía feliz al ver en la lejanía, a derecha e izquierda, algunos muros. Pero aquellos muros se han ido fundiendo tan velozmente entre sí los unos con los otros, que ya estoy en el último cuarto y allí, en ese rincón, está la trampa y a ella me dirijo.

—Sólo tienes que cambiar la dirección de tu marcha —dijo el gato; y se lo comió.

---

[1] Texto elaborado entre noviembre y diciembre de 1920. Su brevedad lo hace especialmente indicado para la libertad interpretativa. ¿Es el ratón Kafka, que no pudo detener su compulsiva marcha en una dirección (la escritura)?, ¿es el ratón el judío occidental, atrapado entre la pared (la tradición) y el gato (el exilio no del todo explícito en el que vive?, ¿o, en clave heideggeriana, es el ratón el hombre indefenso, desorientado ante su «arrojamiento» a la existencia?

# INVESTIGACIONES DE UN PERRO [1]

¡Cómo ha cambiado mi vida sin haber cambiado en el fondo! Recapitulo y me remonto a los tiempos en los que pertenecía a la especie canina y participaba de todas sus preocupaciones; es decir, cuando era un perro más. Con una observación más detenida, me doy cuenta de que siempre algo anduvo mal, siempre hubo una pequeña quiebra y me sobrevenía un ligero malestar en medio de las más solemnes celebraciones populares, e incluso a veces en círculos de allegados. No, no sólo a veces, sino en muchas ocasiones, la simple visión de uno de mis apreciados congéneres perrunos, esa simple visión desde una nueva perspectiva me azoraba, me estremecía, me dejaba indefenso y desesperado. Traté de apaciguarme y algunos amigos a los que confesé esto me ayudaron; luego volvieron tiempos más tranquilos,

---

[1] Fechado por Harmut Binder en julio de 1922. La mayor parte de los comentaristas considera las peripecias vitales del perro del relato trasunto simbólico de la ambigua situación del autor frente a la comunidad judía. En Kafka el deseo de identificación (manifestado en su cercanía al movimiento sionista) fue siempre acompañado de un sentimiento de incapacidad de lograr la integración plena. En un sentido menos biográfico y más genérico, el relato puede interpretarse como una expresión descarnada de las dificultades para creer en Dios y de lo ambiguo que es la noción de Gracia (cf. introducción): al igual que los hombres no ven a Dios, el perro narrador no puede ver a los hombres.

en los que estos sobresaltos, aunque no faltaron, fueron asu-
midos e incorporados a la vida con mayor ecuanimidad. Tal
vez éstos le entristecieran y le cansaran a uno, pero, por lo
demás, me dejaban subsistir como un perro algo frío, reservado, temeroso y calculador, pero, a fin de cuentas, un perro
en toda la regla. ¿Cómo hubiera podido alcanzar la edad de
la que hoy disfruto sin estos períodos de descanso?, ¿cómo
hubiera podido abrirme camino hasta la tranquilidad con la
que hoy contemplo los horrores de la juventud y soporto los
horrores de la vejez?, ¿cómo hubiera podido llegar a sacar
conclusiones de mi infeliz o, para expresarlo con mayor
exactitud, no muy feliz situación y vivir casi plenamente
conforme a aquéllas? Retirado, solitario, exclusivamente de-
dicado a mis desesperadas pero irrenunciables investigaciones, así vivo yo. Pero, desde la lejanía, nunca he perdido de
vista a mi pueblo. Frecuentemente me llegan noticias y a veces
también me hago escuchar. Se me trata con respeto, no se comprende mi modo de vida pero no se toma a mal, e incluso los
perros jóvenes, a los que veo pasar de largo a buena distancia,
esa nueva generación, infancia de la que tan sólo me queda un
difuso recuerdo, no me rehúsan un respetuoso saludo.

No se debe olvidar que, a pesar de mis peculiaridades, que
se manifiestan abiertamente, no he dejado ni mucho menos
de pertenecer a la especie. Si reflexiono —y yo tengo
tiempo, ganas y facultades para ello— es muy curioso lo que
le ocurre a la condición canina. Además de nosotros, los perros, hay muchos tipos de criaturas: seres desvalidos, diminutos, mudos, capaces sólo de proferir algunos gritos. Muchos de nosotros, los perros, los estudian, les han dado
nombres, intentan ayudarlos, educarlos y ennoblecerlos. A
mí, mientras no me molesten, me resultan indiferentes, con-
fundo unos con otros, los ignoro. Sin embargo, hay en ellos
algo llamativo si lo comparamos con nosotros los perros: su
poca solidaridad, la indiferencia y el silencio con el que se
tratan y el hecho de que solamente los intereses más mez-

quinos puedan llegar a unirlos sólo externamente y que, además, estos intereses generen odio y lucha. ¡Qué diferentes somos nosotros, los perros! Se podría decir que todos hacemos una piña a pesar de las innumerables y profundas diferencias que se han producido entre nosotros a lo largo de los tiempos. ¡Somos una piña! Algo nos impulsa a estar unidos y nada puede impedirnos la satisfacción de este impulso. Nuestras leyes y nuestras instituciones, las pocas que todavía conozco y las innumerables que he olvidado, se derivan del anhelo de la más grande de las dichas a las que podemos aspirar: la cálida unión de todos nosotros. Pero, veamos ahora la contrapartida. Según mi conocimiento, ninguna criatura vive tan diseminada como nosotros los perros, en ninguna se dan tantas y tan inabarcables diferencias de clase, tipo y ocupaciones. Nosotros, que deseamos permanecer unidos —y, a pesar de todo, siempre lo conseguimos en momentos extraordinarios—, precisamente nosotros, vivimos muy separados, desempeñando oficios extraños, a menudo incomprensibles para nuestro congénere perruno, sujetos a preceptos que no son los de la condición canina, sino que parecen más bien contravenirlos. Éstas son cuestiones complejas, cuestiones que, por lo general, se prefiere eludir —y comprendo esta postura, la comprendo mejor que la mía—, pero a las que siempre me he entregado por completo. ¿Por qué no hago como los demás, por qué no vivo en armonía con mi pueblo y acepto dócilmente lo que rompe la armonía, tomándolo como un pequeño error en el gran balance?, ¿por qué siempre le doy la espalda a lo que felizmente nos une y no a lo que, claro está que de forma inevitable, nos arranca del círculo de nuestro pueblo?

Recuerdo un suceso de mi infancia. Por aquel entonces sentí la excitación inocente e inexplicable que todos hemos sentido de niños. Todavía era un perro muy joven, todo me gustaba, todo remitía a mí, creía que las cosas grandes estaban en mi derredor porque yo era su causa y yo debía ser su portavoz. Eran cosas que habrían tenido que permanecer mi-

serablemente en tierra si yo no hubiera corrido en pos de
ellas y no hubiera inclinado mi cuerpo para asirlas. En fin,
fantasías de niño, que con los años se disipan. Pero en aquella época eran poderosas, estaba poseído de ellas y, además,
ocurrió algo extraordinario que pareció justificar mis desbo-
cadas esperanzas. En sí no fue nada extraordinario —más
tarde he visto cosas mucho más notables con suficiente frecuencia—, pero entonces aquello impactó en mí con la
fuerza irresistible y decisiva de la primera impresión.

Topé con un pequeño grupo de perros, mejor dicho, no
topé con ellos, sino que vinieron a mi encuentro. Había caminado durante un rato largo a través de la oscuridad, con el
presentimiento de que se iban a producir cosas importantes
—un presentimiento que resultaba engañoso con frecuencia,
pues lo tenía siempre— , había caminado durante un rato
largo a través de la oscuridad, de un lado a otro, ciego y
sordo para todo, impulsado nada más que por un impreciso
deseo. Me detuve repentinamente con la sensación de haber
llegado al lugar adecuado; levanté la vista y comprobé que
el día era muy luminoso, sólo había un poco de bruma, todo
lleno de oleadas de aromas embriagadores; saludé la mañana con unos confusos sonidos y, allí, como si los hubiera
conjurado, aparecieron a la luz siete perros que surgieron de
una incierta oscuridad haciendo un ruido espantoso, el más
espantoso que jamás había oído. Si no hubiera percibido con
claridad que eran perros y que eran ellos mismos los que hacían el ruido —aunque no podía saber cómo lo producían—,
hubiera emprendido inmediatamente la fuga. Sólo por eso
permanecí allí. Por aquella época no sabía casi nada del don
de la musicalidad exclusivamente otorgado a la especie canina; había escapado hasta entonces a mi capacidad de observación, que se estaba desarrollando lentamente. Como la
música me había rodeado ya desde mis años de lactante a
modo de elemento obvio e imprescindible que nada hacía
destacar del resto, como sólo se me habían hecho indicacio-

nes adaptadas al entendimiento infantil para hablarme de ella, tanto más sorprendentes, casi demoledores, resultaron aquellos siete grandes músicos. No hablaban, no cantaban, callaban con contumacia, pero hacían música extrayéndola del vacío. Todo era música, las elevaciones y descensos de sus patas, ciertos movimientos de cabeza, sus correteos y sus pausas, las posturas que adoptaban entre sí, los corros que hacían cuando, por ejemplo, uno apoyaba las manos sobre el lomo de otro y se colocaban de tal modo que el primero soportaba el peso de los demás, o cuando formaban figuras entrelazadas con los cuerpos que se arrastraban por el suelo y nunca se equivocaban. Ni siquiera se equivocaba el último que, todavía un poco inseguro, no encontraba inmediatamente la conexión con los otros y, de alguna manera, vacilaba cuando sonaban las primeras notas de la melodía. Sin embargo, su inseguridad sólo era patente en comparación con la magnífica seguridad de los otros y, con un titubeo mucho mayor, incluso con una total inseguridad, no habría echado nada a perder, porque los otros, grandes maestros, mantenían inconmoviblemente el compás. Pero yo casi no los veía, apenas se les percibía. Se habían adelantado, ya habían sido saludados interiormente como perros, a pesar del estruendo que les acompañaba, y eran perros, perros como tú y como yo. Se les observaba de forma habitual, como a perros que uno se encuentra en la calle; uno querría aproximarse a ellos, intercambiar saludos, además estaban muy cerca. Es cierto que eran perros mayores que yo y que no pertenecían a mi raza lanuda y de pelo largo, pero tampoco eran muy diferentes en tamaño y aspecto, más bien resultaban familiares; yo conocía a muchos de esa raza...

Y mientras estaba en estas disquisiciones, poco a poco la música empezó a adueñarse de todo, se apoderó materialmente de mí, me apartó de aquellos pequeños perros reales y, a pesar de que me resistía con todas mis fuerzas, aullando como si me estuvieran haciendo daño, no podía ya ocuparme de otra cosa que de la música que venía de las alturas, de las profundidades, de todas partes, desplazando al oyente al centro, cubriéndolo, oprimiéndolo. Esta música tan pronto lo dejaba a uno cerca de la perdición como se oía lejana, tocada por trompetas apenas audibles. Y de nuevo fui expulsado, pues ya estaba demasiado agotado, aniquilado y débil para seguir escuchando. Fui expulsado y vi a los siete pequeños perros dar sus saltos en procesión; yo quería, a pesar de sus despectivos ademanes, llamarlos, pedirles consejo, averiguar qué hacían aquí —era una cría y creía que se podían hacer preguntas siempre y a cualquiera— pero, apenas comenzaba, apenas sentía el vínculo con los siete, que era benefactor, familiar y perruno, volvía a escuchar la música, perdía el juicio, me ponía a girar en círculos, como si yo mismo fuera uno de aquellos músicos, cuando en realidad sólo era su víctima y era zarandeado de un lado para otro a pesar de que implorara clemencia. Por fin me salvé de su propia violencia, asiéndome a una pila de leña de esas que se forman en cualquier lugar, una pila de leña que me había pasado inadvertida. Me agarré fuertemente, incliné la cabeza y esto, aunque todavía el ambiente estaba dominado por el estruendo de la música, me dio la posibilidad de resollar.

Verdaderamente, más que el arte de aquellos siete perros —que era incomprensible para mí, pero también totalmente inaprehensible para un entendimiento más capaz que el mío— me maravillaba su coraje al exponerse total y abiertamente a aquello que creaban y, aunque fuera más allá de sus fuerzas, a soportarlo sin que se les quebrara el espinazo. Por cierto, con una observación más detenida, yo comprobaba desde mi refugio que no era tanto con tranquilidad como con extremada tensión con lo que trabajaban. Aquellas patas aparentemente movidas con tanta seguridad temblaban a cada paso en interminables y temerosas palpitaciones; rígidos, como si fueran presas de la desesperación, se miraban entre sí, y la lengua, una y otra vez dominada, colgaba flácida de sus bocas. No podía ser miedo al fracaso lo que así los excitaba; el que tanto arriesgaba, el que era capaz de realizar aquello, ya no podía tener miedo. ¿Qué temían? ¿Quién les obligaba a hacer lo que hacían? Y ya no pude contenerme, sobre todo porque ahora me parecían necesitados de ayuda, y en medio del ruido proferí mis preguntas con fuerza y con exigencia. Pero ellos —incomprensiblemente, incomprensiblemente— no contestaron, actuaron como si yo no estuviera allí. ¡Perros que no contestan a la llamada de un perro!, ¡todo un atentado contra las buenas costumbres, que no se perdona, bajo ninguna circunstancia, ni a los perros más pequeños ni a los más grandes! ¿Es que acaso no eran perros? Pero cómo podían no ser perros si ahora, con una escucha más atenta, oía las suaves voces con las que se animaban unos a otros, se avisaban de las dificultades, se advertían de los errores; hasta veía al último perro, al más pequeño, al que iban dirigidas la mayoría de las voces, mirarme de reojo, como si quisiera responder a mis preguntas, pero conteniéndose porque no debía hacerlo.

Pero, ¿por qué no debía hacerlo, por qué no debía en este caso hacer lo que nuestras leyes siempre exigen? Esto me indignaba, casi me hacía olvidar la música. Estos perros violaban la ley. Por muy grandes magos que fueran, la ley también se aplicaba a ellos; incluso yo, una cría, entendía eso perfectamente. Y noté aún más. En realidad tenían motivos para callar, en el caso de que fuera el sentimiento de culpa lo que hacía que callaran. Y es que, debido al volumen de la música, no me había fijado aún en su proceder: los miserables, prescindiendo de toda vergüenza, hacían lo más ridículo e indecoroso a la vez, caminaban apoyándose en sus patas traseras. ¡Qué bochorno! Se desnudaban y mostraban procazmente su desnudez, se regodeaban con ello y, si alguna vez obedecían por un momento al buen sentido y bajaban las manos, parecían asustarse como si fuera un error, como si la naturaleza fuera un error. Entonces volvían a elevar las manos y su mirada parecía pedir perdón por haber cejado durante un breve momento en su actitud pecaminosa. ¿Estaba el mundo del revés?, ¿dónde me encontraba?, ¿estaba ocurriendo aquello?

Aquí ya no pude vacilar por mi propia existencia y me liberé de un salto de aquellos leños que me aprisionaban. Yo, pequeño estudiante que pretendía ser maestro, quería hacerles comprender a los perros lo que estaban haciendo, quería prevenirles de ulteriores pecados. «¡Viejos perros, oh, viejos perros!», me repetía a mí mismo sin parar. Pero apenas estuve libre y sólo dos o tres pasos me separaban de los perros, el ruido volvió a sonar y se apoderó de mí. Tal vez, como ahora lo conocía, con empeño podría haberle opuesto resistencia, o tal vez luchar contra él, si no hubiera retumbado con toda su intensidad —que era horrible— un sonido nítido, severo, siempre igual a sí mismo, que surgía invariablemente de la lejanía y que parecía ser la verdadera melodía en medio del ruido. Ese sonido me obligó a doblar las rodillas. ¡Qué aturdidora era la música que tocaban aquellos perros! No lograba avanzar, ya no quería instruirlos. ¿Quién podría exigirme algo tan difícil a mí, un perro tan pequeño, si ellos deseaban despatarrarse, pecar y llevar a otros al pecado de la tranquila contemplación? Me sentí más pequeño de lo que era, gimoteaba; si los perros me hubieran preguntado mi opinión, tal vez les hubiese dado la razón. No tardaron en marcharse y, con todo su ruido y toda su luz, se disiparon en la oscuridad de la que habían venido.

Como ya he dicho, este suceso no tenía nada de extraordinario; en el curso de una vida prolongada se ven cosas que, tomadas aisladamente y miradas con ojos infantiles, serían mucho más extraordinarias. Además, esto, como cualquier cosa, se podría —como indica la acertada expresión— «rectificar». En este caso diríamos que aquí habían venido siete músicos para hacer música en el silencio de la mañana; que un perrito se había extraviado; que era un oyente molesto al que en vano habían intentado ahuyentar con música especialmente terrible o sublime y que los molestaba con preguntas. ¿Deberían ellos, que ya se sentían suficientemente molestos por la mera presencia del intruso, haber agravado la molestia contestando? Y si es cierto que la ley ordena contestar a todo el mundo, ¿podría ser considerado «algo» este insignificante perrillo venido de cualquier parte? A lo mejor ni siquiera habían comprendido sus preguntas, pues las ladraba de forma ininteligible. O tal vez las entendieron y, sobreponiéndose, le contestaron, pero él, el pequeño, que no estaba habituado a la música, no había podido distinguir la respuesta de la música. Y en lo referente a las patas traseras, es posible que, de forma excepcional, caminaran apoyándose en ellas. Es cierto que es un pecado, pero estaban solos, eran siete amigos en una confiada reunión de amigos, en cierta medida entre cuatro paredes, en cierta medida completamente solos, pues la vida de los amigos no es pública y la presencia de un perrito curioso no la hace pública. En este caso, ¿no es como si no hubiera ocurrido nada? No es así del todo, pero, además, los padres no debieran permitir que sus pequeños vagabundearan por ahí y deberían enseñarles a callar y a respetar a los adultos.

Llegados a este punto, el caso está resuelto. Claro que lo que está resuelto para los adultos no lo está para los pequeños. Corrí, conté y pregunté, acusé y averigüé y quise llevar a todos adonde habían ocurrido los hechos y quise mostrarles dónde había estado yo y dónde habían estado los siete, dónde y cómo habían bailado y tocado. Si alguien hubiera venido conmigo, en lugar de rechazarme y mofarse de mí, entonces tal vez hubiera sacrificado mi inocencia y hubiera intentado andar sobre mis cuartos traseros para describirlo todo con exactitud. Pero, en fin, a una cría se le toma todo a mal y a la vez se le perdona todo. Yo, sin embargo, envejecí sin perder este talante infantil. Entonces no dejaba de comentar aquel suceso en alta voz —suceso al que hoy concedo mucha menos importancia—, no dejaba de exponerlo por episodios, de valorarlo ante los presentes sin tener en cuenta quiénes fueran, tan sólo ocupado con mi asunto, que me parecía tan molesto como todos los demás, pero que precisamente por eso —y ahí estaba la diferencia— quería aclarar con mis investigaciones, para así liberarme y recuperar la atención por la vida cotidiana, habitual, tranquila y feliz. He seguido trabajando después exactamente igual que entonces, con medios menos pueriles, eso sí —aunque no es muy grande la diferencia—, y no he parado hasta hoy.

Todo comenzó con aquel concierto. No me quejo, es mi propia naturaleza, y si el concierto no hubiera tenido lugar, ésta hubiera buscado otra ocasión para manifestarse. Sin embargo, a veces me apena que esto ocurriera tan pronto, pues me privó de buena parte de mi infancia. La serena vida de los perros jóvenes, que algunos pueden prolongar durante años, duró para mí muy pocos meses. Ya pasó. Hay cosas más importantes que la niñez. Y quizá en la vejez, elaborada por una dura vida, me espere más alegría infantil de la que pudiera asimilar un niño, pero que yo, sin embargo, asimilaré.

Comencé entonces mis investigaciones sobre las cosas más sencillas; lamentablemente no me faltaba material, el exceso de éste es el que me hace desesperar en horas oscuras. Comencé a averiguar de qué se alimentaban los perros. Ésta, si bien se mira, no es una pregunta sencilla, nos mantiene ocupados desde los tiempos más remotos; es el principal objeto de nuestra reflexión y son innumerables las observaciones, experimentos y puntos de vista al respecto. Se ha creado una ciencia que por su enorme amplitud no sólo va más allá de la capacidad de un individuo, sino que sobrepasa la de todos los estudiosos y, en definitiva, únicamente puede ser soportada por la especie canina en su totalidad, y ello sólo parcialmente y no sin agobios. Es una ciencia cuya antigua y arraigada tradición debe ser analizada pormenorizadamente, por no hablar de las dificultades y las condiciones previas casi imposibles de cumplir que exigen mis investigaciones. No hace falta que se me hagan advertencias al respecto, sé todo esto como lo sabe cualquier perro, nunca se me ha ocurrido entrometerme en la verdadera ciencia, le guardo todo el respeto que merece, pero para mejorarla me falta saber, esfuerzo, serenidad y —no en último término y especialmente en los últimos años— ganas. Degluto la comida pero sin que me merezca la pena hacer la más mínima y habitual observación agrícola. En este sentido me basta el extracto de toda ciencia, esa pequeña regla con la que la madre desteta a sus crías y las deja libres: «¡Haz aguas siempre que puedas!». ¿No está todo contenido aquí? ¿Qué de relevante y decisivo ha añadido a esto la investigación desde nuestros primeros padres? Matices, tan sólo matices, además muy inseguros. Esta regla subsistirá mientras sigamos siendo perros. Está relacionada con nuestra principal alimento. Está claro que tenemos otros medios accesorios, pero en caso extremo, y cuando los años no son muy malos, podemos vivir de este alimento básico. Éste lo encontramos en la tierra, la tierra necesita de nuestra agua, se alimenta de ella y sólo a este precio nos proporciona alimento, cuya producción, esto tampoco hay que olvidarlo, puede ser acelerada por ciertos dichos, cantos y movimientos. Según mi opinión, esto es todo; nada fundamental puede añadirse. Estoy de acuerdo con la especie canina y doy severamente la espalda a las posturas heréticas al respecto.

Realmente, no quiero entrar en pormenores, ni trato de tener razón, me siento feliz cuando puedo coincidir con mi pueblo, y en esto coincido. Sin embargo, mis propias iniciativas van en otra dirección. La simple observación me enseña que la tierra, si se la riega y se la cultiva según las reglas científicas, da alimento de la calidad, cantidad, el tipo, en el lugar y a las horas que prevén las leyes total o parcialmente prescritas por la ciencia. Esto lo doy por sentado, pero mi pregunta es: «¿De dónde toma la tierra este alimento?». Ésta es una pregunta a la que se hace oídos sordos o a la que en el mejor de los casos se contesta: «Si no tienes suficiente de comer, nosotros te daremos». Obsérvese esta respuesta. Sé que no es una de las cualidades de los perros el compartir los alimentos una vez que los hemos obtenido. La vida es dura, la tierra árida, la ciencia es rica en conocimientos, pero pobre en resultados prácticos. El que tiene alimentos los conserva, esto no es egoísmo, es la ley canina, es una consensuada resolución popular que proviene de la superación del egoísmo, pues los poseedores son siempre minoría. Y por eso la respuesta «Si no tienes suficiente de comer, nosotros te daremos», es una frase hecha, una ironía, una chanza. No lo he olvidado. Pero mayor significado tiene para mí que, ante un perro como yo, que iba vagando por el mundo haciendo preguntas, se dejara a un lado la ironía. Nunca se me daba alimento —¿de dónde podría haberse sacado?— y si por casualidad se tenía, la premura del hambre hacía olvidar cualquier otra consideración; pero la oferta iba en serio y de vez en cuando recibía alguna pequeñez si era suficientemente rápido como para atraparla. ¿Por qué se tuvo conmigo un trato especial?, ¿por qué se me respetó y se me privilegió? ¿Porque era un perro flaco, débil, mal alimentado y demasiado despreocupado con la comida? Pero hay muchos perros mal alimentados y se les quita de la boca incluso el alimento más mísero, y la mayoría de las veces no se hace esto por codicia, sino por principio. No; se me prefería. No sabría explicar pormenorizadamente por qué, pero ésa era mi exacta impresión. ¿Eran mis preguntas las que divertían o se veían como algo especialmente interesante? No, no divertían y se consideraban todas estúpidas. Y con todo, sólo eran las preguntas las que podrían haber atraído la atención sobre mí. Era como si se prefiriera llenarme la boca con comida —lo cual no se hacía pero se deseaba hacer— antes que soportar mis preguntas. Se me podría haber ahuyentado o se podrían haber prohibido mis preguntas, pero no se quería eso, no quería escuchar mis preguntas, mas, precisamente por ellas, no querían expulsarme. A pesar de que era ridiculizado como un animal tonto y pequeño, a pesar de que fuera zarandeado de un lado a otro, aquélla fue mi época de mayor prestigio; nunca se repitió luego nada semejante, tenía acceso a todas partes, nada me era negado y, bajo la apariencia de un trato rudo, se me lisonjeaba. Y todo sólo por mis preguntas, por mi impaciencia, por mis ansias de investigar.

¿Se me quería embaucar así, sin violencia, disuadiéndome de un camino cuya falsedad no estaba tan fuera de dudas que autorizara a emplear la fuerza? También cierto respeto y temor desaconsejaban el empleo de la violencia. Por aquel entonces ya sospechaba algo parecido, hoy lo sé con certeza, con mucha más que la que tenían aquellos que entonces actuaron; es cierto, se me quiso apartar de mi camino. No lo lograron, el resultado fue el opuesto, mi atención se aguzó. Incluso hasta se comprobó luego que era yo el que intentaba seducir a los otros y que hasta cierto punto tuve éxito en mi seducción. Sólo con ayuda del género canino comencé a comprender mis preguntas. Cuando yo, por ejemplo, preguntaba: «¿De dónde obtiene la tierra este alimento?», ¿eran realmente los problemas de la tierra los que me interesaban —como puede parecer—? Ni lo más mínimo; eso estaba, como pronto reconocí, muy lejano. A mí sólo me interesaban los perros, nada más que ellos. Pues, ¿qué hay aparte de ellos? ¿A quién recurrir fuera de ellos en el inmenso y vacío mundo? Todo el saber, la totalidad de las preguntas y las respuestas, está contenido en los perros. Si al menos este saber pudiera utilizarse, si tan sólo pudiera ser sacado a la luz del día, si al menos los perros supieran infinitamente más de lo que dicen saber, de lo que reconocen ante sí mismos que saben... Pero el más locuaz de los perros es más reservado que cualquiera de los lugares donde se hallan los mejores alimentos. Se ronda al semejante perruno, se babea de deseo, se tortura uno mismo con el propio rabo, se pregunta, se implora, se aúlla, se muerde y se logra... se logra lo que también se hubiera obtenido sin el menor esfuerzo: atención amable, contactos amistosos, dignos olisqueos, estrechos abrazos; tu aullido y el mío se unen en uno solo, todo está orientado hacia una fascinación, un olvido y un hallazgo, pero lo que se quiere obtener por encima de todo: la confesión del propio saber, eso se rehúsa. A este ruego, ya sea silencioso o de viva voz, contestan en el mejor de los casos, cuando la insistencia ha llegado a su extremo, sólo con torpes muecas, miradas de soslayo, ojos velados y turbios. Algo no muy distinto a lo que ocurrió cuando siendo una cría llamé a los perros músicos y éstos callaron.

Se podría decir: «Te quejas de tus congéneres perrunos, de sus silencios acerca de lo decisivo. Crees que saben más de lo que dicen, más de lo que hacen valer en la vida, y esta reserva, cuyo motivo y secreto naturalmente guardan, te envenena la vida, te la hace insoportable, te impulsa a cambiarla o a abandonarla. Puede ser, pero tú mismo eres un perro, posees el saber de los perros, exprésalo, no solamente como pregunta, sino también como respuesta. Porque si lo expresaras, ¿quién se te resistiría? El gran coro del género perruno caería como si hubiera estado esperando. Entonces tendrías toda la verdad, la claridad y el reconocimiento que deseases. El techo de esta ruin vida que con tanta fuerza criticas se abriría y todos, perros junto a perros, ascenderíamos a una libertad superior. Y si no sucediera esto último, si fuera peor que hasta ahora, si la verdad total fuese menos soportable que la media verdad, si llegara a confirmarse que los silenciosos están en su derecho como protectores de la vida y si la ligera esperanza que aún tenemos se convirtiera en desesperanza total, el ensayo merecería la pena, pues no quieres vivir como te está permitido vivir. Entonces, ¿por qué reprochas a los otros su mutismo cuando tú mismo callas?». Fácil respuesta; porque soy un perro. En esencia tan reservado como los otros, resistiéndome también a las propias preguntas, rígido de miedo. ¿Pregunto acaso —al menos desde que soy adulto— al género perruno con la pretensión de que se me conteste? ¿Tengo unas esperanzas tan estúpidas? Veo los fundamentos de nuestra vida, presiento su profundidad, veo a los obreros en la construcción de su oscura obra, ¿he de esperar que con mis preguntas todo se acabe, todo sea destruido, todo sea abandonado? No, yo ya no espero eso. Ya comprendo que soy sangre de su sangre, de su pobre sangre, siempre rejuvenecida y siempre exigente. Pero no sólo tenemos en común la sangre, sino el saber, y no sólo el saber, sino también la llave del mismo. No lo poseo sin los demás, no puedo tenerlo sin su ayuda. Los huesos férreos, los de más noble tuétano, sólo pueden ser atacados por el mordisco común de todos los dientes de todos los perros. Por supuesto que esto es una imagen y es exagerado, si todos los dientes estuvieran dispuestos, ya no tendrían que morder más, el hueso se abriría y el tuétano estaría al alcance del más débil de los perritos. Sin salir de este símil, diré que mis intenciones, mis preguntas, mis investigaciones tienden a algo enorme. Quiero lograr esta asamblea de todos los perros, quiero que por el concurso de todos los dientes se abra el hueso, quiero luego devolverlos a su vida, que les es muy querida, y después, solo, absolutamente solo, sorber el tuétano. Esto suena monstruoso, es como si quisiera no tanto alimentarme con el tuétano de un hueso, sino con el tuétano de todo el género perruno. Con todo, no es más que una imagen. El tuétano del que aquí se habla no es un alimento, es lo contrario, es veneno.

Con las preguntas sólo ardo yo mismo, quiero encenderme con el silencio que me rodea, que es la única respuesta. ¿Durante cuánto tiempo soportarás que el género perruno, tal y como vas tomando conciencia por tus investigaciones, calle y calle para siempre? ¿Durante cuánto tiempo lo soportarás? Así retumba la pregunta vital en medio de las preguntas por los pormenores: me la dirijo a mí mismo y no molesta a nadie más. Lamentablemente, es más fácil de contestar que todas las otras: soportaré hasta que llegué mi fin natural; a las preguntas inquietas se opone cada vez más la calma de la madurez. Seguramente moriré en silencio, rodeado de silencio, casi serenamente, pero estoy prevenido. Es como si cierta voluntad maléfica nos hubiera dotado a los perros de un corazón admirablemente fuerte y de pulmones que no se desgastan prematuramente; resistimos a todas las preguntas, incluso a las propias; verdaderos baluartes del silencio, eso es lo que somos.

En los últimos tiempos, cada vez reflexiono más sobre mi vida, busco el error decisivo y culpable de todo, ese que tal vez cometí, pero no lo encuentro. He tenido que cometerlo, pues si no lo hubiera cometido, y a pesar del honrado trabajo de una larga vida, no hubiera conseguido lo que quería y entonces estaría demostrado que aquello que me proponía era imposible y de ello se deduciría la más absoluta falta de esperanza. ¡Observa el fruto de tu vida! Primero las investigaciones acerca de la pregunta: ¿de dónde toma la tierra el alimento que nos da? Entonces era un perro joven, lleno de impulsos y vital, que renunció a todos los goces, eludió todos los placeres, hundió la cabeza entre las patas ante las tentaciones y se puso a trabajar. No era un trabajo científico, ni los estudios, ni el método, ni la intención eran los correctos.

Éstos fueron errores, pero sin duda no pudieron ser decisivos. Aprendí poco, pues me vi muy pronto separado de mi madre y rápidamente me acostumbré a la independencia. Llevé una vida libre, y una independencia temprana es siempre enemiga del aprendizaje sistemático. Pero he visto y oído muchas cosas, he hablado con perros de las más diversas razas y profesiones y, que yo sepa, no he asimilado mal todo esto ni he relacionado mal entre sí las observaciones particulares, y esto ha suplido en cierto modo el estudio científico. Además, aunque la independencia puede ser una desventaja para el aprendizaje, es una ventaja para una investigación propia. Era tanto más necesaria en mi caso, pues yo no podía seguir los auténticos métodos de la ciencia, es decir, utilizar los trabajos de los antecesores y establecer contacto con los investigadores actuales. Apoyado exclusivamente en mí mismo, comencé desde el principio con la conciencia —muy agradable para la juventud pero extremadamente demoledora para la vejez— de que el punto final que habría de poner sería también el definitivo.

Pero, ¿estuve y he estado tan solo en mis investigaciones? Sí y no. Es imposible que nunca haya habido, ni haya hoy, perros individuales que hayan estado y estén en mi situación. Mi caso no puede ser tan grave. No me desvío ni un ápice de la condición perruna. Todo perro tiene como yo el impulso de preguntar y yo tengo como todos los perros el impulso de callar. Cada uno tiene el impulso de hacer preguntas. De ser al contrario, mis preguntas sólo hubieran producido la más ligera de las conmociones, conmociones que me llenaban de dicha, de dicha exagerada quizá y, si no me hubiera comportado así, no habría conseguido mucho más. Y lamentablemente no hace falta ninguna prueba de mi tendencia a callar. En el fondo no soy distinto de los demás perros; por ello, a pesar de la diferencias de opinión y antipatías, todos me reconocerán y yo reconoceré a cualquier perro. Tan sólo la cantidad de los elementos de la mezcla es diferente, una diferencia personalmente muy grande, pero mínima tomando en consideración a todo nuestro pueblo. ¿Será posible que la mezcla de estos elementos siempre presentes no haya sido nunca, ni en el pasado ni en la actualidad, parecida a la mía en su dosificación?, ¿será posible que, aunque se considere esta mezcla poco feliz, no haya otra más infeliz? La experiencia parece indicar lo contrario.

Los perros hemos ejercido los oficios más extraordinarios. Son oficios que nadie creería que existen si no tuviéramos noticias fidedignas de ellos. Aquí estoy pensando, sobre todo, en el caso de los perros voladores. La primera vez que oí hablar de uno, me reí y no me dejé convencer en absoluto por lo que se me decía. ¿Cómo?, ¿qué hay un perro de la raza más diminuta de todas, de tamaño no mayor que mi cabeza, que no crece más en su edad adulta y que, a pesar de su débil naturaleza y de su apariencia artificiosa, inmadura y mimada, y, a pesar de ser incapaz de dar un salto como es debido, puede ir flotando por el aire, sin hacer un esfuerzo aparente, sino que para ello le basta descansar?[2] No, querer convencerme de todo ello me parecía intentar aprovecharse demasiado de la ingenuidad de un perro joven. Pero, poco después, escuché hablar de otro perro volador. ¿Se habrán conjurado para reírse de mí? Luego vi a los perros músicos y ya todo me pareció posible, ningún prejuicio limitó mi capacidad de asimilación, he seguido rastros de los rumores más descabellados y lo más disparatado me pareció en esta vida insensata más verosímil que lo razonable y lo provechoso para mis investigaciones.

Lo mismo ocurrió con los perros voladores. Aprendí mucho sobre ellos, y aunque no he conseguido hasta hoy ver a ninguno de ellos, hace tiempo que estoy firmemente convencido de su existencia y en mi visión del mundo ocupan un importante lugar. Como casi siempre, no es aquí su arte lo que me hace reflexionar. Es realmente admirable, quién podría negarlo, que estos perros sean capaces de flotar en el aire, y comparto este asombro con la especie canina. Pero para mí es mucho más admirable la insensatez, la callada insensatez de sus existencias. En general no la fundamentan, flotan en el aire y así se quedan, la vida sigue su curso, aquí y allá se habla de arte y de artistas, eso es todo. Pero, ¿por

---

[2]   El perro narrador no puede ver a los hombres. Los perros flotantes son aquellos a los que los humanos suben a sus regazos. Más adelante, la invisibilidad de los humanos le hace creer al protagonista que la comida baja a la boca desde el aire. Esto le da la oportunidad de reflexionar sobre la providencia.

qué —pregunto al género perruno lleno de buenas intenciones—, por qué flotan estos perros? ¿Qué sentido tiene su profesión? ¿Por qué no se recibe de ellos ninguna respuesta que lo explique? ¿Por qué flotan allá arriba y dejan que sus patas, el orgullo del perro, se atrofien?, ¿por qué se mantienen alejados de la tierra provisora de alimentos y recolectan sin haber sembrado, siendo bien alimentados a costa de la especie canina? Debo jactarme de haber provocado cierta agitación con estas preguntas. Se comienza a explicar, a iniciar un intento de explicación. Se empieza, pero no se va más allá de este inicio. Pero ya es algo. Si bien nunca se muestra la verdad —nunca se llegará tan lejos—, al menos se muestra parte de la confusión y de la mentira.

Todas las absurdas manifestaciones de nuestra vida e incluso las más absurdas tienen un fundamento. No total, claro está —ésta es la ironía del diablo—, pero sí que basta para defenderse de las preguntas inconvenientes. Volviendo al ejemplo de los perros voladores, no son arrogantes, como se podría inicialmente suponer, son más bien dependientes de su congénere perruno, lo que se comprende si uno se pone en su lugar. Están obligados, aunque no tienen que hacerlo abiertamente —pues ello supondría romper el voto de silencio— a obtener de alguna manera el perdón por el género de vida que llevan o al menos a desviar la atención, a que se les olvide y, según se me ha contado, intentan lograrlo mediante una locuacidad casi insoportable. Siempre tienen algo que contar, en parte sobre sus meditaciones filosóficas, a las que se pueden dedicar continuamente, pues han renunciado a todo esfuerzo físico, en parte sobre lo que ven desde su elevado observatorio. No se caracterizan por su fuerza espiritual, lo que es comprensible debido a la vida regalada que disfrutan, su filosofía es tan irrelevante como sus observaciones y la ciencia apenas ni puede servirse de ellas ni tampoco remitirse a fuentes tan lamentables.

Con todo, cuando se pregunta qué es lo que pretenden los perros voladores, una y otra vez se recibe la respuesta de que hacen una gran contribución a la ciencia. «Ya —contesta uno—, pero su contribución está exenta de valor y es molesta.» Las réplicas consiguientes serán el encogimiento de hombros, los rodeos verbales, el enojo o la risa; y si se deja pasar un rato y uno pregunta de nuevo, se volverá a escuchar que hacen una contribución a la ciencia y, finalmente, si a uno le preguntan y no repara mucho en ello, contestará lo mismo. Y a lo mejor es conveniente no ser demasiado terco y ceder, no reconociendo el derecho a la vida de los perros voladores, lo cual es imposible, pero sí tolerando su existencia. No se debiera pedir más, pues sería demasiado; sin embargo, se pide. Se exige tolerancia para nuevos perros voladores que van llegando. No se sabe muy bien de dónde vienen. ¿Se reproducen? ¿Aún tienen fuerzas para ello? ¿Cómo se van a reproducir si no son más que un pellejo? Y aunque lo inverosímil fuera posible, ¿cuando tendría lugar la reproducción? Siempre se les ve solitarios y satisfechos de sí mismos, suspendidos en el aire y, si alguna vez se rebajan a caminar, lo cual ocurre durante un breve intervalo, dan unos pocos y afectados pasos, rigurosamente en solitario y en supuestas cavilaciones, de las que ya no logran liberarse ni aunque se esfuercen en ello, o al menos eso es lo que dicen.

Pero, si no se reprodujeran, sería posible que encontraran perros que renunciaran a la vida sobre el suelo, se convirtieran voluntariamente en perros voladores y que, al precio de la comodidad y de adquirir cierta habilidad, eligieran esta estéril y apoltronada vida. Esto no se puede concebir, ni la reproducción, ni la adhesión voluntaria son concebibles. La realidad muestra que siempre hay nuevos perros voladores, de ello se deduce que, por muy insuperables que los obstáculos le parezcan a nuestro entendimiento, una raza existente de perros no se extingue, o al menos no lo hace tan fácilmente, o al menos en toda raza siempre habrá algo que se resistirá con éxito.

Si esto es válido para una raza tan marginal, insensata, de aspecto extraño a incapaz para la vida como la de los perros

voladores, ¿no habría de serlo para la mía? Sobre todo porque soy un perro de aspecto ordinario, de clase media, de los
que al menos en estos contornos son muy frecuentes; no so-
bresalgo en nada, en nada llamo la atención. En mi juventud
y en parte en mi vida adulta, antes de que me abandonara y
mientras tenía movimiento, fui un perro de buen porte. Especialmente se me elogiaba, cuando se me miraba de frente,
las patas delgadas, la distinguida posición de la cabeza, pero
también mi pelaje gris, blanco y ocre y que cuando se en-
crespaba en sus extremos despertaba admiración. Esto no es
extraño, extraña es sólo mi manera de ser, pero incluso ésta
—que no he de perder nunca de vista—, está motivada por
la naturaleza canina. Si el mismo perro volador no permanece solo, si siempre aparece alguno en el gran mundo perruno, si de la nada siempre extraen descendencia, puedo vivir confiado de no perderme.

Naturalmente los de mi condición han de tener un destino
especial y el mero hecho de existir nunca me ayudará de manera perceptible, pues no los reconocería. Somos los oprimidos por un silencio que nos ahoga y queremos romper, mientras que a los otros parece agradarles el silencio, como a los
perros músicos, que tocaban con aparente tranquilidad, estando en realidad muy nerviosos. De todas formas esta apariencia es muy fuerte, uno intenta combatirla, pero se ríe de
todos los ataques. ¿Cómo se las arreglan los de mi condición?
¿Cómo son sus intentos de vivir pese a todo? Pueden ser diversos. Mientras fui joven, lo intenté con las preguntas. Podría unirme a los que preguntan mucho y ésos serían los míos.
Durante cierto tiempo también lo intenté renunciando, pues
ante todo me interesan los que debieran responder; los que in-
terrumpen con preguntas que no sé contestar me resultan re-
pugnantes. Y luego, ¿a quién no le gusta preguntar mientras
es joven?, ¿cómo hallar, entre tantas, las respuestas correctas?

Todas las preguntas suenan igual, lo importante es la intención, y ésta permanece oculta, muchas veces incluso para

el que las formula. Y además, preguntar es una cualidad de la condición perruna; las preguntas se entrecruzan, es como si así se perdiera el rastro de las preguntas correctas. No, entre los jóvenes que preguntan no encuentro a los míos y tampoco los encuentro entre los adultos que callan, a los que yo pertenezco. Además, ¿qué pretenden las preguntas? Yo he fracasado con ellas, quizá los de mi raza sean mucho más listos que yo y empleen medios mucho más efectivos para hacer soportable la vida, medios que —así me parece— tal vez los ayuden en una emergencia, tal vez los calmen y adormezcan, tal vez cambien su humor, pero que en general son igual de inanes que los míos, pues, por más que miro alrededor, no veo éxitos.

Pero me temo que los de mi raza se reconocen antes por cualquier cosa que por sus éxitos. ¿Dónde están los míos? Ésta es mi demanda. ¿Dónde están? En todas partes y en ninguna. Tal vez mi vecino sea de mi raza, el que está a sólo tres saltos de mí; nos llamamos de vez en cuando, él viene frecuentemente a verme, pero no yo a él. ¿Es él de mi raza? No lo sé, no veo en él nada similar a mí, pero puede ser. Es posible, pero no hay nada más improbable. Cuando está lejos, con ayuda de mi fantasía puedo ver en él muchos rasgos comunes, pero cuando está ante mí, mis invenciones me parecen ridículas. Un perro viejo, algo más pequeño que yo (a pesar de ser apenas yo de talla mediana), castaño, de pelo corto, de cabeza cansada y hundida, de paso cansino y que además arrastra la pata izquierda a consecuencia de una enfermedad. Hace mucho tiempo que no mantengo contacto con nadie más que con él y estoy contento de soportarlo aun con cierto esfuerzo; al irse le grito amistosamente, es cierto que no por afecto, sino irritado conmigo mismo, pues cuando lo sigo lo encuentro repelente, con esa pata que arrastra y sus cuartos traseros demasiado bajos. A veces, cuando lo considero de mi raza, es como si me hiciera burla a mí mismo. Además, en nuestras charlas, él no manifiesta nada que evidencie camaradería; realmente es inteligente y, teniendo en cuenta el medio en el que nos movemos, suficientemente culto y podría aprender de él, pero, ¿voy en busca de inteligencia y formación?

Frecuentemente conversamos sobre cuestiones locales y a mí, que la soledad me ha hecho más perspicaz en este aspecto, me sorprende la riqueza de espíritu que necesita un perro común, aun en circunstancias no muy desfavorables, para ir tirando y defenderse de los peligros más habituales. La ciencia da las reglas, pero comprenderlas no es fácil, ni siquiera aproximadamente y a grandes rasgos. Y cuando se comprenden, viene la auténtica dificultad: aplicarlas a las circunstancias ordinarias. En esto casi nadie puede ayudar, casi cada hora trae nuevas tareas que son diferentes en cada franja de la tierra. Nadie puede decir de sí mismo que está asentado duraderamente en un lugar y que su vida marchará por sí sola, ni siquiera yo, cuyas necesidades disminuyen cada día que pasa. Y todo este interminable esfuerzo, ¿para qué? Sólo para sumirse en el mutismo y no poder ser sacado nunca y por nadie de ahí.

Se suele admirar el progreso del género perruno y con ello se admira ante todo el progreso de la ciencia. Sin duda la ciencia avanza, es imparable, incluso avanza con buena velocidad, cada vez más rápido, pero, ¿qué hay de admirable en eso? Es como si se quisiera admirar a alguien porque a medida que pasan los años se hace más viejo y, a consecuencia de ello, la muerte se fuera aproximando cada vez más rápido. Esto es un proceso natural y hasta lleno de fealdad en el que no veo nada admirable. Sólo veo decadencia, con lo que no digo que las anteriores generaciones fueran mejores; sólo fueron más jóvenes, ésta fue su gran ventaja, su memoria no estaba tan sobrecargada como la actual, era más fácil lograr que hablaran y, aunque nadie lo lograra, las posibilidades eran mayores. Esta mayor posibilidad era la que nos excitaba al escuchar aquellas historias antiguas y, por lo demás, ingenuas. De vez en cuando escuchamos una palabra significativa y saltamos, no sentimos el peso de los siglos sobre nosotros.

No, por mucho que critique mi época, las anteriores generaciones no fueron mejores, en cierto modo, fueron mucho peores y más débiles. Los milagros no andaban por las calles para que cualquiera pudiera verlos a su antojo y los perros no eran, y no puedo expresarlo de otra manera, tan perrunos como hoy; la constitución de los perros era menos marcada, la instrucción exacta todavía habría podido actuar, influir en la obra, modificarla, alterarla, cambiarla a voluntad y convertirla en su contrario, y aquella palabra existía, o al menos estaba cerca, flotaba sobre la punta de la lengua y cualquiera podía averiguarla. ¿Adónde ha ido a parar hoy? Hoy se podría meter la mano en las entrañas y no se encontraría. Quizá nuestra generación esté perdida, pero es menos culpable que las pasadas. Puedo comprender las vacilaciones de mi generación, ya no es una vacilación, es un sueño que he tenido mil veces y que he olvidado otras mil. ¿Quién nos reprochará este milésimo olvido? Aunque también creo comprender las vacilaciones de nuestros antepasados, no nos podríamos haber comportado de otra manera, casi quisiera decir: dichosos de nosotros que no fuimos los que tuvimos que cargar con las culpas, por poder ir desde un mundo oscurecido por otros, con un silencio casi inocente, hacia la muerte.

Cuando nuestros primeros padres se descarriaron, no pensaron que se trataba de un descarrío definitivo, no perdieron de vista la encrucijada, era fácil volver, y si volvían, sólo se demoraban porque querían disfrutar durante un breve tiempo de la vida perruna que, en realidad, no era todavía una vida perruna pero sí una vida embriagadoramente agradable, por lo que merecía la pena demorarse, aunque fuera sólo un poco, y por eso seguían vagando. No sabían que, al observar el curso de la historia, dedujimos que el alma se modifica con más rapidez que la vida misma y que, cuando ellos empezaron a gozar de la vida perruna, ya debían tener un alma canina desde tiempos antiguos y no estaban tan cerca del punto de partida como a ellos les parecía o les quería hacer parecer su vista, que gozaba de todos los placeres perrunos. ¿Quién puede hablar todavía de juventud? Eran los auténticos perros jóvenes, pero su única ambición consistía en llegar a ser perros viejos, algo en lo que no podían fracasar, como lo demostraron las siguientes generaciones de perros y la nuestra mejor que ninguna.

No hablo de ninguna de estas cosas con mi vecino, pero pienso en ellas cuando estoy sentado frente a él, un típico perro viejo, o cuando le olisqueo su pelaje y percibo un soplo de olor de una piel descarnada. No tendría sentido hablar con él de estas cosas, incluso con cualquier otro. Sé cómo transcurriría la conversación. Pondría pequeñas objeciones a esto o aquello, finalmente lo aprobaría —la aprobación es la mejor arma— y todo quedaría enterrado. ¿Por qué sacarlo de su sepultura? Y sin embargo, tal vez haya con mi vecino un acuerdo más profundo que el de las palabras. No puedo dejar de sostener esto aunque no pueda aportar pruebas y esté expuesto a un engaño, precisamente porque él es el único con el que tengo trato desde hace tiempo y debo creerle. «Eres a tu manera de los míos. ¿Te avergüenzas de tus fracasos? También yo fracasé. Cuando estoy solo, aúllo apenado por ello. Ven conmigo, entre dos es mucho más llevadero», así pienso a veces y lo miro fijamente. Él no baja la mirada, pero no deja traslucir nada, mira obtusamente y se pregunta por qué me he callado y he interrumpido mi conversación. Pero quizá esa mirada es su forma de preguntar y yo lo decepcione, como él a mí.

En mi juventud, si otras cuestiones no me hubieran parecido más importantes y si no hubiera sido con creces autosuficiente, tal vez se lo habría preguntado de viva voz y habría obtenido un mustio asentimiento, es decir, menos que hoy con su silencio. Pero, ¿no callan todos igual? Nada me impide creer que todos son de los míos. No tengo por qué creer que solamente he tenido ocasionalmente un colega investigador, que por sus insignificantes éxitos se ha hundido y ha sido olvidado y no puedo llegar a él, pues me lo impide la oscuridad de los tiempos o el tráfago del presente. Al contrario, siempre he tenido colegas que a su manera, callados o astutamente charlatanes, se han afanado y han fracasado de resultas de una investigación sin esperanza. Entonces no hubiera sido necesario que me aislara, podría haber permanecido tranquilamente entre los otros, no habría tenido que abrirme paso como un niño travieso por entre las filas de los adultos, que también quieren abrirse paso como yo y que sólo me engañan por su juicio, que les advierte que nadie puede conseguirlo y que toda lucha es absurda.

Estos pensamientos son claramente el producto de la compañía de mi vecino. Me confunde y me hace sentir melancolía. Y eso que es bastante alegre, al menos lo escucho gritar y cantar tanto, cuando está en sus dominios, que me resulta pesado. Lo mejor sería renunciar a esta última relación y no abandonarse a las vagas ensoñaciones que produce el trato con otros perros, por muy endurecido que uno se crea que esté. Lo mejor sería emplear el poco tiempo que me queda en mis investigaciones. La próxima vez que venga me esconderé y me fingiré dormido y haré esto tantas veces como sea necesario para que no vuelva.

En mis investigaciones también ha penetrado el desorden: las voy abandonando, me canso; yo, que corría esperanzado, ya sólo troto mecánicamente. Me remonto a la época en la que empecé a investigar la cuestión «¿De dónde toma la tierra el alimento que nos da?». Por cierto, entonces vivía en el seno del pueblo, me apresuraba por resolver lo más intrincado, quería convertir a todos en testigos de mi trabajo, su testimonio era para mí más importante que mi trabajo y, como todavía esperaba que éste tuviera repercusión pública, recibía un estímulo que hoy, que estoy solo, se ha disipado. Entonces era tan fuerte que hice algo inaudito, algo que contradecía todos nuestros principios y que todo testigo presencial recuerda como algo monstruoso.

Encontré en la ciencia, que normalmente busca una especialización ilimitada, una llamativa simplificación. Nos enseña que generalmente la tierra nos proporciona nuestro alimento y nos da, después de haber cumplido esta condición previa, los métodos mediante los que nos da los diferentes alimentos en las mejores calidades y mayores cantidades. Es acertado que la tierra produce los alimentos, de ello no hay ninguna duda, pero el proceso no es tan sencillo como normalmente se expone, hasta el punto de que se excluye toda la investigación ulterior. Basta tener en cuenta los hechos más primitivos que se repiten diariamente. Si fuéramos completamente inactivos —tal y como yo estoy a punto de ser— y, después de un superficial cultivo del suelo, nos tumbáramos enroscados y esperásemos a ver qué pasaba, en caso de que tuviera que producirse algo, encontraríamos alimento de la tierra. Pero esto no es lo normal.

Los que conservan cierta ecuanimidad frente a la ciencia —y por cierto, son pocos, pues los círculos que traza la ciencia son cada vez más amplios— reconocerán sin problemas que la parte más importante de la alimentación que yace sobre la tierra, desciende desde arriba. Cada uno de nosotros, conforme a su habilidad y a su codicia, consigue atrapar lo mejor incluso antes de que llegue a la tierra. Con esto no digo nada contra la ciencia, la tierra produce este alimento de forma natural. Que lo saque uno de su seno y otro lo recoja de las alturas no es una diferencia esencial y la ciencia, que ha constatado en ambos casos la importancia del cultivo de la tierra, tal vez no deba ocuparse de tales matices y deba guiarse por el dicho: «Una vez que la comida está en tu boca, tus problemas se han resuelto». Sólo que me parece que la ciencia, al menos de forma velada y parcial, se ocupa de estos temas, ya que conoce dos métodos para la obtención de alimento: el cultivo del suelo propiamente dicho y el trabajo complementario y de perfeccionamiento en forma de dichos, danzas y cantos.

A mi juicio, me parece ver aquí una división en dos modalidades, no completa, pero sí suficientemente clara. Según mi opinión, el cultivo del suelo sirve para obtener ambas clases de alimentos y es siempre imprescindible. Los dichos, las danzas y los cantos están menos relacionados con la alimentación de la tierra en sentido estricto y sirven principalmente para que el alimento nos caiga de arriba. En este aspecto la tradición parece confirmar mi punto de vista. Aquí el pueblo parece oponerse a la ciencia, sin saberlo y sin que la ciencia se atreva a defenderse. Si, como pretende la ciencia, esas ceremonias sólo deben servir al suelo, para darle de alguna manera fuerza, para recibir el alimento desde arriba, entonces deberían celebrarse totalmente junto al suelo, todo tendría que serle susurrado, bailado y cantado a ras de tierra. A mi entender, la ciencia no exige otra cosa.

Y ahora viene lo llamativo: el pueblo, con todas sus ceremonias, se dirige a las alturas. Esto no atenta contra la ciencia, ella no prohíbe, deja al agricultor libertad. Su doctrina sólo piensa en la tierra y si el campesino las pone en práctica sobre la tierra, la ciencia está satisfecha. Pero su razonamiento, debiera a mi juicio, exigir más. Y yo, que nunca profundicé en la ciencia, no puedo imaginarme cómo los entendidos toleran que nuestro pueblo, tan apasionado como es, grite las palabras mágicas a lo alto y haga cabriolas al danzar, como si, olvidándose del suelo, quisiera elevarse para siempre. Quise poner de relieve estas contradicciones: siempre que, según las enseñanzas de la ciencia, llegaba la época de cosecha, me limitaba a concentrarme en el suelo, lo arañaba al danzar, giraba la cabeza para aproximarme a la tierra lo más posible. Más tarde hice un agujero para el hocico y canté y declamé de tal manera que sólo me oyera la tierra y nadie más, ya estuviera junto a mí o a una altura superior.

Los resultados de la investigación fueron escasos. A veces no obtenía la comida y ya estaba a punto de alegrarme de mi descubrimiento, cuando volvía la comida como si, habiendo sido confundido por mis anteriores acciones, se reconocieran las ventajas que reportaban y pudiera renunciar sin problemas a mis gritos y saltos. A veces la comida llegaba con mayor abundancia que antes, pero luego faltaba por completo. Con un esfuerzo hasta ahora desconocido en los perros jóvenes, hice una reseña completa de todos mis intentos, creía ya encontrar una pista que me revelara algo, pero poco después volvía a perderme en lo indeterminado. Es innegable que aquí supuso un obstáculo mi insuficiente preparación científica. ¿Qué evidencia había, por ejemplo, de que la falta de comida no era debida a mi experimento sino a un acientífico cultivo del suelo? Si era así, todas mis conclusiones eran erróneas. Bajo determinadas condiciones, habría obtenido un experimento satisfactorio si hubiera conseguido el alimento sin trabajar la tierra en absoluto, sólo con ceremonias dirigidas a las alturas o también, o si, con ceremonias exclusivamente terrenas, no lo hubiera obtenido. Intenté algo semejante, pero sin creer firmemente en ello y no bajo condiciones experimentales plenas, pues, según mis creencias inconmovibles, es necesario un mínimo de cultivo del suelo y, aunque los herejes, que no lo creen, tuvieran razón no podrían demostrarlo, porque estamos conminados a asperjar el suelo y, hasta cierto punto, es inevitable que lo hagamos.

Otro experimento algo marginal resultó más exitoso y llamó la atención. Junto a la práctica usual de atrapar los alimentos que caían del aire, decidí dejarlos caer al suelo sin atraparlos. A tal efecto, cuando la comida llegaba, daba un salto cuya longitud siempre calculaba para que fuera insuficiente. En la mayoría de los casos, el alimento caía tosca e indiferentemente al suelo y yo me arrojaba sobre él, no sólo con la ira del que tiene hambre, sino con la del que está decepcionado. Pero, en casos aislados, ocurrió algo muy diferente, realmente maravilloso. La comida no cayó, sino que me siguió en el aire, la comida perseguía al hambriento. No duraba mucho tiempo, sólo un breve intervalo, entonces caía o desaparecía totalmente o —en el caso más frecuente— mi avidez daba por finalizado prematuramente el experimento, ya que me devoraba la comida. De todas maneras, me sentía feliz, me envolvían rumores, despertaba inquietud y atención; encontré a mis conocidos más abiertos a mis preguntas, en sus ojos vi un brillo suplicante de ayuda, y, aunque sólo fuese el reflejo de mis propias miradas, no quería nada más, me sentía satisfecho. Todo ello hasta que me enteré —y los otros se enteraron conmigo— de que este experimento había sido ya descrito por la ciencia de una manera mucho más completa y lograda, pero hacía mucho tiempo que no se llevaba a cabo por la dificultad que entrañaba el autodominio que exigía y porque su supuesta carencia de importancia científica desaconsejaba su repetición. Tan sólo demostraba lo que ya se sabía, que el suelo no toma su alimento sólo verticalmente desde arriba, sino también en oblicuo, incluso en espiral.

No me descorazoné —era todavía muy joven—, por el contrario aquello me estimuló para hacer la que quizá fue la mayor obra de mi vida. No tuve en cuenta la desaprobación científica de mi experimento, pero en estos casos no ayuda la fe, sino sólo las pruebas y yo quería lograr éstas, y quise sacar a plena luz este experimento originariamente marginal y llevarlo al centro mismo de la investigación. Quería comprobar que si yo retrocedía ante el alimento, no era el suelo el que lo atraía hacia él con una trayectoria oblicua, sino que era yo mismo el que lo atraía. No pude llevar mucho más allá este experimento, porque no aguantaba mucho tiempo tener un buen bocado ante los ojos y al mismo tiempo experimentar científicamente.

Pero quise hacer otra cosa, quise, mientras lo soportara, ayunar por completo evitando así la visión de la comida y su tentación. Si me quedaba tumbado y permanecía con los ojos cerrados de día y de noche, sin que me preocupase la visión o la captura de alimentos tomando alguna medida adicional, y persistía en la inevitable e irracional aspersión del suelo —en la que secretamente confiaba— y continuaba el sereno recitado de los dichos y las canciones —evitando bailar para no debilitarme— esperando que la comida bajase desde arriba y que, sin ocuparme en absoluto del suelo, golpease contra mi boca para que yo le diese acceso, cuando esto ocurría, es cierto que la ciencia no era refutada, pues tiene suficiente elasticidad para asumir excepciones y casos particulares, pero ¿qué decía el pueblo llano, que afortunadamente no tiene la misma elasticidad? Porque ésta no era una excepción, como las que nos refiere la historia, en la que alguien por enfermedad física o melancolía se niega a preparar los alimentos, a buscarlos o a injerirlos y, después, la especie canina se une en fórmulas de conjuro, desviando los alimentos de su trayectoria natural y haciéndolos llegar a la boca del enfermo. Yo, en cambio, que estaba perfectamente fuerte y sano, con un apetito tan magnífico que durante días enteros me impedía pensar en algo diferente que en la comida, quiera creerse o no, me sometí voluntariamente al ayuno; estaba en condiciones de ocuparme del descenso de los elementos y hasta quería hacerlo, pero no necesitaba de ninguna ayuda de los otros perros y me opuse a ella de la manera más decidida.

Me busqué un lugar adecuado en un matorral distante, donde no oyera conversaciones de comida, ni el chasquear de la lengua, ni crujido de huesos, y me acosté allí después de haberme quedado ahíto de comer. Quería, a ser posible, pasar todo el tiempo con los ojos cerrados; mientras la comida no llegara a mí no saldría de una noche continua, aunque pasaran días y semanas. Entretanto, y esto era una grave dificultad adicional, debía además dormir muy poco o no dormir en absoluto, pues no sólo tenía que hacer conjuros para la bajada de los alimentos, sino también estar prevenido para que la llegada de la comida no me sorprendiera durmiendo. Por otra parte, el sueño me resultaba ventajoso, pues dormido podía ayunar durante mucho más tiempo que en vela. Por esos motivos, decidí dividir cuidadosamente el tiempo y dormir mucho, pero a cortos intervalos. Conseguí esto apoyando la cabeza sobre una débil rama que, quebrándose rápidamente, me hacía despertar. Así permanecí tumbado, dormía y vigilaba soñando o cantando tranquilamente para mí.

Hubo una primera época que transcurrió sin éxitos. Tal vez en el lugar de donde procedían los alimentos había pasado inadvertido que me resistía al curso habitual de los acontecimientos, y por eso todo permaneció sin cambios. En mi esfuerzo, me inquietaba el temor de que los perros, echándome de menos, me descubrieran y emprendieran algo contra mí. Un segundo temor era que, por la mera aspersión, el suelo —a pesar de que la ciencia decía que era estéril— produjera el llamado alimento casual y su olor me tentara. Pero de momento no sucedió nada semejante y pude seguir ayunando. Con independencia de estos temores estaba, por lo demás, tranquilo; más de lo que lo había estado nunca. A pesar de que trabajaba con la intención de refutar la ciencia, sentía agrado y la consabida tranquilidad de los científicos. En mis ensoñaciones conseguía el perdón de la ciencia: también había en ella un lugar para mis investigaciones. Me consolaba ver que, por muy exitosas que fueran mis investigaciones, yo no estaba perdido para el género perruno y la ciencia estaba de mi parte. Ella misma emprendería la interpretación de mis éxitos y esta promesa sería ya un logro. Mientras que, hasta el momento, me había sentido en lo más íntimo como un paria que salvajemente había violado los muros de su patria yendo más allá de ellos, ahora sería recibido con los mayores honores, el ansiado calor de una asamblea de cuerpos de perros se adueñaría de mí, me elevaría, me haría ir sobre los hombros de los miembros de mi pueblo. Mi empresa me parecía tan importante que allí mismo, entre aquellos tranquilos matorrales, empecé a llorar, lo cual no era muy comprensible, pues, si esperaba obtener una recompensa, ¿por qué lloraba? Acaso sólo de satisfacción. Siempre que me he sentido bien, algo propio de muy contadas ocasiones, he llorado.

Pero esto duró poco. Las bellas imágenes se desvanecieron paulatinamente con el recrudecimiento del hambre. Todo acabó pronto, y después de que se disiparon por completo las fantasías y la emoción, me quedé solo con el hambre quemándome las entrañas. «Esto es el hambre», me dije infinidad de veces intentando abrigar la creencia de que el hambre y yo éramos dos realidades diferentes y que yo podría desembarazarme de ella como de un amante insistente y molesto; pero, en realidad, nos habíamos convertido dolorosamente en uno y cuando yo me decía «esto es el hambre», era en el fondo el hambre la que hablaba mofándose de mí. ¡Qué tiempo más atroz! Todavía tiemblo cuando pienso en él, no sólo por lo que padecí, sino sobre todo porque no lo di por terminado entonces, porque deberé volver a apurar todo ese sufrimiento si quiero conseguir algo, pues considero el ayuno el más firme apoyo de mis investigaciones. El ayuno es el que guía mi camino; lo más alto sólo puede obtenerse mediante el mayor de los esfuerzos, y eso si es que realmente puede obtenerse, y el mayor sacrificio entre nosotros es el ayuno voluntario.

Si recuerdo aquellos tiempos —es importante para mi vida escarbar en ellos— imagino también los tiempos que me amenazan. Es como si se debiera dejar extinguir una vida antes de reponerse de ese intento; todos los años de mi vida adulta me separan de aquel esfuerzo, pero todavía no estoy recuperado. Cuando vuelva a retomar el ayuno, tendré más decisión de la que fui capaz, todo ello por mi mayor experiencia y comprensión de la necesidad del ensayo, pero mis fuerzas son más escasas desde aquel entonces y la sola previsión de los horrores que pasaré incita ya mi desfallecimiento. Mi apetito, que es cada vez menor, no me ayudará, rebajará el mérito de mi intento y probablemente me obligará a ayunar más de lo que hubiera sido necesario.

Creo haber aclarado estas y otras condiciones previas; entretanto, no han faltado ensayos previos; con suficiente frecuencia he hecho escarceos por el ayuno, pero todavía no estaba preparado para lo más extremo y el entusiasmo de la juventud hace ya mucho tiempo que se fue. Ya se disipó entonces en medio del ayuno. A veces, ciertos pensamientos me torturaron. Nuestros primeros padres se me aparecieron amenazadores. Yo, aunque no me atreva a decirlo abiertamente, los considero culpables de todo, y podría haber contestado a sus amenazas con otras amenazas, pero me inclino ante su saber, pues proviene de fuentes que ya no conocemos. Por ello, a pesar de que algo me impulsa a luchar contra ellos, nunca violaré abiertamente sus leyes. Sólo haré avanzadillas por entre sus fisuras, para las que tengo un olfato especial.

Respecto al ayuno, me remitiré al famoso diálogo en cuyo transcurso uno de nuestros sabios expresó su propósito de prohibir el ayuno, a lo que otro repuso con la pregunta: «Entonces, ¿quién ayunaría?» y el primero fue convencido y renunció a la prohibición. Sin embargo, la pregunta vuelve a ser formulada: «¿Es que no ha sido prohibido el ayuno?». La mayor parte de los comentaristas lo niegan, entienden que el ayuno está permitido, están de acuerdo con el segundo sabio y no temen ninguna consecuencia indeseable por este descarriado comentario. Me había asegurado de esto antes de comenzar mi propio ayuno. Pero ahora que me retuerzo de hambre y, en mi confusión mental, busco la salvación en mis cuartos traseros, lamiéndolos, masticándolos y succionándolos desesperadamente hasta arriba, hasta el ano, la interpretación general de esta conversación me parece totalmente errónea.

Maldigo la ciencia de los exégetas. Me maldigo a mí mismo por haberme dejado engañar. La conversación tan sólo contiene, como un niño hubiera reconocido, una única prohibición del ayuno: el primer sabio quería prohibir el ayuno, lo que un sabio quiere ya ha sucedido, por lo tanto el ayuno ya estaba prohibido. El segundo sabio no sólo estaba de acuerdo, sino que incluso consideró imposible el ayuno, acumuló a la primera prohibición una segunda: la prohibición de la naturaleza perruna misma. El primer sabio reconoció esta prohibición y retiró la primera. Es decir, según esta interpretación, él ordenó a los perros obrar con inteligencia y prohibirse a sí mismos el ayuno. Esto supone una triple prohibición en lugar de una sola y las tres habían sido violadas por mí. Al menos podría haber obedecido con cierto retraso dando por terminado mi ayuno, pero en medio del sufrimiento sentí la tentación de seguir ayunando y me abandoné codiciosamente como un perro desconocido. No podía terminar, quizá estuviera muy débil para levantarme y buscar protección en lugares poblados. Me revolcaba en aquel ramaje, ya no podía dormir, por todos los sitios oía ruido, un mundo que había permanecido dormido durante mi vida anterior pareció despertar con mi ayuno. Tenía la sensación de que nunca más volvería a comer porque entonces llevaría al silencio a un mundo cuyos sonidos se habían liberado, y no me sentía capaz de ello. Sin duda que el ruido más sonoro provenía de mi barriga: con frecuencia dejaba reposar mi oído en ella, y mis ojos debieron ser presa del espanto, pues apenas pude creer lo que estaba oyendo. Y, cuando todo estaba llegando al extremo, el mareo se adueñó de mi ser, que realizó intentos de salvación privados de sentido. Empecé a oler alimentos, alimentos escogidos que hacía mucho tiempo que no había comido, auténticas alegrías de mi niñez. Sí, percibí el aroma de los pechos de mi madre, olvidé mi decisión de ejercer resistencia contra los olores o, para ser más exactos, no la olvidé: como si eso formara parte de mi decisión, me arrastraba hacia todas partes sólo un poco y me balanceaba como si quisiera estar ante el alimento para inmediatamente evitarlo.

No me decepcionó no encontrar nada, los alimentos estaban ahí, tan sólo a una distancia de dos pasos; las patas se me doblaban antes de alcanzarlos. Al mismo tiempo supe que no había nada, que aquellos ligeros movimientos estaban provocados por el miedo al hundimiento definitivo en un lugar que, sin embargo, no podría abandonar nunca. Las últimas esperanzas y las últimas tentaciones se desvanecieron, aquí terminaría míseramente, ¿qué habría sido de mis investigaciones, ensayos infantiles de una época feliz e infantil? Ahora iba en serio, ahora la investigación podría haber demostrado su valor, pero, ¿dónde había quedado? Aquí sólo había un perro indefenso, casi sin resuello, que con renqueante prisa, y sin saberlo, estaba asperjando el suelo, pero no podía extraer de su memoria ni lo más mínimo de aquellas palabras mágicas, ni siquiera el pequeño verso con el que los neonatos se cobijan bajo su madre. Era como si no estuviera separado de los hermanos por un corto espacio, sino como si estuviera muy apartado de todo, como si no estuviera muriendo de hambre, sino por abandono.

Estaba claro que nadie se ocupaba de mí, nadie, ni bajo la tierra ni sobre ella, desde las alturas. Moría por su indiferencia, su indiferencia les decía: él se muere, pues así sea. Y, ¿no estaba en el fondo de acuerdo con ellos?, ¿no decía lo mismo?, ¿no había perseguido este abandono? Es verdad, perros, pero no para tener este fin, sino para alcanzar la verdad y salir de este mundo de mentira donde no se encuentra a nadie que sepa nada de la verdad, ni tampoco sé nada yo, que vivo desde mi nacimiento en la mentira. Tal vez la verdad no estuviese tan lejana y no estuviera tan abandonado por los otros como yo creía, tal vez sólo había sido abandonada por mí, que estaba abandonado y muriéndome.

Pero no se muere con la rapidez que piensa un perro excitado. Sólo me desmayé, y cuando me levanté y abrí los ojos, había un perro desconocido junto a mí. No tenía hambre, me sentía vigoroso, mis articulaciones me parecían en buen funcionamiento, aun cuando no hice ningún intento de probarlas levantándome. Realmente allí no vi más que antes, vi un perro hermoso pero no fuera de lo común, no vi nada más, sin embargo me pareció ver algo más que antes. Debajo de mí había sangre; al principio pensé que era alimento pero luego me di cuenta que había vomitado sangre. Aparté la mirada de ella y miré al perro. Era delgado, de patas largas, castaño, estaba manchado de blanco por acá y por allá y tenía una mirada bonita e intensa.

—¿Qué haces aquí? —preguntó—. Debes marcharte.

—Ahora no puedo marcharme —dije sin más explicaciones, cómo iba a explicárselo todo si incluso él parecía tener prisa.

—Por favor, márchate —volvió a decir mientras levantaba una pata tras otra.

—Déjame —le repliqué—, vete y no te preocupes por mí, los demás tampoco se preocupan.

—Te lo digo por tu bien —insistió él.

—Pídemelo por la razón que quieras —le dije—, pero, aunque quisiera, no puedo andar.

—No es cierto —dijo sonriendo—, puedes andar. Precisamente porque pareces estar muy débil, te pido que te vayas despacio; si te demoras, luego tendrás que correr.

—Ése es mi problema —dije.

—Es también el mío —comentó triste por mi obstinación; aparentemente quería dejarme aquí de momento, pero no perdió la posibilidad de acercarse cariñosamente. En otra época tal vez se lo hubiera tolerado a aquel perro tan bello, pero entonces no lo comprendí. Sentí espanto.

—¡Fuera! —grité con la fuerza del que no tenía otra defensa.

—Te dejo, te dejo —dijo él apartándose lentamente—. Eres maravilloso. ¿No te gusto?

—Me gustarías si te marcharas y me dejaras en paz

—contesté, pero no estaba tan seguro como trataba de hacerle creer. Con mis sentidos aguzados por el ayuno, veía y oía algo. Algo que sólo estaba en ciernes, crecía, se aproximaba y ya lo sabía: «ese perro tiene el poder de apartarte, aunque todavía no puedes imaginarte cómo te levantarás». Yo ahora lo miraba con creciente curiosidad a él que, ante mi hosca respuesta, sólo había movido ligeramente la cabeza.

—¿Quién eres? —pregunté.

—Un cazador —dijo él.

—¿Y por qué no quieres que me quede aquí? — le pregunté.

—Me molestas —contestó—. No puedo cazar si tú te quedas aquí.

—Inténtalo —le dije—, tal vez puedas hacerlo.

—No —dijo—; lo siento, pero debes marcharte.

—Abandona la caza por hoy —le pedí.

—No —insistió—, debo cazar.

—Debo marcharme, debes cazar... —le dije—. ¿Sabes por qué siempre hay un deber?

—No —respondió—. Ahí no hay nada que entender. Son cosas evidentes y naturales.

—Sin embargo —le dije—, no te gusta tener que apartarme de aquí y lo haces.

—Así es —asintió.

—¡Así es! —repetí enojado—. Eso no es una respuesta. ¿Qué renuncia te parece más fácil: la renuncia a la caza o a la de expulsarme?

—Renunciar a la caza —dijo sin dudarlo.

—Entonces —continué—, aquí hay una contradicción.

—¿Qué contradicción, querido congénere? —preguntó—. ¿No comprendes que tengo un deber? ¿No comprendes lo evidente?

Ya no repliqué nada, pues, por imperceptibles detalles en los que tal vez nadie aparte de mí hubiera notado, sabía —sintiendo al mismo tiempo una nueva vida, una nueva vida como sólo la da el espanto— que desde lo profundo del pecho del perro iba a iniciarse un canto.

—Vas a cantar —dije.

—Sí —afirmó con seriedad—, voy a cantar dentro de poco, pero no todavía.

—Vas a empezar ahora —le dije.

—No —replicó él—, todavía no, pero prepárate.

—Ya te escucho, aunque lo niegues —dije temblando.

Él calló y creí reconocer lo que ningún perro antes de mí había reconocido —al menos no se encuentra en la tradición ningún indicio de ello— y me apresuré con inagotable miedo y vergüenza a hundir la cara en el charco de sangre que había delante de mí. Creí reconocer que el perro ya cantaba sin saber que la melodía, separada de él, flotaba en el aire por encima suyo, siguiendo sus propias leyes, como si ya no le perteneciera a él y sólo fuera dirigida hacia mí. Hoy, naturalmente, niego este tipo de conocimientos y los atribuyo a la excitación en la que me encontraba, mas, aunque fuese un error, no carecía de grandeza. Fue la única realidad que pude traer de mi tiempo de ayuno a este mundo, y al menos muestra hasta dónde podemos llegar cuando alcanzamos una completa enajenación. Yo estaba realmente fuera de mí. En circunstancias normales hubiera estado gravemente enfermo, incapaz de moverme, pero no pude resistirme a la melodía que después el perro empezó a aceptar como propia. Se hizo cada vez más intensa: su intensidad no tenía límites y casi hizo que estallase mi oído. Pero lo más grave era que sólo parecía existir para mí. Aquella voz, ante cuya sublimidad el bosque enmudecía, sonaba sólo para mí. ¿Quién era yo para, aun oyéndola, aventurarme a permanecer tumbado entre mi suciedad y mi sangre?

Renqueando me levanté y miré hacia abajo, hacia mis patas. «Con éstas no voy a poder andar», pensé, pero, poseído por la melodía, empecé a volar con los saltos más magnífi-

cos. No le conté nada a mis amigos, tal vez tendría que ha-
bérselo contado nada más llegar, pero estaba demasiado débil y más tarde me pareció incomunicable. Dejaba caer en
las conversaciones algunas insinuaciones que no lograba reprimir, pero éstas se diluían sin dejar rastro. Físicamente me
recuperé en pocas horas, pero espiritualmente aún sufro las
consecuencias.

Amplié mis investigaciones a la música de los perros.
Tampoco la ciencia había permanecido ociosa en este aspecto. La ciencia de la música, si estoy bien informado, es
quizá más amplia que la de la alimentación, y sin duda está
mucho mejor fundamentada. Esto se explica porque en este
terreno se puede trabajar con mucho menos apasionamiento
que en aquél y porque mientras aquí no se trata de hacer me-
ras observaciones y sistematizarlas, allí ante todo se trata de
consecuencias prácticas. Eso supone que despierta mayor
respeto la ciencia musical que la de la alimentación, sin embargo la primera nunca ha penetrado en el pueblo tanto
como la segunda. Yo también me he sentido frente a la ciencia musical más ajeno que a la otra hasta que escuché aquella voz en el bosque. Ya el suceso de los perros músicos hizo
que me llamara la atención, pero por aquella época era todavía muy joven. Tampoco es fácil acercarse a esta ciencia, se
la considera especialmente compleja y demasiado distinguida para que la masa la alcance. Aunque en aquellos perros lo más llamativo era la música que tocaban, era más importante su mutismo perruno. No encontré en ningún sitio
nada similar a su horrible música, pero podía pasarla por
alto. Sin embargo, su mutismo perruno lo volví a encontrar
desde entonces en todos los perros.

Mas para penetrar en la esencia de los perros, son las investigaciones sobre la alimentación las que me parecen más
adecuadas y las que conducen sin rodeos a la meta. Eso sí,
tal vez me equivoque. Una zona de contacto entre ambas
ciencias provocó mis sospechas. Se trata de lo relativo al

canto que hace bajar la comida. Para mí es un gran obstáculo no haber profundizado suficientemente en la ciencia musical, ni siquiera me puedo contar entre los que la ciencia menosprecia como medianamente eruditos. Esto debo tenerlo siempre presente. No podría superar ni el examen científico más fácil al que me sometiera un entendido. Esto, aparte de las circunstancias vitales ya citadas, tiene sus causas en primer lugar por mi poca competencia científica, mi escasa capacidad de concentración, mi mala memoria y sobre todo porque no consigo tener siempre presente el objeto de la ciencia.

Todo esto lo reconozco abiertamente, incluso con cierta alegría, pues la razón más profunda de mi incapacidad científica parece estribar en un instinto que no parece ser malo. Si quisiera jactarme de ello, podría decir que precisamente este instinto ha destrozado mis capacidades científicas. Yo en las cuestiones corrientes y cotidianas, que, por cierto, son las más difíciles, he demostrado un entendimiento aceptable y además conozco bien, si no la ciencia, sí a los científicos, como lo demuestran mis resultados. Por eso sería muy extraño que mis patas no hubieran podido alcanzar el primer escalón de la ciencia. Fue precisamente ese instinto lo que me hizo apreciar la libertad por encima de todo por el bien de la ciencia, pero de una ciencia muy distinta de la que hoy se cultiva, una ciencia última. ¡La libertad! Ciertamente, la libertad que es hoy posible es un arbusto raquítico. Pero, al fin y al cabo, es libertad que, al fin y al cabo, es un bien.

# LA MADRIGUERA [1]

He arreglado la madriguera y me parece que está bastante
lograda. Desde fuera sólo se ve un gran agujero; éste, en realidad, no lleva a ninguna parte: después de unos pasos se
topa con roca sólida y natural. No quiero jactarme de haber
sido astuto de forma deliberada, se trata más bien de las rui-
nas de uno de los muchos intentos vanos de construirla, que,
finalmente, me pareció ventajoso dejar como agujero descubierto. Por cierto, algunas astucias son tan sutiles que se anu-
lan a sí mismas. Eso lo sé mejor que nadie y, sin duda, es au-
daz llamar la atención con este agujero sobre el hecho de
que aquí haya algo que merezca la pena ser investigado.

---

[1] Escrito durante el último año de vida de Kafka, entre 1923 y 1924, en
el barrio de Steglitz de Berlín. Se considera que los esfuerzos del animal en la
construcción de su madriguera son una metáfora de la lucha de Kafka por
la realización de su obra. Uno de los rasgos que habitualmente se valoran
como comunes a la labor de escritor y del constructor de madrigueras es la
dificultad de acceso y de salida, lo cual alude a las problemáticas relaciones
entre arte y vida. Uno de los aspectos discutidos es si el rival, el que pro-
voca el rumor en la madriguera y el miedo del animal, es real o se trata más
bien de una alucinación de éste. Los críticos no se han puesto de acuerdo en
ello. Probablemente, para escribir este relato Kafka se inspiró en los topos,
los cuales van cavando a lo largo de su vida galerías subterráneas, labor que
alternan con una serie de golpecitos de aviso para que nadie se interfiera en
su trabajo. Cuando una de estas señales no es respetada, ya sea por un congénere, ya sea por otro animal, se produce una lucha a muerte.

Pero se equivoca quien piense que soy cobarde y que sólo construyo mi madriguera por cobardía. A unos mil pasos de este agujero, recubierto con una capa de musgo de quita y pon, está el auténtico acceso. Es lo más seguro que puede haber en el mundo. Es cierto que alguien podría apartar el musgo golpeándolo, o pisarlo y caer dentro; entonces, mi madriguera quedaría al descubierto y aquel que lo deseara podría penetrar en ella y destruirlo todo —nótese, sin embargo, que para ello se requerirían cualidades no muy comunes—. Eso lo sé bien y, hoy en día, cuando mi vida está llegando a su culminación, apenas disfruto de una hora enteramente tranquila; en aquel lugar, en el oscuro musgo, soy mortal, y en mis sueños un ávido hocico husmea incesantemente. Alguno opinará que podría rellenar este agujero de entrada con una capa firme y delgada arriba y una más floja debajo, de manera que me costara muy poco ganar la salida. Pero no es posible. Precisamente, la cautela exige tener una posibilidad inmediata de huida; precisamente, la cautela exige, como por desgracia ocurre muchas veces, arriesgar la vida. Todos éstos son cálculos demasiado fatigosos, y el placer que experimenta una mente llena de agudeza es la única razón por la que se sigue calculando. Necesito la inmediata capacidad de escape, pues, a pesar de toda mi vigilancia, ¿no podría ser atacado en el punto más inesperado? Vivo en lo más recóndito de mi casa, en paz, y, entretanto, el contrincante va escarbando y se va acercando lentamente a mí desde cualquier lugar. No quiero decir que tenga mejor olfato que yo, quizá sepa tan poco él de mí como yo de él. Pero hay ladrones ansiosos que perforan a ciegas la tierra y, debido a la inmensa extensión de mi madriguera, pueden abrigar la esperanza de encontrarse con uno de mis caminos. Es cierto que tengo la ventaja de vivir en mi casa y conocer todos los caminos y direcciones. Es fácil que el bandido se convierta en mi víctima, en una víctima de apetitoso sabor. Pero me estoy haciendo viejo, hay muchos que son más fuertes que yo y tengo innumerables contrincantes: podría ocurrir que huyendo de un enemigo cayera en las garras de otro. ¡Podrían ocurrir tantas cosas! De todas maneras, necesito tener la seguridad de que allí donde esté exista una salida de fácil acceso y completamente expedita, donde para escapar no tenga que cavar nada, de manera que no ocurra —Dios me libre— que mientras cavo desesperadamente, aunque sea en un ligero terraplén, sienta los dientes de mi perseguidor en los muslos. No sólo hay enemigos externos que me amenazan; también los hay en el interior de la tierra. No los he visto todavía, pero las leyendas hablan de ellos y yo creo firmemente en su existencia. Son seres del interior de la tierra y ni siquiera las leyendas logran describirlos. Incluso el que ha sido su víctima apenas los ha visto. Se aproximan, se oye el roer de sus garras debajo de ti, en la tierra, que es su elemento, y ya estás perdido. Ya no tiene valor encontrarte en tu propia casa, pues estás más bien en la suya. Esa salida no me libraría de ellos, aunque tampoco creo que me libre de nada, más bien acabará siendo mi perdición; pero es una esperanza sin la cual no puedo vivir. Aparte de este gran camino, me comunican con el mundo exterior otros muy estrechos, bastante seguros, que me permiten proveerme de aire respirable. Han sido trazados por ratones del bosque que he sabido integrar en mi madriguera. Me aprovecho también de las ventajas de su olfato de gran alcance, que me ofrece protección. Además, gracias a ellos vienen hacia mí todo tipo de pequeños animales, que devoro. Así puedo contar con una cantidad de caza menor suficiente para un modesto sustento sin necesidad de abandonar mi obra. Y esto es muy importante.

Lo mejor de mi madriguera es su tranquilidad, que, por cierto, es engañosa y puede interrumpirse en cualquier momento, y esto sería el fin. Por el momento todavía se mantiene. A lo largo de horas puedo deslizarme por mis galerías sin oír nada más que el rumor de un pequeño animal que inmediatamente acallo entre mis dientes; también oigo de vez en cuando el crujir de la tierra, que me indica la necesidad de ciertas mejoras; por lo demás todo está tranquilo. El aire del bosque se filtra, hay a un tiempo abrigo y frescor. A veces, me estiro lleno de satisfacción y doy vueltas por la galería. Es bueno tener una madriguera para la cercana vejez y saberse bajo techo cuando comienza el otoño. Cada cien metros he ensanchado las galerías con pequeñas plazas circulares. Allí duermo el dulce sueño de los justos, del deseo satisfecho, de la meta conseguida de ser dueño de una casa. No sé si es una costumbre de los viejos tiempos o si los peligros de esta casa son lo suficientemente grandes como para mantenerme despierto: regularmente, de tiempo en tiempo me sobresalto y salgo de mi profundo sueño y entonces atisbo, atisbo la calma que impera invariable de día y de noche, sonrío tranquilo y me vuelvo a sumir, con los miembros flojos, en un sueño más profundo aún. ¡Pobres vagabundos sin hogar!, tumbados en las carreteras, en los bosques, en el mejor de los casos acurrucados en un montón de hojas o junto a un tropel de sus semejantes, expuestos a todas las calamidades del cielo y de la tierra. Yo estoy aquí, en una plaza protegida por todos los flancos —hay más de cincuenta de este tipo en mi madriguera—, y en parte dormitando, en parte durmiendo, paso las horas que elijo para ello.

No exactamente en el centro de la madriguera se haya la plaza mayor, que fue diseñada con detenimiento para el caso de peligro extremo, no tanto de persecución como de asedio. Mientras el resto es tal vez más un laborioso trabajo mental que físico, esta plaza mayor es el resultado del más extremadamente difícil trabajo de mi cuerpo y de sus partes. Alguna vez quise abandonarlo todo en la desesperación de mi cansancio corporal: me revolcaba sobre mi lomo, maldecía la madriguera y, deslizándome hasta el exterior, la dejaba abierta. Podía hacerlo porque no quería regresar a ella, hasta que, después de horas o días, volvía arrepentido, casi entonaba un canto sobre la inviolabilidad de mi madriguera y, con auténtica alegría, comenzaba el trabajo de nuevo. El trabajo en la plaza mayor se fue haciendo más difícil innecesariamente (innecesariamente significa que la madriguera no se vio beneficiada por el trabajo de vaciado), pues en el lugar donde, según el plan, debía estar ubicada, la tierra era floja y arenosa y había que conseguir que se hiciera compacta para construir esta gran plaza de bello abovedamiento y planta circular. Para realizar esa labor, a veces mi única herramienta era mi frente. He golpeado la tierra con mi frente mil veces y a lo largo de mil noches y mil días y era feliz cuando me hacía sangre, pues esto era un indicio de la firmeza que empezaba a adquirir el muro; de esta forma creo que se me reconocerá que me he ganado a pulso mi plaza mayor.

En esta plaza mayor acumulo todas mis provisiones, todo aquello que capturo dentro de la madriguera pero que sobrepasa mis necesidades inmediatas, y todo lo que he cazado fuera de mi casa. Es tan amplia la plaza que no lograrían llenarlo las reservas necesarias para medio año. Por ello puedo extenderlas cómodamente, caminar entre ellas, jugar con ellas, alegrarme con su abundancia y sus diversos olores y tener siempre una exacta visión de lo disponible. También puedo efectuar nuevos ordenamientos y, conforme a la época del año, hacer nuevas previsiones y proyectos de caza. Hay períodos en los que estoy tan bien provisto que, indiferente ante la comida, no toco en absoluto a la pequeña fauna que pulula por aquí; lo que, por otras razones, tal vez sea temerario. La mayor parte de mis ocupaciones de defensa lleva consigo que se modifiquen o se desarrollen mis ideas respecto a la utilización del espacio para estos fines, sobre todo de los espacios pequeños. A veces me parece peligroso basar la defensa exclusivamente en la plaza mayor; sin duda la variedad de la madriguera me ofrece distintas posibilidades y me parece prudente distribuir las provisiones y almacenar parte de ellas en alguna de las pequeñas plazas. Entonces, destino un tercio de las plazas a almacén de reserva, un cuarto de ellas a depósito principal y la mitad a almacén provisional o similares; o, para despistar, elimino ciertos caminos de la acumulación de alimentos y elijo salteadamente para ello, y según su cercanía a la salida principal, un pequeño número de plazas. Cada nuevo proyecto exige una fatigosa labor de carga, me obliga a realizar nuevos cálculos y a desplazar pesos de acá para allá, aunque puedo hacerlo con tranquilidad y sin prisas y no es desagradable transportar manjares en la boca, descansar donde y como se quiera y tomar golosinas donde te plazca. Es peor cuando me despierto sobresaltado y me parece que la actual distribución es totalmente inadecuada, que puede provocar enormes peligros y que es urgente corregirla sin atender a somnolencias o fatigas. Entonces me apresuro, vuelo, no tengo tiempo para cálculos, quiero realizar un nuevo y minucioso proyecto, atrapo lo primero que viene a mis dientes, arrastro, cargo, susurro, gimo, tropiezo y me satisface cualquier cambio de las circunstancias actuales, que me parecen tan sumamente peligrosas. Hasta que poco a poco, al ir despertándome, viene la lucidez. Apenas comprendo la precipitación anterior, aspiro profundamente la paz de mi casa que yo mismo he perturbado, regreso al rincón donde descansaba, vuelvo a adormecerme y, al despertar, como prueba irrefutable de mi trabajo nocturno y onírico, una rata cuelga todavía de mis dientes. Luego vuelven rachas en las que me parece que lo mejor es la concentración de todas las provisiones en una sola plaza. ¿De qué podrían servirme las provisiones situadas en pequeñas plazas?, ¿acaso tienen mucha capacidad?; además, si tuviera que defenderme y correr, lo allí acumulado me dificultaría el paso. Por otra parte, es una estupidez, pero es cierto, que la seguridad en uno mismo dismunuye cuando uno no ve todas las provisiones reunidas y le basta un vistazo para saber lo que posee, descontando que, con estas múltiples distribuciones, ¿no podría perderse mucho? No puedo estar corriendo continuamente de un lado a otro para comprobar que todo se conserva en buen estado. La idea básica de una distribución de las provisiones es correcta, pero sólo en el caso de que se dispusiera de varios lugares como mi plaza mayor. ¡Varias plazas de ese tipo!, ¡claro está! Pero, ¿quién podría lograrlo? Tampoco pueden adecuarse ahora al proyecto general de mi madriguera. He de reconocer que éste es un error de mi madriguera, pero siempre hay un error cuando sólo se posee un ejemplar de algo. También confieso que, a lo largo de la construcción, vivió oscuramente en mi conciencia una idea que habría brotado si hubiera tenido la debida fuerza de voluntad: la demanda de más plazas mayores. No la atendí; me sentía demasiado débil para tan descomunal trabajo; me sentía demasiado débil para asumir la conveniencia de esa labor. De alguna manera me consolé con sentimientos no menos oscuros. Pensé que lo que en cualquier otro caso hubiera sido insuficiente, en el mío, excepcionalmente y por obra de la Gracia, bastaba, pues la Providencia quería preservar mi frente, mi martinete. Por eso sólo tengo una plaza mayor y los temores de que ésta no sea suficiente se han disipado. Sea como sea, he de conformarme con una. Es imposible que las pequeñas plazas la sustituyan. Y, cuando esta idea ha madurado en mí, comienzo otra vez a llevarlo todo de las pequeñas plazas a la mayor. Por un tiempo, produce cierto alivio ver todas las plazas y galerías expeditas y ver cómo, en la plaza mayor, se acumula cantidad de carne y cómo llega la mezcla de muchos olores hasta las galerías más externas. Cada uno de ellos me atrae según su índole y soy capaz de distinguirlos a gran distancia. Entonces vienen tiempos pacíficos, en los cuales lenta y paulatinamente voy desplazando del exterior al interior los lugares que escojo para dormir y me voy sumiendo en los olores hasta que no aguanto más y una noche irrumpo en la plaza mayor, rebusco enérgicamente entre las provisiones y me atiborro de lo mejor hasta que me quedo ahíto. Son tiempos felices, pero peligrosos. Aquel que supiera aprovecharlos podría aniquilarme fácilmente y sin correr ningún riesgo. En esto también tiene un efecto dañino no poseer una segunda o una tercera plaza mayor, pues esta gran acumulación es la que me tienta y pierde. Trato de protegerme de ello de diversas maneras: la dispersión por las pequeñas plazas es una de esas medidas. Pero, desgraciadamente, como otras medidas similares, conduce de la privación a una avidez mayor que, desquiciando el entendimiento, modifica los planes de defensa según su conveniencia.

Para reponerme, pasados esos momentos, suelo revisar la obra y, después de haber realizado las mejoras necesarias, la abandono, aunque por poco tiempo. El castigo de verme privado de ella durante un período muy prolongado me parece demasiado duro, pero estas evasiones periódicas son necesarias. Mi aproximación a la salida no está exenta de solemnidad. En épocas de vida doméstica la evito, al igual que la galería que conduce a ella y sus prolongaciones. No es nada fácil moverse por ahí, pues dispuse en ese lugar muchas pequeñas galerías en zigzag. Allí comenzó mi madriguera y entonces no podía soñar en poder terminarla conforme al proyecto. Empecé medio jugando en este rincón, aquí sentí la primera satisfacción por el trabajo, que en aquel momento me pareció la más magnífica de las obras, pero hoy, probablemente con mayor acierto, lo valoro como un trabajo de aficionado, no del todo digno del resto de la madriguera. En teoría tal vez sea valiosa —aquí está la entrada a mi casa, les decía irónicamente a mis supuestos enemigos mientras me los imaginaba atrapados en el laberinto de entrada— pero en realidad se trata de unas cuantas paredes demasiado endebles, que apenas podrían resistir un ataque serio o a un enemigo desesperado en la defensa de su vida. ¿Debo reconstruir esta parte? Aplazo mi decisión y creo que quedará como está. Aparte del gran trabajo que me exigiría, sería también el más peligroso que uno se pueda imaginar. En aquella época, cuando comencé a construir la madriguera, trabajé allí con relativa tranquilidad —el riesgo no era mucho mayor que en cualquier otro lugar—, pero hoy significaría, casi voluntariamente, alertar de la existencia de toda la madriguera; hoy ya no es posible, y esto me alegra, pues conservo cierta simpatía por esta primera obra. Pero, si viene un gran ataque ¿qué trazado de la entrada podría salvarme? La entrada puede engañar, desviar y torturar al atacante, y también lo haría ésta en caso de necesidad, pero es evidente que un ataque realmente fuerte debe ser contrarrestado inmediatamente con todas las fuerzas del cuerpo y del alma. Entonces, que la entrada permanezca tal como está. La madriguera tiene tantas deficiencias impuestas por la naturaleza que podrá soportar éstas realizadas por mis manos y que ahora, después de haberlas producido, reconozco plenamente. Con ello no quiero decir que, de cuando en cuando, o tal vez siempre, estos fallos no me dejen intranquilo. Cuando en mis habituales paseos eludo esta parte de la madriguera, es sobre todo porque su visión me resulta desagradable, porque no siempre me gusta tener un defecto de construcción a la vista, más si perturban demasiado mi conciencia. Puede que así el error permanezca sin corrección posible allá arriba, junto a la entrada, pero prefiero preservarme de su visión en la medida de lo posible. Me basta ir en dirección a la salida, aunque todavía esté separada de ella por galerías y plazas, para creer acercarme a la atmósfera de un peligro; a veces siento como si mi piel perdiera su espesor, como si fuera a quedarme en carne viva allí mismo y en ese momento me saludara el aullido de mis enemigos. Ciertamente, ese sentimiento es provocado por la salida, el extremo final de la protección, pero esta parte de la entrada es la que especialmente me atormenta. A veces sueño que la he reconstruido, que la he modificado en una noche, rápidamente, sin ser visto por nadie y con unas fuerzas descomunales, de manera que se ha vuelto inexpugnable. Los sueños en los que esto ocurre son los más dulces de todos; cuando me despierto todavía brillan lágrimas de alegría y alivio en mi barba.

Corporalmente, también he de superar lo penoso que es este laberinto y me resulta al mismo tiempo irritante y conmovedor perderme por un instante en mi propia creación, como si la obra todavía se afanara en justificar su existencia ante mí, que ya me he formado hace mucho un juicio sobre ella. Luego permanezco bajo la capa de musgo, al que dejo suficiente tiempo para que suelde con el resto del lecho del bosque, y nunca antes me muevo de casa; me basta, entonces, un empujón con la cabeza para estar en el exterior. Tardo mucho en realizar este movimiento y si no tuviera que superar el laberinto de entrada, probablemente retornaría. ¿Cómo? Tu casa está protegida, cerrada en sí misma. Vives en paz, abrigado, bien alimentado, señor, único señor de multitud de galerías y plazas y espero no querer sacrificar todo esto o, por lo menos, exponerlo en cierto modo. Tienes la confianza de volver, pero te permites emprender un juego arriesgado, demasiado arriesgado. ¿Hay razones sensatas para ello? No, para algo semejante no puede haber razones sensatas. Pero levanto cuidadosamente la tapa y estoy fuera, la dejo descender lentamente y huyo tan rápido como puedo de ese lugar delator.

No estoy realmente en libertad, pero al menos no tengo que avanzar rozándome con los muros de las galerías, sino que correteo en bosque abierto, siento nuevas fuerzas en mi cuerpo, para las que no hay suficiente cabida dentro de la madriguera, ni siquiera en la plaza mayor, aunque fuera diez veces más grande. También la alimentación es mejor fuera, la caza es más difícil, el éxito menos habitual, pero el resultado es más valioso en todos los sentidos. No niego nada de esto y sé apreciarlo y disfrutarlo al menos tanto como cualquier otro y probablemente mucho más, pues no cazo como un vagabundo frívola o desesperadamente, sino con planificación y tranquilidad. Tampoco estoy hecho para la vida al aire libre ni entregado a ella, por eso sé que mi tiempo está limitado, que no estoy obligado a quedarme fuera, cazando para siempre, sino que de alguna manera, cuando lo quiera y esté cansado de la vida de aquí, alguien, cuya invitación no podré rehusar, me llamará a su encuentro. Y así puedo disfrutar de este tiempo sin preocupación alguna, más bien podría, porque no puedo. La madriguera me tiene demasiado atareado. Me alejo rápidamente de la entrada, pero pronto vuelvo. Busco un buen escondrijo y vigilo la puerta de mi casa —esta vez desde fuera—, día y noche. Se dirá que es una estupidez, pero a mí me da una indecible alegría y me tranquiliza. Es como si no estuviera delante de mi casa, sino de mí mismo mientras duermo y me alegrara por igual de dormir profundamente al tiempo que me mantenía perfectamente despierto. No sólo me caracterizo por poder ver los fantasmas de la noche en la confiada inocencia del sueño, sino por encontrármelos en la plenitud de la vigilia y con serena capacidad de juicio. Y encuentro que mi situación no es tan mala como pensaba ni como volveré a pensar cuando baje a mi casa. En este sentido, también probablemente en otros, pero especialmente en éste, estas excursiones son realmente imprescindibles. A pesar del cuidado que puse en elegir para la entrada un lugar apartado, el tránsito que se produce, si se contabilizan las observaciones de una semana, es muy grande, pero tal vez sea así en todas las regiones habitables, y probablemente sea también mejor afrontar un tránsito intenso, que a consecuencia de su intensidad prosigue su viaje, que exponerse en absoluta soledad a la concienzuda búsqueda de cualquier intruso. Aquí hay muchos enemigos y muchos más cómplices suyos, pero, como están ocupados en luchar entre sí, pasan de largo por la madriguera. En todo este tiempo no he visto a nadie investigar la entrada, afortunadamente para él y para mí, pues, por la seguridad de la madriguera, me hubiera lanzado a su garganta sin pensármelo. Es cierto que también llegaron invasores en cuya cercanía no me atreví a permanecer y de los que tenía que huir al sólo presentirlos en la lejanía. No puedo pronunciarme con claridad acerca de su conducta respecto a la madriguera, pero baste para mi tranquilidad que cuando poco después volvía, no encontraba a nadie ante ella y la entrada estaba intacta. Hubo tiempos felices en los que casi me decía a mí mismo que la hostilidad del mundo contra mí tal vez había terminado o se había apaciguado, o que el poder de la madriguera me eximía de la lucha de aniquilación que había perdurado hasta ahora. La madriguera protege más de lo que nunca había pensado o de lo que me había atrevido a pensar en su interior. Incluso llegue a tener el deseo infantil de no volver nunca más a la madriguera, sino instalarme en las proximidades de la entrada y pasar mi vida contemplándola, sin perderla de vista y siendo feliz con la idea de lo bien protegido que hubiera estado en caso de haber permanecido dentro de ella. A los sueños infantiles les suceden despertares horribles. ¿Qué seguridad contemplo desde aquí? ¿Puedo juzgar el peligro que corro dentro de la madriguera a partir de experiencias que tengo aquí fuera? ¿Tienen mis enemigos el mismo olfato cuando no estoy en la madriguera? Seguro que siguen cierto rastro olfativo mío, pero no completo. Y seguir un rastro completo ¿no es la condición previa de un peligro normal? Éstos son tan sólo ensayos a medias o la décima parte de unos ensayos que sirven para tranquilizarme y que por su engañosa tranquilidad me exponen al máximo de los peligros. No, yo no observo mis sueños como creía, más bien soy yo el que duerme, mientras que el que vigila me acabará llevando a la perdición. Quizá él sea uno de los que rondan distraídamente y pasan sólo para asegurarse, como yo mismo, de que la puerta está intacta, pero esperan para emprender su ataque y sólo pasan de largo porque saben que el dueño de la casa no está en el interior, o tal vez hasta sepan que espera inocentemente en un matorral cercano. Y dejo mi puesto de vigilancia y estoy harto de la vida al aire libre, es como si ya no pudiera aprender nada más aquí, ni ahora ni más adelante. Y tengo deseos de despedirme de todo esto, descender a la madriguera y no volver nunca, dejar que todo siga su curso sin tratar de detenerlas con inútiles observaciones. Pero, mal acostumbrado por haber visto entretanto todo lo que ocurre en los alrededores de la entrada, ahora me resulta torturante llevar a cabo el casi espectacular proceso de descenso sin saber lo que sucederá a mis espaldas, en todo lo que rodea el más allá de la puerta de entrada, una vez vuelta a su lugar. Lo intento después, en noches de tormenta, al introducir rápidamente el botín; parece que lo consigo, pero si lo he conseguido o no sólo quedará demostrado cuando yo mismo haya bajado, aunque no para mí, o sí para mí, pero demasiado tarde. Desisto y no entro. Cavo, naturalmente a buena distancia de la auténtica entrada, una zanja de prueba, no es más larga que yo mismo y también está cerrada por una capa de musgo. Me meto en la zanja, la cubro, espero cuidadosamente, calculo períodos más cortos y más largos de tiempo a diversas horas del día, aparto el musgo, salto y registro mis observaciones. Tengo las más diversas experiencias buenas y malas, pero no encuentro una ley general o un método infalible para el descenso. En consecuencia, no he descendido por la auténtica entrada y me desespero por tener que hacerlo pronto. Estoy a punto de decidir marcharme lejos, de retomar la vieja y desconsolada vida, la que no ofrecía ninguna seguridad y era un indiferenciado cúmulo de peligros que no me permitía ver y temer un único peligro con tanta nitidez, como me enseña la comparación de mi segura madriguera y el resto de la vida. Sin duda alguna, esa decisión sería una auténtica locura provocada por una estancia demasiado prolongada gozando de una libertad sin sentido; pero la madriguera todavía me pertenece, sólo tengo que dar un paso y es-

taré seguro. Me desprendo de todas mis dudas y corro directamente, a plena luz del día, a la entrada, para abrirla lleno
de seguridad; pero no puedo hacerlo, paso de largo y me
lanzo intencionadamente a un espino para castigarme, para
castigarme por una culpa que desconozco. Luego tengo que
reconocer que tengo razón y que es imposible bajar sin exponer al menos por un momento lo más querido que tengo a
los que están en los alrededores: en el suelo, en los árboles,
en el aire. Y el peligro no es imaginario sino bien real. No
tiene por qué ser un auténtico enemigo al que despierte las
ganas de seguirme, puede ser algo insignificante, cualquier
repugnante y pequeño ser que por curiosidad me siga y, sin
saberlo, se convierta en guía del mundo contra mí. Tampoco
tiene por qué ser así y tal vez —y esto no es menos grave,
sino que en cierto modo es lo más grave—, tal vez se trate
de alguien de mi especie, un conocedor y apreciador de madrigueras, un hermano del bosque, un amante de la paz, pero
un sinvergüenza que quiere habitar sin construir. Si viniera,
si con su sucia avaricia descubriera la entrada, si removiera
el musgo, si lo lograra, si estuviera ya tan dentro que dejara
su trasero al descubierto, si todo esto ocurriera para que yo,
abalanzándome tras él, sin vacilación alguna, lo mordiera, lo
descarnara, lo destrozara, le sorbiera la sangre y lo apilara
junto al resto del botín... Pero, sobre todo, lo importante es
que estaría en casa. Entonces hasta alabaría el laberinto, pero
antes pondría la capa de musgo sobre mí y querría reposar,
creo que por el resto de mi vida. De todas formas no viene
nadie y sigo dependiendo sólo de mí. Ocupado en resolver
las dificultades de la situación, pierdo gran parte de mi temor: no vuelvo a eludir la entrada, dar vueltas alrededor de
ella se convierte en mi ocupación favorita, es casi como si
yo fuera el enemigo y esperara la ocasión más adecuada para
atacar con éxito. Si hubiera alguien en quien pudiera confiar
y a quien pudiera situar en mi puesto de observación, podría
descender confiado. Acordaría con el que fuera de mi con-

fianza que observara con todo detenimiento la situación durante mi descenso y que mucho tiempo después, y en caso de un indicio de peligro, golpeara en la capa de musgo, pero no al contrario. Entonces haría borrón y cuenta nueva, no quedaría ningún rastro, en todo caso mi hombre de confianza. Pero, ¿no exigiría él una contraprestación?, ¿no querría al menos ver la madriguera? Incluso eso, dejar que alguien entre voluntariamente en mi madriguera, sería extremadamente desagradable. La he construido para mí, no para los visitantes: no lo dejaría entrar; aunque me ayudara a volver a la madriguera no lo dejaría entrar. Además, no podría dejarlo entrar aunque quisiera, pues tendría que dejarlo bajar solo, lo cual va más allá de todo lo imaginable, o tendríamos que bajar los dos juntos, con lo que se perdería la ventaja que él me reporta: la de vigilar mi retaguardia. ¿Y qué es de la confianza? En éste confío cuando lo tengo a la vista, ¿pero podré seguir confiando en él cuando la capa de musgo nos separe y ya no lo vea? Es bastante fácil confiar en alguien cuando se le está vigilando o, al menos, cuando se le pueda vigilar, incluso es también posible confiar en alguien a distancia, pero es imposible confiar plenamente en alguien desde el interior de la madriguera, un mundo completamente distinto. Pero esta duda no es necesaria, basta la consideración de que durante mi descenso, o después de éste, las innumerables circunstancias de la vida le impedirían a mi hombre de confianza cumplir con sus obligaciones. Las menores dificultades tendrían consecuencias imprevisibles para mí. No; considerándolo todo, no puedo quejarme de estar solo y no tener a nadie en quien confiar. No pierdo ninguna ventaja y me ahorro perjuicios. Tan sólo puedo confiar en mí y en mi madriguera. Tendría que haberlo pensado antes y haber tomado medidas para el caso que ahora me ocupa. Al principio de la obra habría sido posible al menos en parte. Tendría que haber diseñado la primera galería de tal manera que contara con dos entradas situadas a la debida distancia entre sí; así, habría bajado por una de las dos bocas con todas las inevitables incomodidades, me habría desplazado rápidamente por el comienzo de la galería hasta la segunda entrada, allí levantaría ligeramente la capa de musgo que habría sido colocada para ello y observaría la situación durante algunos días y noches. Sólo así hubiera estado bien. Es cierto que dos entradas duplican el peligro, pero tendría que acallar estas preocupaciones, sobre todo teniendo en cuenta que la entrada pensada como lugar de observación tendría que ser muy angosta. Y con eso me extravío en consideraciones técnicas y comienzo a soñar en tener una madriguera perfecta. Esto me tranquiliza un poco. Contemplo fascinado, con mis ojos cerrados, las múltiples soluciones destinadas a permitirme penetrar y deslizarme fuera inadvertidamente.

Cuando, cómodamente echado, pienso en ello, valoro mucho esa posibilidad, pero sólo como un logro técnico, no como una auténtica mejora, pues ¿qué significado tiene este entrar y salir inadvertidamente? Indica intranquilidad, inseguridad en uno mismo, sucios apetitos y malas cualidades que se hacen mucho peores en presencia de la obra que, sin embargo, está allí y que es capaz de derramar seguridad sobre aquel que se entregue plenamente a ella. Mas ahora estoy fuera y busco una posibilidad de vuelta; para ello serían muy deseables las necesarias medidas técnicas. Aunque, tal vez no tanto. ¿No se subestima la madriguera durante el instante de miedo en que sólo se la considera el agujero más apto para refugiarse? Sin duda es también un agujero seguro, o debiera serlo, y cuando me imagino en medio del peligro deseo, con los dientes apretados y con toda la fuerza de mi voluntad, que la madriguera no sea otra cosa que lo que me salve la vida y que cumpla esta tarea claramente impuesta con la mayor celeridad, y estoy dispuesto a relevarla de cualquier otro cometido. En realidad —y a la realidad no se la atiende mucho cuando se pasa por necesidades mayores; incluso en época de riesgos es difícil reparar en ella— da mucha seguridad, pero no la suficiente: ¿se han disipado alguna vez y para siempre las preocupaciones estando dentro de ella? Son otras preocupaciones, con más pretensiones y contenido, a menudo olvidadas, pero su efecto es tan desgarrador como las que depara la vida en el exterior. Si tan sólo hubiera construido la madriguera para asegurar mi vida, no me habría engañado, pero la relación entre el enorme trabajo y la seguridad lograda, al menos en la medida en que soy capaz de apreciarla y de beneficiarme de ella, no es muy favorable para mí. Es muy doloroso reconocer esto, pero hay que hacerlo, sobre todo ante la entrada que ahora cierro yo, constructor y propietario, de forma casi espasmódica. Pero la madriguera no es un agujero de protección. Cuando estoy en la plaza mayor, rodeado de las grandes pilas de carne, con el rostro vuelto a las diez galerías que parten de allí, cada una con su inclinación, hacia arriba o hacia abajo, rectas o curvas, ampliándose o estrechándose y todas tranquilas y vacías por igual y cada una de ellas capaz de llevarme a las muchas plazas que están también tranquilas y vacías, la idea de seguridad está lejana y sé con exactitud que aquí está mi fortaleza, la que he ganado arañando y royendo, apisonando y embistiendo contra la obstinada tierra. Mi fortaleza, que de ninguna manera pertenece a otro y que es tan mía que en su interior podría aceptar con serenidad las heridas mortales de mis enemigos, pues mi sangre se derramaría aquí y no se perdería. Y algo diferente de esto es lo que siento en las horas felices que gusto de disfrutar en las galerías, en esas galerías que fueron diseñadas exactamente para mí, para estirarme satisfecho, para revolcarme como un niño, para yacer perezosamente y para dormir sereno. Y las pequeñas plazas, todas perfectamente conocidas por mí y que, a pesar de su plena igualdad, puedo distinguir a ojos cerrados por la curvatura de sus paredes, me rodean amistosas y cálidas, como al ave su nido. Y todo, absolutamente todo, está silencioso y vacío.

Pero si es así, ¿por qué dudo?, ¿por qué temo más al intruso que a la posibilidad de no volver nunca a ver la madriguera? Esto último, afortunadamente, es imposible. No es necesario reflexionar mucho para darse cuenta de lo que significa la madriguera para mí. Yo y la madriguera nos pertenecemos mutuamente, de manera que tranquilo: aun con todo mi temor, podría quedarme aquí, no intentar dominarme, incluso dejar abierta la entrada sin ningún reparo, bastaría sin más con esperar ocioso, pues nada puede separarnos y siempre acabaría volviendo abajo. Pero, ¿cuánto tiempo puede transcurrir y cuántas cosas pueden suceder tanto aquí arriba como allá abajo? Tan sólo depende de mí reducir este tiempo y hacer enseguida lo necesario.

Y ya, incapacitado para pensar por el cansancio, con la cabeza colgando, las piernas temblorosas, semidormido, más palpando el camino que andando, me aproximo a la entrada, levanto lentamente el musgo, voy bajando; por distracción dejo descubierta la entrada un período innecesariamente largo, me acuerdo de mi omisión, subo para remediarla, pero, ¿para qué subir? Sólo tengo que correr la capa de musgo. Bien, entonces bajo de nuevo y, por fin, la corro. Sólo en este estado, exclusivamente en este estado lo puedo hacer. Después estoy tumbado bajo el musgo, en lo alto del botín, embadurnado de jugos de sangre y de carne, y puedo conciliar el sueño tantas veces ansiado. Nada me molesta, nadie me ha seguido, parece que sobre el musgo todo está tranquilo, al menos hasta ahora, y aunque no lo estuviera, no podría ahora pararme a pensar; he cambiado mi lugar, he pasado del mundo externo a mi obra y siento inmediatamente su efecto. Es un mundo nuevo, que da nuevas fuerzas, lo que arriba sería cansancio aquí no lo es. He regresado de un viaje y estoy desmayado de cansancio por el trajín. Pero volver a ver la vieja casa, el trabajo de orden que me espera, la necesidad de visitar al menos superficialmente todas las habitaciones y, sobre todo, de ir cuanto antes a la plaza mayor, todo eso transforma mi cansancio en intranquilidad y agitación. Es como si en el mismo instante en que puse los pies en la obra ya hubiera dormido un profundo sueño. El primer trabajo es muy penoso y me absorbe por completo, portar el botín por las angostas y endebles galerías del laberinto. Empujo con todas mis fuerzas y avanzo realmente, pero a mi entender con demasiada lentitud; para ir más rápido dejo atrás una parte de las masas de carne y me escurro por encima y a través de ellas. Ahora sólo tengo una parte delante de mí, así es más fácil avanzar, pero estoy encajado en el montón de carne en la estrechez de las galerías, por las cuales apenas puedo deslizarme incluso cuando voy solo, por ello podría ahogarme en mis propias provisiones; a veces puedo librarme de sus embates comiendo y bebiendo. Pero el transporte progresa y consigo terminarlo en poco tiempo: he superado el laberinto; respirando aliviado salgo a una galería como es debido, desplazo el botín por un pasaje de conexión hacia una galería principal, especialmente prevista para estos casos, que conduce, con un pronunciado desnivel, hacia la plaza mayor. Ahora ya es fácil, ahora todo rueda y fluye hacia abajo. ¡Al fin estoy en mi plaza mayor! Al fin puedo descansar. Nada ha cambiado. No parece haber ocurrido ningún infortunio, los pequeños desperfectos que noto a primera vista pronto serán reparados. Pero antes he de hacer una ronda por las galerías, lo cual no es ningún esfuerzo, sino más bien una charla con los amigos, tal y como la hacía en los viejos tiempos. Realmente no soy tan viejo, pero en muchos casos mi memoria se enturbia. ¿Como lo hacía o como he oído que lo hacía? Transito ahora por la segunda galería de forma intencionadamente pausada. Después de haber visto la plaza mayor tengo un tiempo ilimitado —mi tiempo siempre es ilimitado dentro de la madriguera— porque todo lo que allí hago es bueno e importante y en cierta medida me sacia. Comienzo con la segunda galería e interrumpo la revista en el medio para ir a la tercera galería, por la que me dejo conducir hasta la plaza mayor, y debo volver a la segunda galería y, así, juego con el trabajo y lo multiplico, me río solo y me mareo entre tanto trabajo, pero no lo abandono. Por vosotras, galerías y plazas, pero sobre todo por tus problemas, plaza mayor, he vuelto, sin valorar en nada mi vida, después de cometer mucho tiempo la estupidez de temblar por ella y retrasar mi regreso. Qué importa ahora el peligro si estoy con vosotras. Me pertenecéis a mí, yo a vosotras, estamos unidos, ¿qué puede sucedernos? ¡Que arriba se agolpe otra fauna; que ya esté preparado el hocico que ha de levantar la capa de musgo! La madriguera me saluda con su tranquilidad y su silencio y refuerza lo que digo, aunque ahora me sobreviene cierta desidia y me enrollo un poco en uno de mis lugares predilectos... Pero, todavía me falta mucho para acabar la revisión y no quiero dormir aquí. Cedo solamente a la tentación de colocarme como si fuera a dormir para ver si lo consigo igual de bien que antes. Lo consigo, pero lo que no consigo es recuperarme, y permanezco aquí profundamente dormido.

Seguramente he dormido mucho tiempo, acabo de salir del último sueño, que debía ser muy ligero, pues un rumor apenas audible me ha despertado. Lo comprendo todo al instante, la pequeña criatura, demasiado poco vigilada por mí y con la que he sido demasiado indulgente, ha empezado a perforar el terreno creando un nuevo camino en mi ausencia. Este camino ha desembocado en uno ya creado y por eso el aire se arremolina y produce el silbido. ¡Qué especie tan inagotablemente activa y qué pesado es su tesón! Me veré obligado a comprobar el lugar de la perturbación escuchando en las paredes de mi galería y haciendo perforaciones de sondeo, para sólo después eliminar este ruido. Por lo demás, el nuevo pasaje, si es adaptable a la obra, me será útil como nueva vía de aire. Pero tengo que vigilar mejor a los pequeños, no he de ser indulgente con ninguno.

Como tengo bastante práctica en estas investigaciones, seguramente no pasará mucho tiempo y podré empezar enseguida; aunque hay otros trabajos más, éste es el más urgente: debe reinar la tranquilidad en mis galerías. Este ruido es relativamente inocente, ni siquiera lo he oído al llegar, a pesar de que ya debía existir; tuve que acostumbrarme a la casa para oírlo, de alguna manera sólo puede ser escuchado por el oído del dueño de la casa. Ni siquiera es continuo, como suelen ser estos ruidos, sino que hace grandes pausas. Esto se debe claramente a las detenciones de la corriente de aire. Comienzo la revisión pero no logro encontrar el lugar sobre el que debo actuar; hago algunas excavaciones, sólo al azar. Naturalmente así no obtengo ningún resultado y el pesado trabajo de excavación y el todavía más fatigoso de rellenar y nivelar resultan inútiles. Ni siquiera logro acercarme al lugar del ruido, éste es invariablemente tenue y suena a intervalos regulares, a veces como un siseo y otras como un silbido. Sí, podría no hacerle caso por un momento, pero es demasiado molesto; además, no cabe duda de que el origen debe ser el que yo supuse, por lo tanto su intensidad no aumentará. Incluso puede suceder que, con el paso del tiempo —aunque jamás he esperado tanto como ahora—, el ruido, al progresar el trabajo de los pequeños perforadores, se disipe por sí mismo, sin contar con que, a menudo, una casualidad lleva rápidamente al descubrimiento de una pista que se le ha negado a la búsqueda sistemática. Así, me consuelo y me gustaría seguir errando por las galerías y hacer visitas a lugares que hace mucho tiempo que no veo y, entre una y otra, dar unas vueltas por la plaza mayor; pero no puedo permitírmelo, debo seguir buscando. Esta pequeña raza me hace emplear mucho tiempo, tiempo que podría ser mejor utilizado. En estas circunstancias me perturba un problema técnico que me atrae: partiendo, por ejemplo, de este ruido. que mi oído es capaz de distinguir en sus mínimos detalles, trato de imaginar su causa y, entonces, me apresuro a comprobar si responde a la realidad. Lo hago con buen fundamento, porque mientras no se produzca una constatación no puedo estar seguro, aunque se trate sólo de saber hacia dónde rueda un grano de arena en su caída. Incluso un ruido así no deja de ser en estas circunstancias una cuestión importante. Pero importante o no, por mucho que busco, no encuentro nada o, más bien, encuentro demasiado. Precisamente tenía que ocurrir esto en mi plaza predilecta. Pensando que todo es una broma, me alejo hasta la mitad del camino que dirige a la plaza siguiente. Es como si quisiera demostrar que mi lugar favorito no puede depararme tal perturbación, sino que también hay problemas en otros puntos; y empiezo a escuchar, sonriendo, aunque pronto dejo de sonreír, pues aquí también se oye el mismo rumor. No es nada, a veces creo que nadie excepto yo lo oiría, pero lo oigo con más claridad gracias a que mi oído a aumentado su sensibilidad por el ejercicio, a pesar de que, en realidad, es exactamente el mismo sonido, como puedo comprobar por comparación. Tampoco se intensifica cuando, sin acercar el oído a la pared y en medio de la galería, lo atisbo. Entonces sólo puedo, con esfuerzo, con auténtica concentración, adivinar aquí y allá, más que percibir, el soplo de un sonido. Esta uniformidad en todas partes me molesta al máximo, pues no se puede armonizar con mis iniciales suposiciones. Si hubiera determinado correctamente la razón del ruido, el sonido sería más intenso en su lugar de procedencia y se iría haciendo progresivamente más tenue. Si mi explicación no es exacta, entonces, ¿de qué se trata? Cabe la posibilidad de que se trate de dos fuentes de ruido que hasta ahora sólo haya percibido desde lugares lejanos a los focos y, aunque me acerque a uno de los focos y su sonido se intensifique, como consecuencia de la atenuación del otro sonido, el efecto para el oído seguirá siendo aproximadamente el mismo. Me parecía distinguir, cuando escuchaba con más detenimiento, ciertas variaciones que parecían corroborar la nueva suposición, aunque fuera de forma poco nítida. De todas formas, debería ampliar el campo de mis exploraciones mucho más de lo que he hecho hasta ahora. Por lo tanto, desciendo por la galería hasta la plaza mayor y comienzo a escuchar allí. ¡Qué extraño! También aquí el mismo sonido. Sí, se trata de un ruido provocado por algún grupo de inmundos animales que han aprovechado mi ausencia de forma infame. No tienen, por cierto, intenciones hostiles contra mí, tan sólo están ocupados en su labor, y mientras no se interponga un obstáculo en su camino, mantendrán su dirección inicial, lo sé bien. Sin embargo, me resulta incomprensible que se hayan atrevido a llegar a la plaza mayor. Esto me excita y me aturde el entendimiento, que es tan necesario para el trabajo. No quiero hacer diferencias, pero ya sea por la considerable profundidad a la que se encuentra la plaza mayor, ya por su gran extensión y, por consigueinte, por su fuerte corriente de aire, los cavadores serán ahuyentados. Tal vez se trate de que ha llegado a sus obtusas entendederas la noticia de que se trata de la plaza mayor. Nunca había visto excavaciones en la plaza mayor; es verdad que venían animales en masa, atraídos por las intensas emanaciones, y yo siempre tenía caza segura. Entonces cavaban arriba, junto a una de mis galerías, y fuertemente atraídos, aunque sofocados, seguían descendiendo; pero ahora también perforaban las galerías. Si hubiera cumplido los más importantes planes de mi adolescencia y mi primera madurez o, más bien, si hubiera tenido la fuerza de realizarlos, pues voluntad no me faltaba... Uno de esos planes era separar la plaza mayor del resto de la tierra circundante; es decir, crear en el contorno de sus paredes un hueco de un grosor aproximadamente igual al de mi tamaño. Este espacio hueco quedaría únicamente interrumpido por un pequeño soporte que, desgraciadamente, no podría separarse de la tierra. Con razón siempre me había imaginado esta oquedad como el más agradable lugar que pudiera haber para mí. Estar suspendido en su curvatura, izarse, deslizarse hacia abajo, rodar y volver a encontrar suelo bajo los pies y ejecutar todos estos juegos sobre el cuerpo de la plaza mayor, pero no en su interior. Poder evitar la plaza mayor, descansar la vista de su imagen, postergar la alegría de verla sin tener que renunciar a ella, poder casi estrecharla entre las garras, algo que es imposible cuando sólo se dispone de una entrada ordinaria, y, sobre todo, poder vigilarla; y como compensación a no verla, poder elegir entre quedarse en la plaza o en la oquedad y, seguramente, escoger ésta de por vida y deambular por ella de un lado a otro, en la vigilancia de la plaza. Entonces no habría ruido en las paredes, ni descaradas excavaciones hacia la plaza; entonces la paz estaría asegurada y yo sería su vigía; entonces no tendría que escuchar con repugnancia las excavaciones de estos pequeños seres, y escucharía con placer, algo de lo que ahora estoy totalmente privado, el rumor del silencio de la plaza mayor.

Pero, desgraciadamente, toda esta belleza no existe y debo volver a mi trabajo. Casi debo estar contento de que se encuentre en relación directa con la plaza mayor, pues esto me da alas. Es cierto que, como se ha comprobado cada vez más, necesito todas mis fuerzas para este trabajo, que al principio parecía insignificante. Escucho ahora junto a las paredes de la plaza mayor, y allá donde escucho, en un lugar alto o profundo, en los accesos o en el interior, en todas las partes oigo el mismo ruido. ¡Cuánto tiempo exige esta larga escucha del sonido intermitente! Tal vez pueda encontrar un pequeño consuelo, útil para engañarse a uno mismo, en que, debido a su tamaño, en la plaza mayor, a diferencia de lo que ocurre en las galerías, cuando se despega el oído del suelo ya no se oye nada. Sólo para descansar y para recuperarme hago a menudo estos ensayos: escucho muy concentrado y me siento contento de no escuchar nada. Pero, por lo demás, ¿qué es lo que ha ocurrido? Este fenómeno refuta totalmente mis primeras hipótesis. Pero también debo rechazar otras explicaciones que se me ofrecen. Podría pensar que lo que oigo son pequeños seres trabajando, pero todo parece contradecirlo la experiencia; no puedo empezar a oír de repente lo que no he oído nunca, aunque siempre estuviera presente. Quizá, mi sensibilidad a las perturbaciones se ha ido haciendo mayor con los años pasados en la madriguera, pero mi sentido del oído no se ha aguzado. Es propio de estos pequeños seres no hacerse oír. ¿Hubiera tolerado esto antes? Aun a riesgo de pasar hambre, los habría exterminado. Pero tal vez, y esa idea se va asentando, se trate de un animal cuya especie desconozco. Es posible. Aunque hace tiempo que vengo observando con detenimiento la vida de aquí abajo, el mundo es variado y nunca faltan sorpresas desagradables. Pero no debe ser sólo un animal, debe tratarse de una gran manada que de pronto ha invadido mis dominios, una gran manada de diminutos animales que, aunque estén por encima de estos bichos, los superan en poco, pues es muy pequeño el ruido que hacen al trabajar. Podrían ser, por lo tanto, animales desconocidos, una manada que emigra, que sólo está de paso, que me molesta pero que pronto dejaría de hacerse oír. Así podría limitarme a esperar y no tendría que hacer ningún trabajo superfluo. Pero, si son animales extraños, ¿por qué no consigo verlos? Ya he hecho muchas perforaciones para conseguir atrapar a alguno de ellos, pero no encuentro ninguno. Se me ocurre que tal vez sean pequeñísimos, mucho más pequeños que los que conozco, y que sólo es mayor el ruido que producen. Por eso reviso la tierra extraída, arrojo los terrones hacia arriba para convertirlos en partículas minúsculas, pero los creadores del ruido no están dentro de ellos. Muy lentamente voy comprendiendo que no conseguiré nada con estas excavaciones azarosas: ahueco las paredes de mi madriguera, escarbo rápidamente aquí y allá sin tiempo para rellenar los agujeros, en muchos puntos hay muchos montones de arena que perturban el camino y la visión. Por cierto que esto me molesta sólo secundariamente, pues ahora no puedo pasear, ni contemplar, ni descansar y, con frecuencia, me he quedado dormido un momento en cualquier agujero en medio del trabajo, con la zarpa hincada en el terrón que pretendía pulverizar en el último instante de duermevela. Cambiaré mi método. Cavaré una auténtica zanja de buen tamaño en dirección al ruido y no dejaré de cavar hasta que, independientemente de todas las teorías, encuentre la auténtica causa del ruido. Entonces la eliminaré si está en mis manos, de lo contrario, al menos tendré la certeza de lo que es. Esta certeza me dará la tranquilidad o la desesperación, pero, sea como fuere, esto o aquello será algo indudable o justificado. Esta determinación me hará bien. Lo que hasta ahora he hecho me parece apresurado, realizado en la excitación del regreso. No exento todavía de las preocupaciones del mundo exterior, todavía no restablecido por la paz de la madriguera, sensibilizado en exceso por haber tenido que renunciar a ella por tan largo tiempo, he acabado perdiendo el juicio por un fenómeno singular. Porque ¿en qué consiste? En un ligero siseo que sólo se oye de tarde en tarde, al que no podría decir que uno se llegue a acostumbrar, aunque sí podría, sin intentar por el momento nada, observar por algún tiempo, escucharlo ocasionalmente durante unas horas y registrar pacientemente el resultado, y no como hago yo, que arrastro la oreja por las paredes y casi al instante que oigo el ruido me pongo a escarbar, no para encontrar algo, sino para hacer algo que calme mi agitación interior. Todo esto cambiará ahora, espero. Por otra parte, tampoco lo espero —como he de reconocer a ojos cerrados, irritado conmigo mismo—, pues la inquietud vibra en mí tanto como hace horas y si la razón no me contuviera, ya habría comenzado a cavar en cualquier sitio, sin preocuparme de si se oye o no algo, de forma absurda, obstinadamente, como una plaga que cava sin sentido o sólo porque devora tierra. El nuevo y razonable plan me atrae y no me atrae. No hay nada que objetarle, yo al menos no encuentro ninguna objeción; debe conducir al éxito, según veo. Y, sin embargo, no creo en él, creo tan poco en él que ni siquiera creo en las horribles consecuencias de su resultado, ni siquiera creo en un resultado horroroso. Parece como si ya con la primera aparición del ruido hubiese pensado en esa excavación metódica y sólo porque no he tenido confianza no he empezado hasta ahora. A pesar de todo empezaré la excavación, no tengo otra posibilidad, pero no lo haré inmediatamente, aplazaré un poco el trabajo. Cuando el juicio vuelva en sí, entonces empezaré; no quiero precipitarme. En todo caso, primero repararé los daños que mi trabajo de zapa ha producido en la madriguera. No me costará poco tiempo, pero es necesario; si la nueva excavación me ha de llevar a una meta, será larga, y si no lleva a ningún objetivo, no tendrá fin. De cualquier modo, este trabajo supondrá alejarme durante mucho tiempo de la obra, pero no será tan doloroso como lo sufrí en el mundo exterior. Podré interrumpir el trabajo cuando quiera e ir de visita a casa, e incluso si no hago esto, me llegará el aire de la plaza mayor y me rodeará durante el trabajo, pero significará un alejamiento de la madriguera y la exposición a un destino incierto, por lo que quiero dejar todo en orden; que no se diga que yo, que lucho por la tranquilidad, la he perturbado y no la he restaurado enseguida. Así comienzo a reponer la tierra en los agujeros, un trabajo que ya conozco, que ya he realizado innumerables veces sin casi tener conciencia de hacerlo y que, especialmente en lo que se refiere al último apisonamiento y alisado —y no es alabanza de uno mismo, sino verdad— hago de forma insuperable. Esta vez, sin embargo, me resulta difícil, estoy distraído; siempre de nuevo, en mitad del trabajo, pego el oído a la pared, escucho e, indiferente, dejo escapar la tierra, que vuelve a caer en la galería. Apenas puedo abordar los últimos trabajos de embellecimiento, que exigen mayor atención. Quedan feas abolladuras, grietas molestas, por no hablar de que no se puede recuperar la antigua curvatura de una pared así remendada. Intento consolarme diciéndome que se trata de un trabajo provisional. Cuando vuelva y la paz haya sido restablecida, lo repararé todo de forma definitiva, todo se podrá hacer de golpe; sí, en los cuentos todo se realiza en un instante y este consuelo también es propio de las fábulas. Sería mejor hacer ahora todo el trabajo, sería mucho más útil que interrumpirlo continuamente, deambular por las galerías y determinar nuevas fuentes de ruido, lo cual es realmente muy sencillo, pues no exige más que detenerse en un lugar y ponerse a escuchar. Y aun hago otros inútiles descubrimientos. A veces me parece que el ruido ha terminado, ya que se producen largas pausas. A veces no se oye el siseo, pues la sangre es bombeada con demasiada fuerza al oído, entonces se funden dos intervalos en uno y parece que el ruido ha terminado para siempre.

No se escucha más, se salta, la vida entera da un vuelco, es como si se abriera un manantial por el que fluye la tranquilidad de la madriguera. Uno se cuida de comprobar inmediatamente el descubrimiento, busca a alguien a quien confiarlo sin vacilaciones, galopa a ese efecto hacia la plaza mayor, se acuerda de que, con todo lo que es, ha despertado a una nueva vida, de que hace tiempo que no ha comido, arranca algo de las provisiones parcialmente cubiertas por la tierra y, mientras todavía traga, regresa al lugar del increíble descubrimiento; uno sólo quiere cerciorarse de forma secundaria, sólo superficialmente, y mientras come, escucha, pero la fugaz atención muestra inmediatamente que uno se ha equivocado vergonzosamente, que el ruido se sigue oyendo imperturbable en la lejanía. Escupe la comida y quisiera pisotearla y vuelve al trabajo sin saber siquiera a cuál: en cualquier sitio donde sea necesario, aunque de estos lugares ya hay bastantes. Empieza mecánicamente, como si hubiera venido el supervisor y hubiera que representar una comedia ante él. Pero apenas lleva un rato trabajando así, puede ocurrir que haga un nuevo descubrimiento. El ruido parece intensificarse, no mucho más, claro, siempre son diferencias casi inapreciables, pero sí un poco más intenso, claramente reconocible por el oído. Y esta intensidad creciente parece una aproximación, y todavía más claramente que este aumento de intensidad se percibe el andar que se acerca. Uno salta de la pared y de un golpe se ven todas las posibilidades que el descubrimiento traerá como consecuencia. Uno siente que la madriguera nunca ha estado bien diseñada contra un ataque; tuvo la intención, pero según las experiencias de la vida, el peligro de un ataque y un diseño preparado para la defensa se veían como algo remoto —y en el supuesto de no ser remoto, ¿cómo habría sido posible?— o en todo caso como algo mucho menos importate que las instalaciones destinadas a proporcionar una vida tranquila, las cuales siempre tuvieron preferencia en todas las partes de la madriguera. Podría haber construido mucho sin haber modificado el proyecto principal, pero ha dejado de hacerlo de manera incomprensible. He tenido mucha suerte en todos estos años, la suerte le ha acostumbrado mal, hubiera estado tranquilo, pero la intranquilidad cuando se tiene suerte no conduce a nada.

Lo que habría que hacer inmediatamente sería revisar la obra para la defensa y para todas las finalidades que pudieran imaginarse; elaborar un plan de defensa y su plan de construcción correspondiente y comenzar sin demora, con la frescura de la juventud. Éste sería el trabajo auténticamente necesario, para el que, dicho sea de paso, ya es muy tarde, pero éste sería el trabajo necesario, y no cavar una zanja de tanteo que sólo tendría como consecuencia dedicarme con todas mis energías e indefensamente a la búsqueda del peligro, con la estúpida suposición de que éste no supo aproximarse suficientemente deprisa. Y de pronto no comprendo mi plan anterior. En lo que antes me parecía razonable no encuentro ahora la más mínima lógica: de nuevo abandono el trabajo y la escucha. No quiero encontrar nuevas evidencias, estoy saciado de evidencias, lo dejo todo. Estaría tranquilo si se calmara mi lucha interior.

De nuevo me dejo llevar por las galerías hacia la lejanía, llego a otras cada vez más apartadas, todavía no vistas después de mi regreso y todavía intactas al contacto de mis garras, cuyo silencio se despierta con mi llegada y se cierne sobre mí. Yo no me entrego, me apresuro, no sé lo que busco, tal vez sólo un aplazamiento. Me alejo tanto que llego al laberinto, me tienta poner el oído junto a la tapa de musgo, me atraen cosas muy lejanas, por el momento muy lejanas. Avanzo hasta arriba y escucho. Hay un profundo silencio; qué belleza hay aquí, nadie se preocupa en este lugar de mi madriguera, cada cual tiene sus ocupaciones, que no tienen nada que ver conmigo. ¿Cómo lo he conseguido? Aquí, junto a la capa de musgo, es el único lugar de la madriguera desde el que puedo estar escuchando horas enteras. Se produce una completa inversión de las circunstancias en la madriguera: conforme el lugar de peligro se convierte en lugar de paz, la plaza mayor se va llenando del ruido del mundo y sus peligros. Pero esto es peor aun, pues tampoco aquí hay paz, aquí nada ha cambiado: reine la tranquilidad o se oigan ruidos, el peligro acecha como antes, encima del musgo, sólo que ya, al estar demasiado ocupado con el rumor de mis paredes, me he hecho insensible a él. ¿Estoy ocupado en ello? Se hace más intenso, pero yo serpenteo por el laberinto y me sitúo aquí, debajo del musgo. Es como si abandonara la casa al que roe, contento con concederme un poco de calma. ¿Al que roe? ¿Tengo ahora una nueva explicación de la causa del ruido? ¿No provenía el ruido de las grietas que hacían los animalitos? ¿No era ésa mi hipótesis? Creo no haberme apartado de ella. Y si no proviene directamente de las grietas, al menos sí indirectamente. Y si no hay una relación con ellas, entonces no se puede suponer nada y habrá que esperar a que se encuentre la causa o que ésta se muestre por sí misma. Se podría jugar con suposiciones, se podría decir, por ejemplo, que en algún lugar lejano se ha producido una vía de agua y que lo que parece un silbido o un roer es realmente un fluir. Pero independientemente de que no tengo ninguna experiencia —el agua subterránea que encontré al principio la desvié enseguida y no ha vuelto a asentarse en este arenoso suelo—, es muy difícil confundir un roer y un fluir. Aunque, ¿de qué sirven todos las propósitos de tranquilidad?, la imaginación no se detiene y empiezo a creer —es inútil negarlo— que el roer procede de un animal y no precisamente de muchos y pequeños, sino de uno grande. Hay algo que parece negarlo: que el ruido se oye en todas partes y siempre con la misma intensidad, tanto de día como de noche. Ciertamente habría que pensar que se trata de muchos animales pequeños, pero como tendría que haberlos encontrado durante mis excavaciones y no lo he hecho, sólo queda la hipótesis de la existencia del gran animal, toda vez que lo que parece refutar esta hipótesis es algo que no haría imposible al animal, sino mucho más peligroso de lo imaginable. Sólo por eso me he cuidado de aceptar su existencia. Pero ahora dejo de engañarme. Hace mucho barajo la idea de que es audible a gran distancia, porque trabaja con denuedo y avanza perforando la tierra con la facilidad con la que se mueve un paseante por un camino despejado, la tierra tiembla cuando él cava, también cuando ya se ha alejado. Cuando la distancia aumenta, el eco de esta vibración y el ruido del trabajo se unen y yo, que sólo escucho la vibración, la percibo uniformemente en todo lugar. A ello contribuye que el animal no avanza hacia mí, por eso no se modifica el ruido; es como si hubiera preconcebido un plan que no consigo comprender, como si supiera de mi existencia, me rodeara y, desde que lo observo, hubiera conseguido trazar muchos círculos alrededor de mi madriguera. Me da mucho que pensar el tipo de ruido, el roer o el silbido. Cuando escarbo y araño la tierra, es completamente distinto. Sólo puedo explicarme el roer pensando que la herramienta principal del animal no son sus garras, con las cuales sólo se ayuda, sino el hocico o la trompa, los que, sin duda, aparte de una enorme fuerza, han de tener cierto filo. Probablemente encaja la trompa en la tierra y arranca un terrón de buen tamaño; durante ese rato no escucho nada, ésa es la pausa, pero luego absorbe aire para el golpe siguiente. Esta inhalación debe producir un ruido que hace temblar la tierra y que, no sólo por la fuerza del animal, sino también por su apresuramiento, por su afán, escucho como un leve roer. Sigue siendo para mí incomprensible esa inagotable capacidad de trabajo; quizá los breves intervalos le den la posibilidad de tomarse un pequeño respiro, pero no se ha permitido jamás un descanso verdadero. Cava de día y de noche con la misma intensidad y frescura, siempre con su plan de rápida ejecución a la vista, para cuya realización posee todas las facultades. La verdad es que nadie habría esperado un enemigo similar. Pero, aparte de sus peculiaridades, ahora se cumple algo que siempre habría tenido que temer, algo contra lo cual siempre debería haber estado preparado: ¡se acerca alguien! ¿Por qué, durante un tiempo, transcurrió todo tan silenciosa y felizmente? ¿Quién allanó los caminos de mis enemigos para que describieran grandes círculos en torno a mi propiedad? ¿Por qué estuve durante tanto tiempo protegido para sentir ahora este horror? ¿Qué suponían aquellos pequeños peligros en cuya figuración dejaba que transcurriera el tiempo, en comparación con este gran peligro? ¿Esperaba, como propietario de la madriguera, mantener el control sobre cualquier enemigo que se presentara? Precisamente, como propietario de esta gran y delicada obra, estoy indefenso frente a cualquier ataque serio. La alegría de ser su dueño me ha hecho muy acomodaticio, la delicadeza de la madriguera me ha hecho tierno a mí, sus daños me duelen como si fueran míos. Es precisamente esto lo que tendría que haber previsto y no pensar solamente en mi propia seguridad —incluso esto, con qué ligereza y cuántos fracasos lo he llevado a cabo— sino en la defensa de la madriguera. Ante todo, debiera haber tomado medidas para que algunas partes de la obra, y a ser posible muchas de ellas, pudieran ser efectivamente separadas de las menos expuestas a peligro mediante derrumbamientos de tierra que pudieran ser provocados con rapidez y por medio de tales cantidades de tierra que el atacante no sospechara que detrás hubiera la auténtica madriguera. Incluso esos derrumbamientos deberían no sólo defender la madriguera, sino también sepultar al atacante. No he tenido el mínimo empuje para algo semejante, no he dado ningún paso en esa dirección, he tenido la ligereza de un niño, he pasado mis años de adulto en juegos infantiles, incluso he jugado con la idea de los peligros, sustrayéndome a pensar en los auténticos peligros. Y eso que no me faltaron advertencias.

Nunca ha ocurrido nada que se acerque en importancia a lo que ahora sucede; pero en las primeros tiempos de construcción hubo algo que se le pareció. La principal diferencia radicaba en que eran los inicios de la obra... Yo entonces trabajaba como un insignificante aprendiz en la primera galería. El laberinto sólo había sido proyectado en líneas generales y ya había hecho la oquedad para una pequeña plaza, pero en sus dimensiones y en el tratamiento de las paredes era un fracaso. En resumen, todo estaba tan en sus inicios que tan sólo podría ser considerado como un ensayo, como algo que, a poco que la paciencia se resquebrajase, se podría abandonar sin el menor reparo. Entonces ocurrió que, en un descanso —he hecho en mi vida demasiados descansos—, estando echado entre mis montones de tierra, escuche repentinamente un rumor en la lejanía. Joven como era, más que temor, sentí curiosidad. Abandoné mi trabajo y me dediqué a escuchar y no corrí a tenderme bajo el musgo para no dejar de hacerlo. Al menos escuchaba. No podía distinguir muy bien que se trataba de una excavación similar a la mía. Tal vez sonara algo más tenuemente, pero no podía saberse en qué medida esto era atribuible a la distancia. Estaba expectante, pero frío y tranquilo. Quizá esté en una madriguera ajena, pensé, y el propietario está excavando en dirección a mí. Si se hubiera comprobado la exactitud de esta hipótesis, me habría alejado, pues nunca he tenido ansias de conquista o de ataque. Pero, yo todavía era joven, no tenía una madriguera y podía ser frío y estar tranquilo. El posterior transcurso de los acontecimientos no me produjo mayor excitación, sólo entrañaba dificultad interpretarlo. Si el que allí cavaba se dirigía realmente hacia mí porque me había oído cavar, cuando cambiaba su rumbo —como sucedía ahora— no se sabía si lo hacía porque mis descansos le privaban de referencia para su camino o más bien porque él mismo cambiaba de propósitos. También podía ocurrir que yo me hubiese engañado por completo y él nunca se acercara a mí, de todas formas el rumor se intensificó por un tiempo, como si él se acercara. Joven como era, no me hubiera desagradado ver la irrupción repentina del cavador, pero no ocurrió nada parecido. A partir de un determinado momento el ruido se fue debilitando, se fue haciendo más y más tenue, parecía que el cavador se desviara paulatinamente de su primera dirección, y de repente se detuvo, como si hubiera decidido tomar un camino totalmente diferente y se alejara de mí. Por mucho tiempo seguí escuchando el silencio antes de volver a trabajar. Ciertamente esa advertencia fue suficientemente clara, pero pronto la olvidé y no tuvo ninguna influencia sobre mis planes de construcción.

Entre entonces y hoy median mis años de madurez, pero, ¿no es como si no mediara nada? Hoy, como ayer, hago largas pausas en mi trabajo y escucho junto a la pared. El cavador ha cambiado de intención, ha dado la media vuelta y regresa de su viaje, cree que ya me ha dado suficiente tiempo para que le prepare la bienvenida. Pero por mi parte los preparativos están mucho más retrasados que entonces; la gran madriguera está como entonces, indefensa, pero ya no soy un aprendiz, sino un viejo maestro constructor, las energías que me faltan fracasarán en el momento de la decisión; a pe-

sar de mi edad avanzada, me parece que me gustaría tener
más edad, ser tan viejo que ya no pueda levantarme de mi
lecho bajo el musgo. Y es que, en realidad, no aguanto más
aquí. Me levanto y corro hacia abajo, hacia la casa. ¿Cómo
están las cosas últimamente? ¿ha disminuido el rumor? No;
ha ganado fuerza. Escucho en diez lugares al azar y noto claramente el engaño, el rumor se mantiene uniforme, nada ha
cambiado. Allí no se producen cambios, se está tranquilo y
más allá del tiempo; aquí, en cambio, cada instante estre-
mece al que escucha. Y vuelvo mis pasos hasta la plaza mayor, todo el contorno me parece excitado, parece mirarme,
parece de inmediato desviar la vista de mí para no moles-
tarme y se esfuerza para leer en mi gesto las soluciones sal-
vadoras. Yo muevo la cabeza, todavía no las tengo. Tampoco
voy a la plaza mayor para ejecutar allí ningún plan. Paso por
el lugar en que había querido hacer la zanja de prueba: lo estudio de nuevo, hubiera sido un buen lugar, la zanja habría
seguido la dirección de la mayoría de los conductos de aire,
que me hubieran facilitado el trabajo, quizá ni siquiera me
hubiera hecho falta cavar hacia el origen del ruido, tal vez
hubiese bastado pegar el oído a los conductos. Pero ninguna
resolución es tan fuerte como para animarme a hacer esa labor de excavación. ¿Puede esa zanja darme la certeza? He
llegado a un momento en el que ni siquiera deseo la certeza.
En la plaza mayor elijo un buen pedazo de carne roja ya de-
sollada y me arrastro con él hacia uno de los montones de
tierra, allí habrá silencio, en la medida en que todavía es posible el silencio aquí. Degusto y saboreo la carne, me
acuerdo todavía del animal desconocido que hace su ruta a
distancia, y después pienso que, mientras me sea posible,
debiera disfrutar provechosamente de mis provisiones. Éste
es probablemente el único plan ejecutable que tengo. Por lo
demás trato de descifrar el del animal. ¿Está haciendo una
incursión o trabaja en su propia madriguera? Si está haciendo una incursión, tal vez sería posible un entendimiento

con él. Si realmente irrumpiera en el lugar donde yo me encuentro, entonces podría darle algo de mis provisiones y él proseguiría. Sí, proseguiría. En mi montón de tierra puedo soñarlo todo, hasta con cierto entendimiento, aunque sé con seguridad que no es posible y que en el mismo instante en que nos encontremos, incluso cuando nos presintamos en la cercanía, sin vacilar, simultáneamente, prepararemos las garras y los dientes con renovada hambre, aunque estemos hartos. Y como siempre, también en este caso es posible, con pleno derecho: ¿quién no alteraría a la vista de la obra sus proyectos de viaje y sus propósitos para el futuro? Pero tal vez el animal está cavando en su propia obra, entonces ni siquiera podría soñar con un acuerdo. Aunque se tratara de un animal extraño y su madriguera tolerara vecindad, mi madriguera no la tolerará, al menos una vecindad tan ruidosa. Ahora el animal parece hallarse a gran distancia; si se alejara un poco más, el ruido probablemente desaparecería, quizá todo volvería a arreglarse, a ser como en los buenos tiempos; todo habría sido una experiencia amarga pero beneficiosa, pues me llevaría a realizar las más diversas mejoras. Cuando estoy tranquilo y el peligro no me acosa, todavía soy capaz de trabajos considerables. Tal vez, ante las enormes posibilidades que parece darle su capacidad de trabajo, el animal renuncie a extender su madriguera en dirección a la mía y se resarza de ello yendo hacia otro lado. Naturalmente esto no puede conseguirse por medio de negociaciones, sino sólo por propia decisión del animal o por una coacción que yo pudiera ejercer. En ambos casos será decisivo saber si el animal tiene noticia de mí y qué es lo que sabe. Cuanto más reflexiono acerca de ello, más improbable me parece que me haya oído; es posible, aunque inimaginable para mí que tenga noticias mías, pero con toda seguridad no me ha oído. Mientras no supe nada de él no pudo oírme en absoluto, pues yo permanecí silencioso. No hay nada más silencioso que el reencuentro con la madriguera. Luego, cuando hice las excavaciones de exploración, habría podido oírme, a pesar de que mi forma de cavar produce poco ruido. Y, si me hubiera oído, habría notado algo, porque al menos habría tenido que interrumpir con frecuencia el trabajo para escuchar.

... Pero todo permaneció inalterado.

# JOSEFINA, LA CANTANTE, O EL PUEBLO DE LOS RATONES [1]

Nuestra cantante se llama Josefina. El que no la ha escuchado no sabe del poder del canto. No hay nadie a quien su canto no arrebate, y esto es prueba de su gran valor, pues en general a nuestra especie no le gusta la música. Nuestra música preferida es la silenciosa calma. Nuestra vida es dura y, aunque intentáramos sacudirnos de todas las preocupaciones

---

[1]  A pesar de la lectura del relato que damos en la Introducción (pág. 33), comoquiera que este trabajo data de la época de Kafka en Berlín (1922-1923), la de mayor contacto con el judaísmo occidental, muchas interpretaciones se realizan en clave sionista. Max Brod entendía que la situación de los ratones representaba la de los indefensos judíos en diversas partes de Europa y era símbolo universal de la lucha de la frágil humanidad contra las potencias del mal. Para R.-M. Ferenczi *(Kafka, subjectivité, histoire et structures,* París, 1975) la relación de los ratones con Josefina, cuyos cantos no siempre entienden, es la relación del pueblo judío con su misión de salvar a la humanidad, misión de momento fracasada, pero nunca abandonada. Para otros autores hay en el relato una glorificación del fracaso. Según Günther Anders *(Kafka,* Múnich, 1951) Kafka es como «un hombre sentado ante un plato vacío que lo rebaña obstinadamente con una cuchara para demostrar a los que creen que está lleno que está realmente vacío». Quizá la interpretación más interesante es la que hace Adorno, para el que este relato expresa la situación del artista en la época de la «industria cultural». No es conveniente la perfección del arte en una época que lo ha reducido a pasatiempo. El artista más aceptado será el que se mueva en una mediocridad que le resulte cercana a la masa.

cotidianas, no podríamos acceder a cosas tan lejanas de nuestra vida común como es la música. Pero no nos quejamos mucho, más bien no nos quejamos ni una sola vez; estimamos que nuestra principal virtud es cierta astucia práctica que nos resulta totalmente indispensable, y con la alegría de tener esta astucia nos consolamos de todos los males, aunque alguna vez despierte en nosotros —lo cual no ha ocurrido— la demanda de libertad que parece incitar la música. Sólo Josefina es una excepción; le gusta la música y sabe comunicarla, ella es la única; con su marcha la música desaparecerá de nuestra vida, y quién sabe por cuánto tiempo.

Muchas veces me he puesto a pensar qué supone esta música. Si somos totalmente amusicales, ¿cómo puede ser que entendamos el canto de Josefina o, habida cuenta de que Josefina niega que la comprendamos, que creamos entenderlo? La respuesta más sencilla sería que la belleza de este canto es tal, que ni la sensibilidad más tosca puede resistirse a ella, pero esta respuesta no es satisfactoria. Si esto fuera así, este canto debería despertar siempre la sensación de lo extraordinario, la sensación de que de esa garganta salen sonidos que no hemos oído nunca y que no somos capaces de oír, sonidos que Josefina, y sólo ella, nos capacita para oír. En realidad no comparto esa opinión, no he experimentado dicha sensación y no he notado que otros sientan nada similar. En círculos íntimos nos confesamos abiertamente que el canto de Josefina, como canto, no es nada extraordinario.

Pero, ¿es que acaso es canto? A pesar de nuestro talante no musical, tenemos una tradición de canto; en el pasado de nuestro pueblo había canto; las leyendas lo mencionan e incluso se han conservado canciones que, por supuesto, ya nadie sabe cantar. En resumen, tenemos cierta idea de lo que es canto y el arte de Josefina no encaja en ella. ¿Se trata, pues, de canto? ¿No será más bien un mero silbido? Y, como sabemos todos, el silbido es la auténtica habilidad artística de nuestro pueblo, o tal vez no es tanto una habilidad cuanto una expresión vital característica. Todos silbamos pero, claro está, nadie reconoce esto como arte. Silbamos sin darle importancia, sin notarlo y entre nosotros muchos no saben que silbar sea una de nuestras peculiaridades. Supongamos cierto que Josefina no canta, sino que sólo silba y que tal vez no va más allá de los límites de un silbido común, o eso es lo que a mí me parece —hasta es posible que sus fuerzas sean inferiores a las de un silbido común, pues un simple trabajador de tierra puede estar todo el día silbando al tiempo que realiza su labor—; si todo esto fuera verdad, entonces quedaría rebatido el pretendido arte de Josefina, pero no se habría resuelto el misterio de su éxito.

Y es que lo que ella emite es tan sólo un silbido. Si uno se coloca lo suficientemente alejado y escucha, o para comprobarlo aún mejor, trata de reconocer a Josefina cantando entre otras voces, tan sólo oirá un vulgar silbido que, en el mejor de los casos, se distingue ligeramente por su delicadeza o por su debilidad. Sin embargo, cuando uno está ante ella, ya no sólo escucha un mero silbido; para la comprensión de su arte es necesario no sólo oírla sino también verla. Aunque sólo se tratara de nuestro silbido cotidiano, la peculiaridad estriba en que alguien se disponga solemnemente a hacer lo que se hace cotidianamente. Realmente cascar una nuez no es arte, por ello nadie se atreverá a congregar al público para ponerse a cascar nueces con la intención de divertirlo. Pero si lo hace y logra su pretensión, entonces ya no se trata de un mero cascar nueces. O tal vez se trate sólo de cascar nueces, pero descubrimos que no hemos reparado en dicho arte porque lo dominábamos demasiado, y este nuevo cascador de nueces nos muestra la auténtica esencia de este arte e incluso, para el efecto que desea conseguir, le conviene ser algo menos diestro en el cascado de nueces que la mayoría de los individuos.

Quizá ocurra algo parecido con el canto de Josefina; admiramos en ella aquello que no admiramos en nosotros; por otra parte ella está en este sentido totalmente de acuerdo con nosotros. Yo me hallaba presente cuando alguien, como ocurre muy habitualmente, se refirió al muy extendido silbido popular; y lo hizo de una manera muy tímida, pero para Josefina aquello fue demasiado. No he visto nunca una sonrisa tan insolente y arrogante como la que esbozó en aquel momento; ella, que externamente es la perfecta delicadeza y resulta notablemente delicada entre las figuras femeninas que abundan en nuestro pueblo, llegó a resultar claramente vulgar; pero su gran sensibilidad le permitió darse cuenta de ello y se dominó. En todo caso negó cualquier tipo de relación entre su arte y el silbido. Ella sólo siente desprecio, y tal vez un inconfesado odio, hacia aquellos que tienen una opinión contraria. Esto no es vanidad común, pues sus opositores, entre los que yo parcialmente me encuentro, no la admiran menos que la multitud; pero Josefina no se conforma con ser admirada, la sola admiración no le importa, sino que aspira a ser admirada de la manera en que ella determina. Y cuando uno está frente a ella, la entiende; sólo se le ejerce oposición cuando uno está alejado de ella, pero cuando se está ante ella, se tiene una certeza: lo que silba no es un silbido.

Como silbar es una de nuestras costumbres inconscientes, se podría pensar que también al oír a Josefina se oyen silbidos. Nos gusta su arte, y cuando algo nos gusta, silbamos; pero su auditorio no silba; en él reina un profundo silencio, como si nos hiciéramos partícipes de la calma anhelada de la que nuestro silbar nos apartaría, nos callamos. ¿Lo que nos subyuga es su canto o, más bien, la solemne calma que envuelve a su débil vocecita? En una ocasión ocurrió que una estúpida criatura, de forma absolutamente inocente, comenzó a silbar durante el canto de Josefina. Era justamente lo mismo que oíamos por boca de ella; frente a nosotros, su voz —cada vez más débil a pesar de todos los ensayos— y, aquí, entre el público, el silbido infantil y absorto; hubiera sido imposible determinar la diferencia; sin embargo chistamos y siseamos a la intrusa. Aunque hubiera sido en vano, pues de todos modos ésta se hubiera retirado arrastrando su temor y su vergüenza, mientras Josefina lanzaba su silbido triunfal, ya totalmente fuera de sí, con los brazos completamente extendidos y estirando su cuello a más no poder.

Por lo demás, siempre ocurre lo mismo. Ella considera toda pequeñez, toda casualidad, toda contrariedad, un crujido del parqué, un rechinar de dientes, una avería de la iluminación, una oportunidad para acrecentar los efectos de su canto; según opina, cree cantar para oídos sordos; es verdad que no le falta la fascinación y el aplauso, pero hace mucho tiempo que ha aprendido a renunciar a la verdadera comprensión. Por eso le vienen tan bien todas las molestias; todo aquello que pueda oponerse a la pureza de su canto, que pueda ser vencido sin mucho esfuerzo, o hasta sin esfuerzo, simplemente afrontándolo, contribuye a despertar a la multitud, no a enseñarla a escuchar, pero sí a tenerle un respeto lleno de presentimientos.

Si lo pequeño le sirve para tanto, imagínese lo grande. Nuestra vida está llena de inquietud, cada nuevo día trae sorpresas, motivos para el miedo, esperanzas y sustos, que el individuo aislado no podría aguantar si no tuviera día y noche el apoyo de sus camaradas. Pero incluso así, es todo muy difícil; a veces miles de hombros tiemblan bajo el peso de una carga destinada sólo a uno. Entonces es cuando Josefina ve que ha llegado su hora. Allí se planta ese delicado ser; bajo su pecho se notan temblores angustiosos, como si hubiera concentrado toda la potencia de su canto, como si hubiera apartado de ella toda fuerza y toda posibilidad vital que fuera ajena al canto, como si se hubiera desnudado, abandonado, como si se hubiera entregado totalmente a la protección de los buenos espíritus, como si, en ese éxtasis musical, un hálito frío pudiera matarla. Pero precisamente, cuando en esos instantes aparece así, nosotros, sus pretendidos enemigos, nos decimos:

—Pero si ni siquiera puede silbar; tiene que esforzarse tan enormemente no para cantar, no hablemos ya de cantar, sino para obtener algo parecido al silbido que es habitual en nuestra nación.

Esto es lo que nos parece, aunque, como ya dije, es una impresión inevitable, pero también pasajera; pronto también nos sumergimos en el sentimiento de la multitud que, cálidamente y cuerpo a cuerpo, escucha conteniendo el aliento.

Y, para reunir a esta multitud perteneciente a un pueblo como el nuestro, siempre en movimiento, siempre corriendo aquí y allá por motivos poco claros, a Josefina le basta la mayoría de las veces con adoptar la posición que indica que puede empezar a cantar: la cabeza echada hacia atrás, la boca entreabierta y los ojos mirando hacia lo alto. Puede hacer esto donde quiera, no tiene que ser un lugar amplio donde se la pueda ver, cualquier rincón escondido y elegido caprichosamente al azar es igualmente válido. La noticia de que va a cantar se difunde de inmediato y pronto se forman procesiones. Está claro que a veces surgen inconvenientes, pues Josefina prefiere actuar en épocas agitadas; múltiples preocupaciones y precariedades nos obligan a seguir caminos muy diferentes y, aun con la mejor de las voluntades, es muy difícil lograr que nos reunamos como Josefina desea, por eso ella ha de permanecer en su solemne postura durante algún tiempo sin que llegue a congregarse el suficiente número de oyentes. Entonces se pone muy furiosa, golpea el suelo con los pies, profiere maldiciones impropias de una doncella, incluso llega a morder. Pero ni siquiera un comportamiento de ese tipo perjudica su fama. En lugar de poner coto a sus enormes pretensiones, nos esforzamos por cumplirlas. Se mandan correos para convocar más público; se le oculta que se ha hecho esto; por todos los caminos de los alrededores se apostan centinelas que dicen a los concurrentes que se apresuren; y todo esto continúa hasta que se reúne un auditorio de número aceptable.

¿Qué lleva al pueblo a molestarse tanto por Josefina? Ésta es una cuestión no más fácil de resolver que la del canto de Josefina y estrechamente relacionada con ella. Incluso se podría suprimir esta cuestión e incluirla en aquélla si es que pudiera afirmarse que el pueblo está incondicionalmente entregado a Josefina a causa de su canto. Pero no es así, nuestro pueblo no conoce la entrega incondicional; este pueblo que ama ante todo la astucia inofensiva, el susurro infantil y la charla inocente y poco profunda, un pueblo así no puede entregarse incondicionalmente; esto es algo que percibe Josefina y esto es contra lo que combate con toda la fuerza de su débil garganta.

Sin embargo, no hemos de ir tan lejos en estos juicios tan generales: el pueblo está entregado a Josefina, sólo que no de forma incondicional. Por ejemplo, el pueblo no es capaz de reírse de Josefina. Se puede reconocer que algunas de las facetas de Josefina invitan a la risa; además, la risa es algo a lo que somos propensos, pues a pesar de toda la miseria de nuestra vida, una leve risa siempre es de alguna manera algo necesario propio; pero de Josefina nunca nos reímos. A veces tengo la impresión de que el pueblo entiende su relación con ella como si este ser frágil, necesitado de protección y en cierto modo magnífico —según ella magnífico por su canto—, le hubiera sido confiado y debiera cuidar de ella nadie sabe muy bien la razón; pero el hecho parece indiscutible. Nadie se ríe de aquello que se le ha confiado, reírse de ello sería violar una obligación; la máxima maldad que los maliciosos se permiten con Josefina es decir: «Se nos acaban las ganas de reír cuando vemos a Josefina».

Así cuida el pueblo de Josefina, como el padre que toma en sus brazos una criatura que ha extendido sus manos hacia él —no se sabe si implorante o exigente—. Se podría pensar que nuestro pueblo no está capacitado para cumplir esos deberes paternales, pero en realidad los desempeña de forma admirable, al menos en este caso. Ningún individuo aislado podría hacer en este terreno lo que el pueblo en conjunto es capaz de hacer. Por cierto, la diferencia de fuerzas entre el pueblo y el individuo es tan grande que basta que traiga al protegido al calor de su proximidad para que se sienta arropado. Pero nadie se atreve a hablar de estos temas con Josefina. «Me río de vuestra protección», dice entonces. « Sí, sí, tú ríete mucho», pensamos para nuestros adentros. Y además, su rebelión no es una resistencia sino más bien niñería e ingratitud infantil y es deber de un padre pasarlas por alto.

Pero todavía hay algo más difícil de desentrañar en las relaciones del pueblo con Josefina. Josefina opina lo contrario: no cree que el pueblo la proteja, cree que ella protege al pueblo. Ella nos salva de las crisis políticas y económicas, nada menos, y cuando no aleja la desgracia, al menos nos da fuerzas para soportarlas. Ella no lo dice explícitamente ni de otra manera, pues habla poco: se calla entre los charlatanes, pero es eso lo que brilla en sus ojos y lo que sale de su boca cerrada —en nuestro pueblo muy pocos pueden tener la boca cerrada; ella sí puede—. A cada mala noticia que llega —y algunos días llegan unas detrás de otras, incluyendo las falsedades y las medias verdades—, ella se pone en pie inmediatamente, pues la mayoría de las veces está tumbada en el suelo, se pone en pie y estira el cuello y trata de obtener una vista general del rebaño, como hace el pastor en los días de tormenta. Se sabe que los niños tienen pretensiones similares en su talante salvaje e imposible de dominar, pero en Josefina no son tan infundadas como en ellos. Es verdad que no nos salva y no nos da ninguna fuerza —es muy fácil asumir el papel de salvador de un pueblo tan acostumbrado al sufrimiento como el nuestro, que es temerario, de resoluciones rápidas, buen conocedor de la muerte, sólo aparentemente temeroso en la atmósfera de audacia en la que vive y, además de eso, tan fecundo como arriesgado—, es muy fácil, ya he dicho, presentarse a la postre como salvador de este pueblo, que siempre se ha sabido salvarse de alguna manera a sí mismo, aunque fuera por medio de sacrificios que dejan paralizado de pánico al hitoriador —en general descuidamos totalmente la historia—. Y sin embargo, es verdad que en estas situaciones precarias es cuando mejor oímos la voz de Josefina. Las amenazas que se ciernen sobre nosotros nos hacen más silenciosos, más humildes, más solícitos al dominio de Josefina; nos reunimos con gusto, nos apiñamos placenteramente, tal vez porque la ocasión no tiene nada que ver con la torturante circunstancia que nos ocupa; es como si en comunidad nos bebiéramos rápidamente —la celeridad es necesaria y eso es algo que Josefina no comprende— un vaso de paz antes de que comience la guerrra. Es menos un recital de canto que una asamblea popular y una asamblea en donde, aparte del silbido de Josefina, reina un completo silencio; la hora es demasiado seria como para desperdiciarla en charlas.

Este tipo de relación no satisface a Josefina. A pesar de la inquietud y el malestar que a Josefina le produce lo indefinido de su situación, hay muchas cosas que no ve, cegada por su engreimiento, y puede conseguirse sin gran esfuerzo que pase otras por alto. Un enjambre de aduladores se dedica a esto, y resulta de una gran utilidad pública. Pero para cantar sólo de manera secundaria y en un rincón de una asamblea popular, aunque no se trate de nada deshonroso, Josefina no sacrificaría su arte.

Pero esto no es necesario, porque su arte no pasa inadvertido. A pesar de que en el fondo estamos ocupados en cosas muy diferentes y el silencio reina —no sólo porque ella canta y alguno ni siquiera mira y prefiere hundir el rostro en la piel del vecino y Josefina se esfuerza en vano—, hay algo en su canto y, esto no puede negarse, que inevitablemente nos conmueve. Ese silbido que se eleva allá donde todos callan llega como un mensaje del pueblo a cada uno de los individuos; el tenue silbido de Josefina, que se oye cuando se toman graves decisiones, es como le pobre existencia de nuestro pueblo en el tumulto del mundo hostil. Josefina se impone con su insignificante voz y con su mínima técnica y el camino se nos allana; nos hace bien pensar en ello. En tales circunstancias no soportaríamos a un auténtico artista del canto, si es que entre nosotros pudiera haber alguno, y unánimente nos alejaríamos de un recital tan carente de sentido. Ojalá Josefina no sepa nunca que nuestra atención confirma la baja calidad de su canto. Debe presentirlo, por qué si no entonces negaría que la escuchamos, pero siempre vuelve a cantar, silba para alejar de sí ese presentimiento.

Pero puede que haya otras cosas que la consuelen: es posible que la escuchemos en cierto modo como a una artista del canto, quizá incluso de forma similar; hace en nosotros el efecto que un artista del canto obtendría en vano y que sólo es posible por la pobreza de sus facultades. Esto depende sobre todo de nuestra forma de vivir.

Nuestro pueblo desconoce la juventud, apenas si tiene una breve infancia. Es cierto que a veces se hacen propuestas para que se garantice a los niños libertad especial, una protección especial, para que se le reconozca su derecho a cierta despreocupación, a cierta inocencia, a un poco de diversión, y se fomente su ejercicio. Cuando estas propuestas se hacen todo el mundo las aprueba, no hay nada más necesario de aprobar, pero no hay nada que pueda realizarse con más impedimentos en nuestra vida real. Se aprueban los proyectos, se intenta su aplicación, pero pronto todo vuelve a ser como antes. Nuestra vida es tal, que apenas un niño ha corrido un poco y ha aprendido a distinguirse del entorno, debe empezar a cuidar de sí mismo como si fuera un adulto. Las zonas en las que, por razones económicas, debemos vivir dispersos son demasiado grandes, nuestros enemigos demasiado numerosos, los peligros que nos acechan, incalculables; no podemos mantener apartados a los niños de la lucha por la vida, si lo hiciéramos daríamos lugar a su prematuro final. Esta triste circunstancia va acompañada de una positiva: lo prolífico de nuestra especie. Una generación —y todas son muy numerosas— desplaza a la anterior, y por eso los niños no tienen tiempo para ser niños. Puede que en otros pueblos críen cuidadosamente a los niños, puede que construyan escuelas para los más pequeños, puede que de estas escuelas salgan diariamente muchos niños, el futuro del pueblo; pero durante muchos días los niños que salen de esas escuelas son los mismos. Nosotros no tenemos escuelas, pero de nuestro pueblo, a intervalos extremadamente cortos, salen enormes multitudes de niños que, alegres, sisean y chillan, porque todavía, no saben silbar, van rodando impulsados por la fuerza general, porque todavía no saben correr, y van llevándose todo por delante, porque todavía no ven, ¡ésos son nuestros niños! Y no como los niños de las escuelas, que siempre son los mismos; no, una y otra vez, sin fin, son nuevos. Apenas aparece un niño, ya deja de ser niño, porque detrás de él ya se agolpan, rosadas de felicidad, las nuevas caras de niños que en la multitud y debido a la premura, aparecen indistintas. Verdaderamente, por muy hermoso y muy envidiable que sea esto, no podemos proporcionarle a nuestros niños una auténtica infancia. Y esto tiene consecuencias. Una especie de infantilismo inextinguible e imposible de erradicar caracteriza a nuestro pueblo; en oposición directa a nuestra mejor cualidad, nuestro infalible y práctico sentido común, a veces nos comportamos de forma absolutamente irresponsable y precisamente de la forma irresponsable en que actúan los niños, con locura, prodigalidad, amplitud de miras, frivolidad, y todo por el placer de una pequeña diversión. Y aun cuando nuestra alegría no puede tener toda la fuerza de la alegría infantil, algo de ésta nos queda viva. Josefina se beneficia de este infantilismo de nuestro pueblo.

Pero nuestro pueblo no es sólo pueril, también se hace prematuramente viejo, vivimos la infancia y la vejez de forma diferente. No tenemos juventud, nos hacemos inme-

diatamente adultos, y somos adultos durante demasiado
tiempo; cierto cansancio y desesperanza nos marca visible-
mente por esta circunstancia, a pesar de la tenacidad y la
confianza que reina en nuestro pueblo. Esto también se rela-
ciona con nuestra amusicalidad; somos demasiado viejos
para la música; la emoción que produce, su empuje no se
adecua a nuestro grave talante, cansados, la rehuimos, algún
silbido aquí y allá es lo apropiado para nosotros. Quién sabe
si tal vez existan talentos musicales entre nosotros; si los hubiera, el carácter de nuestros congéneres los anularía antes
de que empezasen a despuntar. Por el contrario Josefina
puede silbar todo lo que se le ocurra o cantar, o como quiera
llamarlo, esto no nos molesta, es lo que nos conviene, lo podemos soportar muy bien, si hay algo de música en ella, está
reducida a la mínima expresión, así conservamos cierta tradición musical sin sentirnos saturados.

Pero Josefina aporta algo más a este pueblo tan particular.
En los conciertos, especialmente en los primeros tiempos,
sólo los más jóvenes se interesan por la cantante en cuanto
tal. Sólo ellos ven con asombro cómo mueve sus labios,
cómo se filtra el aire por sus delicados dientes delanteros,
cómo desfallece de admiración ante los sonidos que ella
misma ha producido y aprovecha estos desvanecimientos
para alcanzar nuevos e increíbles logros, pero la mayoría del
pueblo —y esto es fácil de observar— se ha recogido en sus
pensamientos. Aquí, en las breves pausas entre las luchas, el
pueblo sueña; es como si los miembros de cada individuo se
distendieran, como si el que ha perdido la calma pudiera
tumbarse a placer en el gran y cálido lecho del pueblo. Y en
medio de esos sueños se oye el silbido de Josefina, ella lo
llama «canto perlado», nosotros lo llamamos «canto a empellones», pero de todos modos, éste es, más que ningún
otro, el lugar que le corresponde, mucho más adecuado del
que puede obtener cualquier música. Algo hay allí de nuestra modesta y breve niñez, algo de nuestra felicidad perdida

y nunca reencontrada, pero también algo de nuestra activa vida cotidiana, de su vivacidad diminuta, inconcebible, pero con todo presente e inextinguible. Y todo esto expresado no con sonidos rotundos, sino suaves, susurrantes, íntimos, a veces un poco enronquecidos. Naturalmente se trata de un silbido. ¿Por qué no? El silbido es la lengua de nuestro pueblo, sólo que muchos silban toda su vida y no se enteran de ello. Aquí, el silbido está liberado de las cadenas de nuestra vida cotidiana y al mismo tiempo nos libera a nosotros durante un breve período. Es indudable que no queremos renunciar a estos recitales.

Pero de ahí a lo que dice Josefina, de que en determinados momentos nos renueva las fuerzas, etc., etc. hay mucha distancia, mucha. Por lo menos para la gente común, no para los aduladores de Josefina.

—¿Cómo podría ser de otra manera? —dicen con la frescura más desahogada—, ¿cómo se podrían explicar de otra manera las enormes concurrencias, especialmente en circunstancias de peligro inminente, que muchas veces han llegado a dificultar el puntual remedio de ese peligro?

Sin duda es algo lamentablemente cierto, pero no debería incluirse entre los títulos de honor de Josefina. Especialmente si se añade a esto que, cuando estas asambleas eran inesperadamente dispersadas por el enemigo y algunos de los nuestros perdían su vida, Josefina, la responsable de todo, pues era tal vez su silbido lo que había atraído al enemigo, siempre se escondía en el lugar más seguro y permanecía bajo la protección de su escolta y desaparecía con la mayor prontitud. Pero en el fondo todos lo saben y no obstante todos acuden apresuradamente cuando a Josefina se le ocurre cantar. De aquí se podría deducir que Josefina se encuentra casi más allá de la ley, que puede hacer todo lo que se le ocurra, aun cuando ponga a la comunidad en peligro, y que todos la perdonamos. Si esto fuera así, las pretensiones de Josefina serían totalmente comprensibles. Es cierto que en esa

libertad que el pueblo le permite con ese regalo que a nadie
se le concede y que va en contra de la ley, se puede ver,
como dice Josefina, que, el pueblo no la comprende; se puede
ver que el pueblo observa impotente su arte, no se siente
digno de ella, e intenta, de forma desesperada, reparar el
sufrimiento que le hace pasar a Josefina. Por eso, al igual
que su arte va más allá de su capacidad de comprensión, su
persona y sus caprichos están más allá de su jurisdicción.
Además, esto no es correcto, tal vez el pueblo se rinde demasiado pronto a Josefina, pero nunca se rinde incondicionalmente, ni siquiera a ella.

Ya desde hace mucho tiempo, ya desde principios de su
carrera artística, Josefina lucha por obtener la exención de
todo trabajo, en consideración a su canto; así se le evitarían
todas las preocupaciones por el pan diario y todo lo que está
relacionado con nuestra lucha por la existencia para dele-
garlo, probablemente, en el pueblo. De la singularidad de
esta exigencia y de la actitud espiritual con que se realiza,
un entusiasta —y hay algunos entre nosotros— podría deducir la justicia de la misma. Nuestro pueblo llega a otras conclusiones y, serenamente, no atiende la petición. Tampoco se
afana mucho en interpretar los fundamentos de la solicitud.
Josefina, por ejemplo, aduce que el esfuerzo del trabajo daña
su voz, que en realidad el esfuerzo del trabajo es mínimo en
relación al del canto; pero que le quita la posibilidad de descansar después del canto y tomar fuerzas para volver a cantar, por ello debe agotarse totalmente y no puede llegar
nunca a su máximo rendimiento. Ésa es la razón por la que
la gente la escucha y se marcha indiferente. Este pueblo tan
fácil de conmover a veces, es a veces imposible de conmover. La negativa es a veces tan rotunda que hasta Josefina
parece plegarse; trabaja como le corresponde, canta lo mejor
que puede, pero sólo durante cierto tiempo, porque luego re-
toma la lucha con nuevas fuerzas —y para esto sus fuerzas
son ilimitadas.

Está claro que Josefina no aspira a lo que literalmente demanda. Ella es razonable, no elude el trabajo, de todos modos la holgazanería es algo desconocido. Además, si se le concediera lo que pide, seguro que seguía viviendo como antes, el trabajo no sería un obstáculo para el canto, y, en todo caso, su canto no mejoraría. Lo que ella pretende es un reconocimiento de su arte que sea público, inequívoco, perdurable en el tiempo y superior a todo lo conocido hasta ahora. Pero, aunque todo lo demás parece a su alcance, este reconocimiento se le resiste. Quizá debió dirigir su ataque en otra dirección, quizá ahora reconoce su error, pero ya no puede rectificar, rectificar significaría ser infiel a sí misma; ahora tiene que mantener esta exigencia o morir.

Si ella tuviera realmente enemigos, como dice, podrían divertirse con esta lucha sin necesidad de mover un dedo. Pero no tiene enemigos, y, aunque no faltó quien la criticara, esta lucha no divierte a nadie. Y no divierte a nadie porque al valorar este asunto nuestro pueblo adopta una actitud desapasionada, lo que muy raramente se ve en nosotros. Y aunque uno apruebe la actitud que se adopta en este caso, la simple idea de que todo el pueblo pudiera comportarse así con nosotros, extingue toda alegría. Lo importante, tanto en el rechazo como en la petición, no es el asunto mismo, sino que el pueblo se ponga totalmente en contra de un congénere y lo haga con tanta fuerza en contraste con el trato paternal, y más que paternal, servil con que lo hace en otras ocasiones.

Supongamos que, en lugar del pueblo, se tratara de un individuo; se podría creer que este individuo habría ido cediendo ante Josefina sin dejar de alimentar el ardiente deseo de acabar con su sumisión; que habría cedido mucho, con la esperanza de que su actitud de ceder obtuviera al fin sus límites adecuados. Que se sacrificó más de lo necesario, sólo para acelerarlo todo, sólo para acostumbrar mal a Josefina, sólo para despertar nuevos deseos en ella, hasta que ésta hiciera su última petición y entonces él, lacónicamente, y como ya tenía preparado, se lo denegaría. Pero éste no es su comportamiento. El pueblo no necesita servirse de estas arguacias. Además, su respeto a Josefina es sincero y está probado y la exigencia de Josefina es tan grande que hasta un niño hubiera sabido la respuesta que iba a obtener. Sin embargo, es posible que la idea que Josefina tiene del asunto pudiera desempeñar su papel y aumentar su dolor por la negativa.

Pero sean cuales sean las consideraciones, ella no ceja en su empeño. En los últimos tiempos ha intensificado la lucha, hasta ahora sólo se sirvió de palabras, pero ahora empieza a utilizar otros medios que, según su opinión, son más efectivos, y según la nuestra, más peligrosos.

Muchos creen que Josefina hace más perentorias sus peticiones porque siente que se está haciendo vieja, porque en su voz se empiezan a notar debilidades y parece ser que ha llegado la hora del último combate por su reconocimiento. Yo no lo creo. Josefina no sería Josefina si esto fuera cierto. Para ella no existe vejez ni debilitamiento de voz. Si ella pide algo no es por causas externas, sino obligada por una lógica interna. Aspira a la más honorífica corona no porque en este momento pueda ser más alcanzable, sino porque es la más alta, si dependiera de ella querría otra más alta.

Este desprecio de las dificultades externas no le impide emplear los medios más ruines. Su derecho está fuera de toda duda, entonces, ¿qué importa cómo lo obtenga? Sobre todo en este mundo, tal y como ella lo ve, los métodos lícitos están condenados al fracaso. Por eso ha trasladado la lucha por sus derechos, de la música a otro ámbito que no le interesa tanto. Por indicación de ella, sus partidarios han difundido que se siente totalmente capacitada para cantar de tal manera que procure un placer a todas las capas del pueblo, hasta a la más escondida oposición. Un auténtico placer no en el sentido en el que lo entiende el pueblo, que considera el placer producido por el canto de Josefina, sino un placer en el sentido que ella exige. No obstante, añade ella, como no puede falsear lo elevado ni adular lo vulgar, tiene que seguir siendo como es. Pero su lucha por liberarse del trabajo es otra cosa; está claro que se trata también de una lucha por su canto, pero aquí no lucha directamente con el arma preciosa que es su voz; todo método es válido.

Así, por ejemplo, se ha difundido el rumor de que, si no se atiende a sus exigencias, Josefina pretende abreviar sus coloraturas. No sé nada de coloraturas y no he apreciado en su canto ninguna coloratura. Josefina quiere abreviar sus coloraturas; de momento no quiere eliminarlas, sólo abreviarlas. Es posible que ya haya cumplido su amenaza, pero yo no aprecio ninguna diferencia con sus anteriores recitales. El pueblo en conjunto ha seguido escuchándola como de costumbre, sin haber dicho nada de las coloraturas y tampoco se ha modificado la postura frente a las exigencias de Josefina. Sin embargo, es innegable que tanto en Josefina como en su figura hay gracia. Por ejemplo, después de aquel recital, como si hubiera sido demasiado dura y demasiado brusca con el pueblo, prometió que volvería a cantar todas las partes con coloratura. Pero después del siguiente concierto se lo pensó otra vez y suprimió las grandes coloraturas y, hasta que no se atendiera su solicitud, no volvería a introducirlas. Entretanto el pueblo escuchó todas estas declaraciones, decisiones y cambios de postura como un adulto escucha la charla de un niño, bien intencionada, pero incomprensible.

De todos modos, Josefina no se amilana. Incluso hace poco pretendió haberse lesionado un pie, lo que le dificultaba mantenerse en pie mientras cantaba, y como tenía que cantar de pie, hubo de abreviar su canto. A pesar de que cojeaba y de que al andar fue ayudada por su cortejo, nadie creyó que estuviera realmente herida. Aunque se ha de reconocer la especial fragilidad de su cuerpo, nosotros somos un pueblo de obreros, y Josefina pertenece a este pueblo; si cada vez que nos hiciésemos un rasguño renqueásemos, el pueblo entero no dejaría de renquear. Ella puede hacerse la inválida, ella puede mostrarse con este patético aspecto más de lo que lo hacía antes, pero el pueblo sigue escuchando su canto agradecido y extasiado y no echa mucho de menos el que haya abreviado los recitales. Como no puede estar siempre cojeando, siempre encuentra otra excusa, alega cansancio, malhumor o debilidad. Ahora al concierto se le añade una representación teatral: vemos, detrás de Josefina, a un cortejo que le pide y le implora que cante. A ella le encantaría, pero no puede. La consuelan, la adulan, la llevan en andas al lugar previamente escogido, donde se supone que va a cantar. Al final rompe a llorar inexplicablemente y cede; claramente fatigada, va a empezar a cantar, con los brazos no extendidos como antes, sino flácidos y pegados al cuerpo, lo que produce la impresión de que tal vez sean un poco cortos. Pero cuando parece que empieza a cantar, todo se revela imposible, un involuntario movimiento de cabeza nos los anuncia, pues se desmaya ante nuestros ojos. Después de todo se levanta y canta, no creo que de una forma muy diferente a la habitual, aunque quizá, si uno tiene un oído fino para los matices, descubre una emoción mayor, lo que es de agradecer. Y al acabar está menos cansada que antes y andando con firmeza, si es que sus leves pasos pueden describirse así, se aleja rechazando toda ayuda de su cortejo y contemplando con una fría mirada a la multitud que respetuosamente le va abriendo el paso.

Así ocurrió recientemente. La última novedad es que la última vez que dijo que iba a cantar desapareció. No sólo la busca su cortejo, muchos han emprendido su busca, pero es inútil; Josefina ha desaparecido, no quiere cantar ni quiere que se lo pidan, esta vez nos ha abandonado totalmente.

Es curioso lo mal que calcula, la muy ladina, tan mal que parecería que no calcula, sino que tan sólo se deja llevar por su destino, que para nosotros sólo puede ser muy triste. Si ella misma deja el canto, es ella misma la que destroza el poder que éste ha podido tener sobre nuestro espíritu. ¿Cómo pudo ejercer ese poder si conocía tan mal los espíritus? Ella se esconde y ya no canta, pero el pueblo, sin muestras de decepción, señorial, una masa en perfecto equilibrio y que, aunque las apariencias lo nieguen, sólo puede dar y no recibir, ni siquiera de Josefina, ese pueblo sigue su camino.

Pero Josefina ya va cuesta abajo. Pronto llegará el momento en que Josefina silbe por última vez y calle. Ella es sólo un episodio en la historia eterna de nuestro pueblo, y el pueblo superará la pérdida. Para nosotros no será fácil; ¿cómo conseguiremos reunirnos en completo silencio? En realidad, ¿no estábamos callados cuando cantaba Josefina? ¿Era su silbido notoriamente más potente y más vivo de lo que llegará a ser su recuerdo? ¿No ha valorado tanto la sabiduría del pueblo el canto de Josefina porque en él había algo inmortal?

Quizá nosotros no perdamos mucho, pero Josefina, liberada de las fatigas terrenas que, sin embargo, según ella, están destinadas a los elegidos, se fundirá en la innumerable multitud de héroes de nuestro pueblo y pronto, como nosotros no hacemos historia, obtendrá la redención del olvido, como todos sus hermanos.

**AUSTRAL SINGULAR** es una colección de Austral que reúne las obras más emblemáticas de la literatura universal en una edición única que conserva la introducción original y presenta un diseño exclusivo.

## OTROS TÍTULOS DE LA COLECCIÓN:

*Orgullo y prejuicio*, Jane Austen

*Las flores del mal*, Charles Baudelaire

*Jane Eyre*, Charlotte Brontë

*Don Quijote de la Mancha*, Miguel de Cervantes

*Crimen y castigo*, Fiódor M. Dostoievski

*Madame Bovary*, Gustave Flaubert

*Romancero gitano*, Federico García Lorca

*Moby Dick*, Herman Melville

*Romeo y Julieta*, William Shakespeare

*Frankenstein*, Mary Shelley

*Drácula*, Bram Stoker

*Ana Karenina*, Liev N. Tolstói

*El retrato de Dorian Gray*, Oscar Wilde

*Una habitación propia*, Virginia Woolf

**AUSTRAL**